Das Buch

Kurz vor Ende des amerikanischen Bürgerkriegs flüchtet der geschlagene Südstaaten-General und Arzt Clay Fitzgerald nach Irland. Doch statt des ersehnten Friedens erwarten ihn hier erneute Unruhen. Um der Ausbeutung durch den skrupellosen Großgrundbesitzer Sir George Hamilton entgegenzuwirken, haben die verarmten Bauern eine Untergrundbewegung gegründet. Clay hat sich geschworen, nie wieder bei einem Kampf Partei zu ergreifen – doch schneller als ihm lieb ist findet er sich auf Seiten der Rebellen wieder. Daran ist die hübsche Joanna Hamilton nicht ganz unschuldig, die selber die fiesen Machenschaften ihres Onkels verabscheut. Gemeinsam nehmen die beiden den Kampf für die Gerechtigkeit auf, doch sie haben die Rechnung ohne Sir George gemacht …

Der Autor

Jack Higgins, geboren 1929 in Newcastle on Tyne, diente während des Kalten Kriegs bei der Royal Horse Guard für einige Zeit an der innerdeutschen Grenze. Nach einem Soziologie- und Psychologiestudium war er als Lehrer und Universitätsdozent tätig, bevor er sich ganz der Schriftstellerei widmete. Ein Großteil seiner Romane sind internationale Bestseller, die in mehr als 50 Sprachen übersetzt worden sind. Im Wilhelm Heyne Verlag sind unter anderem erschienen: *Die Tochter des Präsidenten* (01/13002), *Goldspur des Todes* (01/13073), *An höchster Stelle* (01/13151).

JACK HIGGINS

TAG DER RACHE

Roman

Aus dem Englischen
von Hans Schuld

WILHELM HEYNE VERLAG
MÜNCHEN

HEYNE ALLGEMEINE REIHE
Band Nr. 01/13222

Die Originalausgabe
Pay the Devil
erschien 1999 bei Berkley Books, USA

Umwelthinweis:
Dieses Buch wurde auf
chlor- und säurefreiem Papier gedruckt.

Deutsche Erstausgabe 1/2001

Printed in Germany 2001
Umschlagillustration: IFA-Bilderteam/Steffl
Umschlaggestaltung: Nele Schütz Design, München
Satz: Buch-Werkstatt GmbH, Bad Aibling
Druck und Bindung: Elsnerdruck, Berlin

ISBN: 3-453-17763-0

http://www.heyne.de

Sei auf der Hut, denn wer den Teufel anruft,
muss ihm anschließend geben, was ihm gebührt.

Irisches Sprichwort

Appomattox Station

1865

Prolog

Auf der Brücke sollten gerade zwei Männer gehängt werden. Clay Fitzgerald hatte sein Pferd am Rand eines Waldstücks gezügelt. Der Regen strömte von der Krempe seines Filzhuts auf die Schultern des schäbigen grauen Uniformmantels, während er beobachtete, was geschah.

»Wir haben wohl ein Problem, General?« fragte sein Begleiter, ein großer, hagerer Schwarzer mittleren Alters, dessen scharfe Gesichtszüge seine indianische Abstammung verrieten. Auch er trug einen Filzhut und einen groben Wollmantel, über den er einen Patronengurt geschlungen hatte.

»Scheint so, Josh. Gib mir mal dein Fernrohr. Außerdem sollst du aufhören, mich General zu nennen. Die Brigade bestand bloß noch aus hundertdreiundzwanzig Mann, als ich von General Lee meine Ernennung erhielt – und jetzt sind es mal gerade noch zwanzig.«

Mittlerweile war auch sein Adjutant, Corporal Tyree, der einen langen Kavalleriemantel aus Öltuch trug, zu ihnen gestoßen.

»Probleme, General?«

»Möglich. Bleiben Sie dicht bei uns.«

Clay Fitzgerald zog ein silbernes Etui aus seiner Tasche, kramte einen schwarzen Stumpen heraus und zündete ihn an, ehe er vom Pferd stieg und mit dem Fernrohr zum Saum des Wäldchens ging. Mit seinem braun gebrannten Gesicht, den verschatteten schwarzen Augen und der Säbelnarbe auf einer Wange machte er den Eindruck eines Mannes, mit dem man sich besser nicht anlegte, zudem strahlte er eine so vollkommene Ruhe und Selbstbeherrschung aus, dass es auf andere beinah verstörend wirkte.

Acht Männer waren auf die Brücke geritten. Im derzeitigen Stadium des Krieges war schwer zu sagen, welche Uniformen sie trugen, was auch für die beiden Gefangenen galt, die sie hinter sich herschleppten und denen man bereits die Stricke um die Hälse gelegt hatte.

Clay hörte Gelächter, dann wurde ein Seil über einen Stützbalken geworfen, ein Reiter gab seinem Pferd die Sporen, und gleich darauf zappelte einer der Gefangenen in der Luft. Clay Fitzgerald schwang sich in den Sattel.

»Schnell, holen Sie die Männer«, befahl er Tyree, der sein Pferd herumriss und verschwand.

»Wollen Sie schon wieder Dummheiten machen?« fragte Josh.

»Ich hab noch nie einfach zuschauen können, das weißt du ja. Warte hier.«

»Mit Ihrer Erlaubnis möchte ich darauf hinweisen, dass Ihr Vater mich zu Ihrem Leibdiener gemacht hat, als ich acht Jahre alt war, General. Ich habe Ihnen mehr als einmal den Hintern versohlt, wenn Sie es verdient hatten, und seit vier Jahren bin ich jetzt mit Ihnen in diesem verfluchten Krieg.«

»Und was willst du damit sagen? Dass du immer deinen Kopf durchgesetzt hast?«

»Natürlich, immer, also los!« Josh gab seinem Pferd die Sporen.

In leichtem Galopp ritten sie die Anhöhe hinunter und erreichten die Brücke. Die acht Männer, die sich lachend und johlend um den zweiten Gefangenen drängten, verstummten. Alle waren bis an die Zähne bewaffnet und sahen mit ihren wilden Bärten ziemlich übel aus. Ihre Uniformen waren so abgetragen, dass man nicht sagen konnte, ob sie blau oder grau waren.

Der junge Gefangene in einer schäbigen Konföderiertenuniform war bis auf die Haut durchnässt und zitterte vor Angst und Kälte.

Joshua blieb ein Stück hinter Clay zurück und schob seine rechte Hand in die geräumige Tasche seines Mantels. Einer der Männer drängte sein Pferd auf sie zu und musterte mit finsterem Gesicht Clays Rangabzeichen auf dem Kragen.

»Schaut mal, Jungs, wen wir hier haben – einen Colonel der Rebellenkavallerie.«

»He, der könnte einiges Geld wert sein!« rief einer seiner Kumpane.

Bis auf das Prasseln des Regens herrschte für einen Moment Stille. »Mit wem habe ich es zu tun?« fragte Clay, ohne seinen Stumpen aus dem Mund zu nehmen.

»Ich heiße Harker, und wer sind Sie?«

»Das ist Brigadegeneral Clay Fitzgerald«, antwortete Josh an seiner Stelle, »also benehmen Sie sich gefälligst.«

»Riskier hier keine große Lippe, Nigger«, erwiderte Harker. »Was wollen Sie, General?«

»Den Jungen dort. Eigentlich möchte ich wirklich nur den Jungen.«

Harker lachte höhnisch. »Den Jungen? Aber mit Vergnügen.«

Er riss einem der Männer das Seil aus der Hand, an das der Gefangene gebunden war, gab seinem Pferd die Sporen und zügelte es gleich darauf abrupt, wodurch der Junge über den Rand der Brücke geschleudert wurde.

»Wie gefällt Ihnen das, General?«

Clay griff mit der linken Hand blitzschnell nach seinem Säbel und zerschnitt das straff gespannte Seil, mit der rechten zog er unter seinem Mantel einen Dragoon Colt heraus. Er traf Harker in die Stirn, wendete sein Pferd und erschoss einen der Männer, der auf ihn anlegen wollte. Josh hatte eine abgesägte Doppelflinte aus seinem Mantelfutteral gerissen und erledigte einen zweiten, ehe er sich tief in den Sattel duckte und unter dem Hals seines Pferdes hindurch den zweiten Lauf abschoss, als die anderen das Feuer erwiderten. In diesem Moment hörte man den

Schlachtruf der Rebellen, und Tyree kam mit einigen Reitern die Anhöhe hinuntergaloppiert.

Die vier Männer, die noch auf der Brücke waren, wollten flüchten, doch eine Salve von Schüssen fegte sie aus den Sätteln. Die Reiter umringten Fitzgerald. Einer von ihnen trug die Abzeichen eines Sergeanten auf seiner zerschlissenen grauen Uniform.

»General?«

»Gut gemacht, Jackson.« Clay ritt zum Rand der Brücke und schaute hinunter. Der Junge kauerte mit gefesselten Händen auf einer Sandbank. »Schicken Sie jemand runter, der ihm raufhilft.«

Jackson gab den Befehl weiter, und Josh, der inzwischen mit den anderen geredet hatte, kam wieder zurück zu ihm.

»Machen Sie so was nicht noch mal, General. Dieser Krieg ist vorbei.«

»Bist du dir sicher?«

»General Lee ist auf der Suche nach Lebensmitteln und Verstärkung in Richtung Appomattox Station vorgestoßen, aber es war zwecklos. Und Lee hat noch zwanzigtausend Männer übrig, Grant noch sechzig. Es ist vorbei, General.«

»Und wo ist Lee jetzt?«

»Er verbringt die Nacht an einem Ort namens Turk's Crossing.«

Clay sah, dass drei seiner Männer unten bei dem Jungen waren. »Gut«, sagte er. »Dann wollen wir mal zu ihm.«

Im strömenden Regen schlüpften er und seine Männer durch die Linien der Yankees. Einen heiklen Moment gab es, als die Feldposten sie anhielten – immerhin hatten Feldposten der Konföderierten sogar Stonewall Jackson, ihren eigenen General, getötet – doch Tyree rief rasch die Parole des Tages.

Turk's Crossing war eine armselige kleine Farm. General Lee hatte es vorgezogen, sich in der Scheune einzuquartieren statt im Wohnhaus, während sein Stab mit den wenigen Soldaten, die noch übrig waren, ringsum in Zelten lagerte.

Clay zügelte sein Pferd neben dem Farmgebäude. »Schauen Sie mal, ob Sie was Essbares für die Jungs auftreiben können«, befahl er Sergeant Jackson. »Wir treffen uns später.«

Josh stieg ab und nahm Clays Pferd am Zügel. »Was jetzt?«

Ein junger Adjutant kam aus der Scheune. »General Fitzgerald?«

»Ja.«

»General Lee freut sich darauf, Sie zu sehen, Sir. Wir dachten schon, wir hätten Sie verloren.«

»Ich bleibe in der Nähe, General«, sagte Josh. »Vielleicht brauchen Sie mich noch.«

Man hatte in der Scheune ein Feuer entfacht; daneben stand ein Tisch, an dem General Lee saß. Sein Haar war schlohweiß; er trug eine überraschend tadellose Konföderiertenuniform.

»General«, grüßte Clay Fitzgerald.

»Leider kann ich Sie nicht länger ebenfalls General nennen, Clay«, erwiderte Lee. »Wir sind in der Endphase angelangt, und man hat Ihre Ernennung nicht mehr bestätigt. Also sind Sie nun wieder Colonel. Hab gehört, Sie waren wieder im Einsatz?«

»So ungefähr.«

»Immer dasselbe mit Ihnen.«

Ein junger Captain, der einen grauen Uniformrock über der Schulter trug und den linken Arm in einer Schlinge hatte, reichte Lee ein Blatt Papier.

»Der neueste Bericht, General. Die Armee schwindet dahin. Mit viel Glück haben wir vielleicht noch fünfzehntausend Mann übrig.«

Er schwankte und wäre fast zu Boden gestürzt. »Setzen Sie sich, Brown. Der Arm macht Ihnen wohl zu schaffen?«

»Ziemlich sogar, General.«

»Nun, Sie haben Glück, dass Colonel Clay Fitzgerald gerade hier ist, der einzige Kavallerieoffizier im Generalsrang in der konföderierten Armee, der gleichzeitig Militärarzt ist.«

»Colonel? Ich habe eine Nachricht für Sie.« Brown knickte erneut vor Schwäche ein.

Clay führte ihn zu einem Stuhl und rief: »Josh – meine Arzttasche, rasch!«

Die Wunde stammte offenbar von einem Säbelhieb und sah ziemlich übel aus. Brown musste beträchtliche Schmerzen haben.

»Zehn Stiche, schätze ich«, sagte Clay. »Und Whiskey, um die Wunde zu säubern.«

»Da würde so mancher aber von sinnloser Verschwendung reden«, meinte Lee.

»Es scheint jedenfalls etwas zu nutzen, General.« Clay wandte sich zu Josh um, der mit der Arzttasche hereinkam. »Da drin müsste noch ein bisschen Laudanum sein.«

»Sie sind also immer noch dabei, Josh«, sagte Lee. »Beinah ein Wunder.«

»Jawohl, Sir – Sie, ich und Colonel Clay. Ist viel Wasser den Fluss hinabgeflossen.«

Er öffnete die Tasche, doch Brown bat: »Kein Laudanum, Colonel.«

»Es würde Sie betäuben, Captain, und Sie hätten keine Schmerzen.«

»Nein, danke. Ich muss bei klarem Verstand sein. Der General braucht mich. Whiskey genügt, Colonel. Fangen wir an.«

Clay schaute zu Lee hinüber, der ihm zunickte. »Er ist ein tapferer Junge und soll selbst entscheiden. Machen Sie sich an die Arbeit, Colonel.« Seine Stimme klang schroff.

»Gut, mit Ihrer Erlaubnis, Sir.«

Josh entkorkte die Whiskeyflasche und hielt sie Brown an die Lippen.

»Trinken Sie, so viel Sie können, Captain.«

Brown nahm gehorsam einige Schlucke. »Genug.«

»Mach eine Nadel fertig, Josh.« Clay entblößte Browns Arm. »Beißen Sie die Zähne zusammen, es wird etwas brennen.«

Er goss Whiskey über die offene Wunde, und der junge Captain stöhnte unterdrückt. Josh reichte ihm die gekrümmte Nadel, in die ein Seidenfaden gefädelt war.

»Stell dich hinter den Stuhl und halt ihn fest.«

General Lee schaute mit unbewegter Miene zu, wie Clay Whiskey über seine Hände, die Nadel und den Faden goss, die Wundränder zusammendrückte und begann. Beim ersten Stich schrie Brown auf und fiel in eine gnädige Ohnmacht.

Eine Stunde später saßen Clay und Lee nach einer Mahlzeit, die aus irgendeinem undefinierbaren Fleischeintopf bestanden hatte, am Tisch und genehmigten sich einen Whiskey. Draußen prasselte immer noch der Regen herab.

»Ja, da sitzen wir hier nun mitten in der Nacht und alles ist vorbei«, seufzte Lee.

Clay nickte. »Jeder weiß, dass Präsident Lincoln Ihnen beim Ausbruch der Feindseligkeiten das Kommando über die Armee der Yankees angeboten hatte, General, und niemand kann bestreiten, dass Sie der größte Truppenführer dieses Krieges sind.« Er schenkte sich einen weiteren Whiskey ein. »Ich frage mich, welchen Verlauf die Sache wohl in diesem Fall genommen hätte.«

»Solche Gedanken sind Zeitverschwendung, Clay. Ich konnte meine Mitbürger in Virgina nicht im Stich lassen, als sie in den Krieg zogen. Und wie ist es bei Ihnen? Sie sind väterlicherseits irischer Abstammung, waren in Europa, haben in London und Paris Medizin studiert und sind ein hervorragender Chirurg. Trotzdem haben Sie sich für die gleiche Seite entschieden wie ich.«

Clay lachte. »Ja, aber ich bin eben auch in Georgia geboren, General, deshalb hatte ich keine andere Wahl.«

»Sie sind Ihrem Vater wirklich sehr ähnlich. Es hat mir Leid getan, als ich von seinem Tod hörte. Vor drei Monaten, glaube ich?«

»Nun, jedermann wusste, dass er von den Bahamas aus mit seinen Schonern die Blockade durchbrach – und es endete, wie es eben enden musste. Er war auf einem seiner Schiffe, als sie auf eine Fregatte der Yankees trafen. Es ist mit der kompletten Besatzung untergegangen.«

Lee nickte. »Ihre Mutter ist ja schon früher gestorben. Ich erinnere mich noch gut an sie. Ihr Vater war übrigens schon immer etwas hitzköpfig und hat sich etliche Male duelliert, nicht wahr?«

»Das ist eher noch eine Untertreibung.«

»Und sein älterer Bruder, Ihr Onkel?«

»Er hat nach dem Tod meines Großvaters einen Besitz im Westen Irlands geerbt. Seine Plantage, die nur zwanzig Meilen von hier entfernt liegt, hat er einem Verwalter anvertraut.«

»Und was nun?«

»Das weiß Gott allein, General. Wie geht's überhaupt weiter?«

»Ganz einfach, Clay. Ich habe Kontakt mit Grant aufgenommen. Wir treffen uns morgen in Appomattox, um die Kapitulationsbedingungen auszuhandeln.« Er schaute brütend vor sich hin. »Grant und ich haben gemeinsam im Mexikanisch-Amerikanischen Krieg gedient. Schon ironisch, dass es auf diese Weise endet. Aber er ist ein guter Soldat und ein Ehrenmann. Ich habe mir jedenfalls ausbedungen, dass alle meine Männer, die eigene Pferde besitzen, diese auch behalten dürfen.«

»Und er hat zugestimmt?«

»Ja.«

Brown, der auf einem Rollbett in der Ecke lag, kam wieder zu sich und stöhnte. Josh hatte neben ihm Wache gehalten und half ihm, sich aufzusetzen.

»Wie fühlen Sie sich?« fragte Clay.

»Grässlich.«

»Kommen Sie zu uns ans Feuer.«

Josh stand auf. »Ich hole ihm einen Kaffee.«

Brown sank auf einen Stuhl. »Alles in Ordnung, Junge?« fragte Lee.

»Sicher, Sir. Tut verteufelt weh, aber da kann man nichts machen.« Er wandte sich an Clay. »Vielen Dank, Colonel.«

»Keine Ursache.«

»Ich hatte gehofft, Sie zu treffen. Ihr Onkel hat ein Haus hier in der Nähe – Fairoaks?«

»Das stimmt. Er hält sich allerdings in Irland auf und hat einen Verwalter eingesetzt.«

»Nun, er hatte mal ein Haus. Die Kavallerie der Yankees hat es komplett niedergebrannt. Ich bin vor zwei Tagen dort vorbeigekommen. Einer der Feldarbeiter hatte einen Brief von irgendeinem Anwalt aus Savannah, der nach Ihnen gesucht hatte. Er hieß Regan und hat gesagt, er logiere noch eine Woche lang in Butler's Tavern.«

»Ach ja, die liegt ungefähr dreißig Meilen von hier entfernt.«

»In dem Brief hieß es, wenn Sie ihn dort nicht mehr anträfen, sei er wieder in Savannah. Kennen Sie diesen Mann?«

Clay nickte. »Mein Vater war ein Blockadebrecher und Regan sein juristischer Vertreter.«

»Tut mir leid, dass ich den Brief nicht mehr habe, Colonel. Kurz nachdem ich ihn bekam, gerieten wir in ein Gefecht mit der Kavallerie der Yankees, und dabei ging er verloren.«

»Schon in Ordnung. Sie haben mir ja alles gesagt, was ich wissen muss.«

Josh kam mit einem Zinnbecher Kaffee herein und reichte ihn Brown. Clay wandte sich an Lee. »Was jetzt, Sir?«

»Für mich geht's nach Appomattox, Clay, und damit ist unser Kampf zu Ende. Das Ganze ist natürlich eine demütigende Geschichte, aber es ist nicht nötig, dass Sie und Ihre Männer das ebenfalls ertragen. Sie müssen sich um Ihre Familienangelegenheiten kümmern. Am liebsten wäre es mir, wenn Sie heute Nacht unauffällig verschwinden könnten. Allein oder zu zweit kommen Sie sicher ohne Schwierigkeiten durch die Linien der Yankees, besonders in solch waldigem Gelände.«

»Ist das ein Befehl, General?«

»Ein Vorschlag.« Lee streckte eine Hand aus. »Wir haben gut gekämpft, mein Freund. Gehen Sie einfach.«

Beide Männer hatten Mühe, ihre Bewegung zu unterdrücken. »General«, murmelte Clay und schüttelte ihm die Hand, ehe er mit Josh hinausging.

Seine Soldaten hatten unter den Bäumen zwei Planen aufgespannt und neben einem Feuer Schutz gesucht. Sergeant Jackson stand auf.

»Was ist los, General?«

»Den General gibt's nicht mehr – ich bin wieder Colonel. Gerade habe ich mit General Lee gesprochen. Er zieht morgen weiter nach Appomattox, wo er sich Grant ergibt.« Die Männer schwiegen betroffen. »Es ist vorbei, Jungs.«

»Aber was sollen wir denn jetzt anfangen, Colonel?« fragte der junge Corporal Tyree. »Der Krieg ist alles, was ich kenne. Ich bin mit vierzehn in die Armee eingetreten.«

»Ich weiß, Corporal. General Lee schlägt vor, dass wir uns in kleinen Gruppen durch die Linien der Yankees schleichen und nach Hause gehen. Josh, die Geldtasche.«

Josh zog aus der Arzttasche eine große Lederbörse. »Bitte, Colonel.«

»Hier drin sind einhundert englische Sovereigns in

Gold. Verteilt sie gleichmäßig unter euch. Mehr kann ich leider nicht mehr tun. Und nun lasst uns die Sache nicht unnötig in die Länge ziehen. Es ist bitter genug.«

Er reichte das Geld Sergeant Jackson, der viel zu aufgewühlt war, um etwas zu erwidern.

Clay zögerte noch einen Augenblick. »Es war mir eine Ehre, mit euch zu dienen. Und jetzt macht, dass ihr wegkommt.« Damit wandte er sich um und verschwand in der Dunkelheit.

Während Lees Armee sich auf den Weg nach Appomattox machte, regnete es, als sei das Ende der Welt gekommen, was für die Konföderierten auch zutraf. Clay und Josh erreichten am späten Nachmittag ein Waldstück oberhalb von Butler's Tavern. Das alte, verwinkelte Gebäude mit einem Schindeldach lag auf der anderen Seite eines Bachs. Aus einem der großen Schornsteine stieg kräuselnd Rauch in die Höhe.

»Scheint alles ganz ruhig, Colonel«, meinte Josh.

»Halt trotzdem deine Waffe bereit, nur für alle Fälle.« Clay gab seinem Pferd die Sporen und ritt hinunter zur Furt.

Draußen im Hof waren trotz des strömenden Regens zwei gesattelte Pferde angebunden.

»Schändlich, gute Tiere so zu behandeln«, brummte Josh.

»Ja, mit unseren gehen wir nicht so um.« Clay stieg ab und reichte ihm den Zügel. »Bring sie in die Scheune und komm dann rein. Was Warmes zu essen und ein Drink wäre jetzt nicht übel. Ich schau mal nach, ob Regan noch da ist.«

Clay stieg die Treppe zur Veranda hinauf und öffnete die Tür.

In einem großen steinernen Kamin brannte ein Holzfeuer; auf einem Regal an der Wand waren Flaschen aufgereiht, und hinter einer Theke mit Schieferplatte spülte ein junges Mädchen Gläser. Sie war kaum achtzehn, trug einen alten Baumwollrock und hatte ihr wildes Haar zu einem Zopf zusammengebunden. Ihr Gesicht war geschwollen, als habe sie geweint.

An einem Tisch am Fenster verschlangen zwei unrasierte Männer in schäbigen blauen Infantrieuniformen gerade hungrig eine Portion Eintopf. Beide schauten von ihren Zinntellern auf und musterten Clays graue Uniform und den schwarzen Halfter mit dem Dragoon Colt. Clay ging, ohne sie zu beachten, mit klirrenden Sporen zur Theke.

»Ist Mr. Holt, der Eigentümer, zu sprechen?«

»Er ist tot, Sir. Vor drei Tagen auf dem Heimweg von der Stadt hat ihn irgendwer aus dem Sattel geschossen. Ich bin seine Nichte, Sybil.«

»Haben Sie jemanden, der Ihnen hilft?«

»Zwei junge Schwarze haben die Arbeit in den Ställen erledigt, aber sie sind davongelaufen.«

Einer der Männer am Tisch lachte, und der andere rief: »He, du Schlampe, bring uns noch eine Flasche Whiskey!«

Clay wandte sich um. »Ich glaube, ich bin vor Ihnen dran. Benehmen Sie sich, ja?«

Einer der beiden, der ein rotes Halstuch trug, wollte aufstehen, setzte sich jedoch wieder, als Clay wortlos nach seinem Colt griff, und starrte ihn nur wütend an.

»Ich suche nach einem Freund, einem Mr. Regan.«

»Ja, er hat hier ein Zimmer, Sir.«

»Wären Sie so freundlich ihm zu sagen, dass Colonel Clay Fitzgerald ihn sprechen möchte?«

»Mache ich, Sir.«

Sie eilte aus dem Schankraum, und Clay nahm eine Flasche Whiskey und zwei Gläser aus dem Regal hinter der Theke.

Josh kam zur Tür herein. »Alles erledigt, Colonel. Ich hab mich auch der beiden anderen Pferde erbarmt und sie in den Stall gebracht.«

Die Männer hörten auf zu essen, und der mit dem roten Halstuch sagte: »Das hier ist ein anständiges Lokal. Nigger haben draußen im Regen zu bleiben. Und dass du mein Pferd angerührt hast, passt mir auch nicht, Junge.«

Clay legte seinen Colt auf die Theke und schenkte zwei Gläser Whiskey ein. »Komm her, Josh. Holt ist von jemandem erschossen worden, aber eine junge Dame holt Regan.«

Josh zog die abgesägte Flinte aus seiner Manteltasche, ehe er zur Theke ging und genüsslich den Whiskey trank.

»Da frage ich mich, wer das wohl getan hat, Colonel.«

In diesem Moment kehrte Sybil mit Regan zurück, einem kleinen, bärtigen Mann mittleren Alters, der eine Nickelbrille trug. Er schüttelte Clay herzlich die Hand.

»Colonel, ich freue mich, Sie lebend zu sehen, und dich auch, Joshua.«

»Sie haben Neuigkeiten für mich?« fragte Clay. »Ich habe gehört, Sie waren auf Fairoaks.«

»Stimmt. Setzen wir uns.«

Er zog Clay mit zum Kamin und nahm ihm gegenüber Platz. Josh lehnte sich an die Wand und behielt die beiden Männer im Auge. Sybil machte sich hinter der Theke wieder ans Gläserspülen.

»Ich hatte geschäftlich in der Gegend zu tun, Clay, und gehofft, Sie wären in der Nähe von Lee. Außerdem wollte ich mal nachsehen, wie die Dinge auf Fairoaks stehen.«

»Nicht so gut, wie ich höre.«

»Die Kavallerie der Yankees hat die Ranch völlig niedergebrannt. Nichts ist mehr übrig geblieben, Clay, und leider habe ich noch mehr schlechte Neuigkeiten. Ihr Onkel Sean ist vor einem Monat gestorben. Geld hat er Ihnen keins hinterlassen, dafür allerdings zum einen Fairoaks, das, wie gesagt, komplett niedergebrannt wurde, und zum anderen das alte Anwesen der Familie in Irland, wohin er damals nach dem Tod Ihres Großvaters zurückgekehrt ist. In gewisser Weise sieht es damit jedoch kaum besser aus – es ist ebenfalls halb abgebrannt.«

»Was sagen Sie da?«

»Es gibt zur Zeit einige Schwierigkeiten in Irland, ziemliche Schwierigkeiten sogar, mit irgendwelchen Rebellen, die sich Fenier nennen und die Engländer aus dem Land jagen wollen.«

»Aber mein Onkel war doch Amerikaner, wenn auch irischer Herkunft.«

»Er besaß ein großes Haus samt ausgedehntem Grundbesitz, und die Aristokratie steht nun mal nach allgemeiner Überzeugung auf Seiten der Staatsmacht.«

»So ein verfluchter Mist,« schimpfte Clay. »Zwei niedergebrannte Anwesen. Das heißt also, ich habe alles verloren?«

»Nicht ganz«, erklärte Regan. »Ich habe einige Dokumente bei mir, die Sie unterzeichnen müssen. Es geht dabei um den Besitz Ihres Onkels. Anschließend brauche ich Sie in Savannah.«

»Weshalb?«

»Damit Judge Archie Dean, der dortige Richter, auf Verlangen der Bank von England amtlich Ihre Identität bestätigt.«

»Warum das?« fragte Clay verwundert.

»Ihr Vater hat als Blockadebrecher ein Vermögen verdient, Clay, und er war immer ein gerissener Fuchs. Er wusste, dass der Süden verlieren würde. Also hat er seine Gelder in London und teilweise in Paris angelegt.«

»Was heißt das – Gelder?«

»Na ja, vergessen wir mal die amerikanische Währung. Das konföderierte Geld ist ein Witz, und mit dem Dollar ist es momentan auch so eine Sache. In Pfund Sterling ausgedrückt würde ich sagen, dass es sich um rund eine gute Million handelt. Natürlich abzüglich meines Honorars«, ergänzte er auf Clays fassungslosen Blick hin.

Clay und Josh schauten sich schweigend an.

»He, Mädchen,« brüllte der Mann mit dem roten Halstuch, »bring uns noch eine Flasche, mach schon!«

Sybil zögerte unsicher, ehe sie ins Regal griff und zu ihrem Tisch kam. Erschrocken schrie sie auf, als einer der Männer sie packte, sie auf seinen Schoß zog und ihren Rock hochzerrte.

»Herrgott, wie ich so was hasse«, brummte Josh.

Clay stand auf und drückte dem Kerl die Mündung seines Colts gegen die Stirn. »Lass sie los, oder ich blase dir das Hirn raus.«

Langsam gab er sie frei, und Sybil rannte davon. »Schon gut, Colonel, ist ja nichts passiert.«

»Und dabei soll's auch bleiben«, erwiderte Clay. »Nimm ihnen ihre Pistolen ab, Josh. Und jetzt raus mit euch. Seid vernünftig und reitet eures Wegs.«

Mit wütenden Blicken trotteten sie zur Tür. Clay und Josh folgten ihnen. Clay blieb auf der Veranda, während Josh sie mit erhobener Flinte zur Scheune begleitete. Einige Augenblicke später erschienen sie wieder im Hof.

»Zur Hölle mit Ihnen, Colonel!« rief der mit dem roten Halstuch im Davonreiten.

In einiger Entfernung zog er einen Colt aus seiner Satteltasche. »Hast du deine Ersatzknarre auch dabei?«

»Klar«, erwiderte sein Kamerad.

»Dann los!« Beide rissen ihre Pferde herum und begannen im Galoppieren zu schießen.

Josh wandte sich um, sank auf ein Knie und feuerte auf den Mann mit dem roten Halstuch; Clay riss seinen Dragoon heraus und schoss den zweiten aus dem Sattel.

Sybil und Regan kamen zur Tür gerannt. »Keine Sorge, Kind«, sagte Clay, »wir schaffen die beiden Leichen weg, ehe wir weiterreiten.«

»Alles in Ordnung, Clay?« fragte Regan.

»Na ja, ich habe jetzt vier Jahre lang Menschen getötet

und nun könnte ich eigentlich mal eine Abwechslung gebrauchen.«

Joshua lud seine Flinte. »Was meinen Sie damit, Colonel?«

Clay schob seinen Dragoon in den Halfter, kramte einen Stumpen aus seinem Silberetui und zündete ihn an. »Wie würde dir denn beispielsweise eine Reise nach Irland gefallen?«

Irland

1865

1

Die Kutsche holperte über ein so tiefes Schlagloch, dass sie fast zur Seite gekippt wäre, und die Gepäckstücke auf dem gegenüberliegenden Sitz purzelten auf den Mann, der in der anderen Ecke schlief.

Clay wachte auf und schob sich den Hut aus dem Gesicht. Vier Stunden waren sie nun schon auf einer Straße unterwegs, die wahrhaftig nicht diesen Namen verdiente, und seit sie Galway verlassen hatten, war es immer schlimmer geworden.

Er spähte aus dem Fenster, als das Fahrzeug stehen blieb. Neben der Straße verlief ein kleiner Bach, am gegenüberliegenden Ufer standen einige Bäume; Nebel lag über dem Land, und der ganze Boden war schlammig durchweicht. Er öffnete die Tür und stieg aus.

»Verbessern Sie mich, falls ich mich irre, Colonel«, seufzte Joshua, der auf dem Kutschbock saß und die Zügel in der Hand hielt, »aber haben Sie nicht immer behauptet, Europa sei ein zivilisiertes Land?«

Von der Krempe seines Filzhuts tropfte der Regen, um seine Knie hatte er eine Pferdedecke geschlungen und seinen dicken Mantel fest bis ans Kinn zugeknöpft.

Clay grinste. »Das ist Irland. Mein Vater hat mir immer erzählt, der Herrgott habe hier alles ein klein wenig anders gemacht.«

Joshua wischte sich mit einem Ärmel den Regen aus dem Gesicht. »Mir scheint eher, dass der Herr diesen Flecken Erde schon vor langer Zeit vergessen hat, Colonel. Ich frage mich langsam, was wir hier wollen.«

»Ich auch, Josh, ich auch.« Der Regen nahm ganz plötzlich an Heftigkeit noch zu. »Du siehst aus wie eine ertrunkene Ratte. Lass mich mal für eine Weile auf den Bock.«

»Ich bin schon so nass, dass es jetzt ganz egal ist.«

Clay schüttelte den Kopf. »Keine Widerrede. Komm runter und setz dich rein. Das ist ein Befehl.«

Joshua wusste, dass es zwecklos war zu protestieren. Seufzend schlug er seine Decke zurück und wollte hinunterklettern. In diesem Moment tauchten zwei Reiter aus dem Nebel auf und ritten über den Bach.

Der erste zügelte sein Pferd so scharf, dass es auf den Hinterbeinen seitwärts tänzelte, wodurch Clay gegen die Kutsche gedrückt und mit Schlamm bespritzt wurde. Unter der Krempe eines zerschlissenen Huts lugte ein blonder Haarschopf hervor, und über dem roten Halstuch, das die untere Hälfte des Gesichts verdeckte, sah man lebhafte blaue Augen. Sein grober Mantel war bis zum Hals zugeknöpft, und in der linken Hand hielt er eine Flinte, die er auf Clay richtete.

Nach vier Jahren auf der Verliererseite in einem besonders unangehmen Krieg hatte Clay Fitzgerald gelernt, die Wechselfälle des Lebens zu nehmen, wie sie kamen. Gleichmütig zückte er seine Börse. » Vermutlich sind Sie darauf aus?«

Ehe der Mann antworten konnte, kam sein Kamerad, der die Kutsche umrundet hatte, zurück und flüsterte beinahe ehrfürchtig: »Schau dir das an, Dennis! Ein Schwarzer. Hast du so einen schon mal gesehen?«

Der andere lachte. »Jedesmal, wenn ein spanisches Schiff in Galway anlegt.« Er entriss Clay die Börse und wog sie in der Hand. »Ziemlich leicht für einen so vornehmen Gentleman.«

Clay zuckte die Schultern. »Nur ein Narr würde in solchen Zeiten mehr bei sich tragen.«

Dennis ließ die Börse in seine Tasche gleiten und deutete auf Clays Weste. »Eine schöne Goldkette, die Sie da haben. Gehört dazu auch eine Uhr?«

»Ein Erbstück von meinem Vater. Sie würden kaum was dafür kriegen.«

Der Mann griff nach der Kette, riss sie von der Weste los und betrachtete die Uhr. »Eine goldene Sprungedeckeluhr, immerhin. So eine hab ich mir schon mein Leben lang gewünscht.« Vorwurfsvoll schüttelte er den Kopf. »Sie sind nicht ehrlich mit mir gewesen, Freundchen, und deshalb frage ich mich, was Sie möglicherweise sonst noch dort in der Kutsche spazieren fahren.« Er wandte sich an seinen Kameraden. »Hol das Gepäck raus und durchsuch es.«

Der Junge sprang vom Pferd, stieß Clay grob zur Seite und beugte sich in die Kutsche, aus der er eine schwarze Ledertasche zog. »Sie werden nichts von Wert darin finden«, sagte Clay. »Nur einige chirurgische Instrumente und Arzneien.«

»Das stimmt, Dennis.« Der Junge hatte die Tasche durchsucht und hielt sie hoch, damit sein Kamerad sich selbst überzeugen konnte.

»Dann sind Sie also Arzt?« fragte Dennis.

Clay nickte. »Unter anderem.«

»Ich habe den größten Respekt für Ihren Beruf. Normalerweise würde ich Sie ziehen lassen, aber es sind harte Zeiten, und wenigstens haben Sie die Befriedigung, dass Ihr Geld einem guten Zweck dient.« Er nickte dem Jungen zu. »Sieh mal, was du sonst noch finden kannst.«

Clay dachte an die hundert Sovereigns in Gold, die in dem ledernen Reisekoffer in seinem zweiten Paar Reitstiefel versteckt waren, und seufzte. Innerlich machte er sich bereit, nach der Waffe zu greifen, sobald sich die passende Gelegenheit ergab.

In diesem Moment ertönte irgendwo in der Nähe ein Schrei, dem einige Schüsse folgten. Eine Kugel schlug neben der Kutsche in den Boden. Fluchend versuchte Dennis das erschreckte Pferd zu bändigen, während er sich umschaute.

Mehrere Reiter kamen den Abhang herunter ins Tal. »Rauf mit dir, Marteen«, befahl er und hielt Clay mit seiner Flinte in Schach.

Der Junge schwang sich auf den breiten Rücken seiner Stute und grub ihr die Absätze in die Flanken. Gefolgt von Dennis stob er über den Bach, und beide verschwanden auf der anderen Seite im Nebel.

Joshua kletterte vom Kutschbock und wischte sich mit einem Taschentuch über das feuchte Gesicht. »Colonel, was ist das bloß für ein Land?«

Clay zuckte mit den Schultern. »Jedenfalls scheint alles, was mir dieser Anwalt in Galway erzählt hat, wahr zu sein. Dabei dachte ich, er hätte übertrieben.« Er grinste. »Sag bloß nicht, ein alter Kämpfer wie du hätte Angst gehabt?«

»Das hab' ich mir seit damals abgewöhnt, als wir in Pittsburgh Landing im Dunkeln in dieses Artillerie-Regiment der Yankees gerieten und Sie uns mit einem Täuschungsmanöver wieder rausbugsierten. Ich hab mir nur Sorgen gemacht, dass Sie eine Dummheit begehen.«

»Ich muss zugeben, dass ich daran gedacht habe.«

Joshua schnaubte. »Dann kam dieser Schuss ja gerade recht, sonst hätten diese Gauner Ihnen doch noch Ihren närrischen Kopf weggeblasen.«

Inzwischen hatten die Reiter die Kutsche erreicht. Drei von ihnen galoppierten direkt weiter über den Bach, um die Wegelagerer zu verfolgen, der vierte zügelte sein Pferd und stieg ab.

Er war Anfang dreißig, gedrungen und muskulös, trug schlammige Stulpenstiefel, einen Tweedmantel und hatte um den Mund einen grausamen Zug. Clay empfand vom ersten Blick an Abneigung gegen ihn.

Neugierig musterte er Joshua und tippte kurz mit seiner Reitgerte an die Hutkrempe. »Colonel Fitzgerald? Es scheint, wir sind gerade im rechten Moment gekommen. Mein Name ist Burke. Ich bin Sir George Hamiltons Verwalter. Er hat gehört, dass Sie gestern in Galway eingetroffen sind und hat mich Ihnen entgegengeschickt. Haben Sie seinen Brief erhalten?«

Clay nickte. »Der Anwalt meines Onkels hat ihn mir

gestern übergeben.« Er lächelte wehmütig. »Schade, dass Sie nicht fünf Minuten eher zur Stelle waren. Dann wäre ich um fünfzehn Sovereigns und eine goldene Uhr reicher. Haben Sie irgendeine Ahnung, wer diese Gauner waren?«

Burke zuckte die Schultern. »Im ganzen Land wimmelt es von solchen Schurken. Wenn wir sie fangen, erzählen sie dem Richter, dass sie aufrechte Patrioten seien, die Geld für ihre Organisation sammeln, und verfluchen im gleichen Atemzug die Königin.«

»Ich verstehe«, sagte Clay. »Sie gehören demnach zu dieser Bruderschaft der Fenier, von der in Galway so viel geredet wurde?«

»Mag sein; es gibt mehrere dieser irischen Geheimbünde, und manche schrecken nicht einmal vor nächtlichen Überfällen auf die Grundbesitzer zurück.« Burke zuckte mit den Schultern. »Alle sind wild darauf versessen, Irland zu befreien, wie sie behaupten. Aber wir wollen uns nicht hier im Regen unterhalten, Colonel. Sir George hofft, Sie verbringen die Nacht bei ihm. Wenn Sie wieder in Ihre Kutsche steigen, reite ich voraus.«

Clay schüttelte den Kopf. »Sehr freundlich, doch ich möchte lieber nach Claremont weiterfahren. Ist es noch weit?«

»Bis nach Drumore sind es noch mal vier Meilen und ungefähr eine weitere bis Claremont«, erwiderte Burke etwas zögernd. »Es dürfte dort wenig behaglich sein, Colonel, das können Sie mir glauben. Das Haus ist weder für Mensch noch Tier geeignet.«

»Aber soviel ich weiß, hat mein Onkel bis zu seinem Tod dort gelebt. Dann kann es doch nicht derartig verfallen sein?«

»Sie vergessen das Feuer.«

»Nein, die Anwälte haben mich über alles ins Bild gesetzt. Der Schaden ist anscheinend beträchtlich?«

Burke nickte. »Der Großteil des Hauses ist dahin. Ihr Onkel hat die letzten sechs Monate seines Lebens im

Westflügel verbracht. Das war der einzige Teil, der noch ein Dach hatte.«

»Ach, wissen Sie, ich habe mir in den vergangenen vier Jahren so manches Mal nichts sehnlicher gewünscht als ein Dach über dem Kopf – irgendein Dach. Wenn mein Onkel es dort aushalten konnte, werde ich es sicher auch überstehen.«

»Wie Sie meinen, Colonel.« Burke schwang sich in den Sattel und ergriff die Zügel. »Noch etwas – seien Sie in Drumore ein wenig vorsichtig. Man mag dort keine Fremden.«

»Nicht mal einen namens Fitzgerald?« fragte Clay lächelnd.

»Es sind schwere Zeiten, Colonel«, entgegnete Burke grimmig, »das werden Sie, denke ich, bald selbst herausfinden.« Er gab seinem Pferd die Sporen und verschwand um eine Biegung der Straße.

Clay schaute ihm gedankenvoll hinterher, ehe er sich zu Joshua umwandte. »Was meinst du?«

Joshua zuckte die Schultern. »Viel schlimmer als manche der Plätze, an denen wir während des Kriegs geschlafen haben, kann es auch nicht sein, Colonel. Aber eines ist sicher – ich mag diesen Kerl nicht.«

Clay grinste. »Wie gewöhnlich sind wir uns wieder mal völlig einig. Er hat irgendetwas Unangenehmes an sich, obwohl ich nicht so recht sagen kann, was es ist.«

In der Ferne grollte leise der Donner. Clay zog einen schweren Mantel aus der Kutsche und streifte ihn über. »Sieht so aus, als ob das Wetter erst mal noch schlechter wird, bevor es sich bessert. Los, ich bin's leid, hier noch länger rumzustehen. Steig ein, damit wir weiterfahren können.«

Joshua zögerte einen Moment, aber da er wusste, dass es zwecklos war zu widersprechen, kletterte er mit einem tiefen Seufzer in die Kutsche. Clay schlug die Tür zu, stieg auf den Bock und griff nach den Zügeln.

Während sie über die schlammige Straße holperten, überdachte er das Gespräch mit Burke und fragte sich nicht zum erstenmal, warum er eigentlich nach Irland gekommen war.

Sicher, es hatte ihn nichts in Georgia gehalten, und nach vier Jahren Krieg hatte er nur noch einen Wunsch gehabt – Frieden. Inzwischen kam es ihm wie ein schlechter Witz vor, dass er gehofft hatte, ihn ausgerechnet in Irland zu finden. Falls die Geschichten, die man ihm in Galway erzählt hatte, der Wahrheit entsprachen – und die Ereignisse der vergangenen Stunde schienen es dies bestätigen – war er geradewegs in ein Land geraten, in dem Mord und Totschlag an der Tagesordnung waren.

Von klein auf hatte sein Vater ihm immer wieder erklärt, Irland habe ein elementares Recht auf Selbstverwaltung, und die schauerlichen Berichte über die grausame Behandlung der unglücklichen Bauern durch die englischen Grundbesitzer hatte er nie vergessen, wenn er es auch während seiner Studentenzeit in London und Paris und später im Krieg verdrängt hatte, da es ihn nicht unmittelbar betraf.

Irland mochte jedoch noch so viel Recht auf seiner Seite haben, Wegelagerei war jedenfalls nicht die geeignete Methode, sich Sympathien zu erwerben. Er dachte an die beiden Diebe, und ihm fiel ein, dass sie zwar schlecht gekleidet, ihre Pferde aber ausgezeichnet gewesen waren. Um wen mochte es sich bei den beiden wohl handeln? Und was hatte sie zu einer solchen Tat getrieben?

Vielleicht gehörten sie ebenfalls zu dieser Bruderschaft der Fenier, von der so viel geredet wurde? Clay wischte sich die Regentropfen aus dem Gesicht und beschloss, keinerlei Partei zu ergreifen, was auch immer geschehen würde. Er hatte vor, höchstens einen oder zwei Monate in Claremont zu bleiben, danach konnte Sir George Hamilton seinen Willen haben und den Besitz kaufen. Ein Gebot hatte er ihm bereits in dem Brief gemacht, den er am gestrigen Tag bei seiner Ankunft in Galway schon vorgefunden hatte.

Es dämmerte schon, als sie Drumore erreichten. Vielleicht zwanzig oder dreißig kleine armselige Häuser mit Dächern aus Torf und Stroh, über die der blaue Rauch aus den Schornsteinen kroch, standen vereinzelt zu beiden Seiten der ungepflasterten, etwa hundert Meter langen Straße.

Ungefähr in der Mitte entdeckte Clay ein Gasthaus, aus dem Gelächter drang. Er zügelte das Pferd und sprang vom Kutschbock.

Neben dem Haus, das wesentlich solider war als die anderen, befanden sich ein Hof und Ställe, in denen mehrere Pferde standen, deren Flanken in der kühlen Luft dampften. Über der Tür hing ein Schild mit der verblassten Aufschrift ›COHAN'S BAR‹.

Joshua lehnte sich aus dem Fenster. »Weshalb halten wir, Colonel?«

Clay schüttelte die Regentropfen von seinem Hut und setzte ihn wieder auf. »Wenn ich daran denke, was Burke über den Zustand von Claremont erzählt hat, meine ich, wir könnten eine Flasche Brandy sicher ganz gut gebrauchen. Hast du etwas Geld zur Hand?«

Joshua kramte im Inneren seines linken Ärmels, wo er eine lederne Börse versteckt hatte. Clay öffnete sie und nahm einen Sovereign heraus. »Das sollte genügen, um den ganzen schäbigen Laden zu kaufen«, sagte er und gab Joshua die Börse zurück. »Bin gleich wieder da.«

Er öffnete die Tür und trat ein. Der Raum war voller Rauch und wurde von zwei Öllampen erhellt, die an einem geschwärzten Deckenbalken baumelten. Ein Torffeuer schwelte in der gegenüberliegenden Ecke, und um die Theke drängten sich acht oder neun Männer, die gespannt einem hochgeschossenen jungen Burschen von ungefähr zwanzig Jahren lauschten, dessen hübsches, eher weibliches Gesicht von einem dichten blonden Haarschopf gekrönt wurde.

Noch hatte niemand Clay bemerkt, der stehen blieb und zuhörte.

»Und was ist dann passiert, Dennis?« fragte jemand.

Dennis hatte ein Glas Whiskey in der Hand und lehnte sich mit gerötetem Gesicht gegen die Theke. »Es ist für einen guten Zweck, mein edler Herr, habe ich gesagt, und wenn Sie hübsch brav sind, passiert Ihnen nichts. Sein Gesicht war käseweiß, und seine Hand zitterte so sehr, dass er die Börse in den Schlamm fallen ließ.«

Ein Junge von fünfzehn oder sechzehn drängte aufgeregt: »Zeig ihnen die Uhr, Dennis. Zeig sie doch mal.«

»Alles zu seiner Zeit, Marteen.« Dennis leerte sein Glas und stellte es ostentativ auf die Theke. Jemand füllte es sofort wieder, während Dennis in die Tasche griff und Clays Sprungdeckeluhr hervorzog.

Er hielt sie an der Kette hoch, so dass sich das Licht der Lampe darin spiegelte. Aufgeregtes Murmeln erklang. »Schaut euch bloß mal an, wie elegant die ist.«

Clay ging langsam zu den Männern hinüber. Marteen sah ihn als erster und starrte ihn aus seinen blauen Augen fassungslos an. Einer nach dem anderen drehte sich um. Clay drängte sich an den Männern vorbei, bis er Dennis gegenüber stand. »Ich glaube, diese Uhr gehört mir.«

Niemand sagte ein einziges Wort. Dennis schien einige Augenblicke lang ratlos, ehe sein Selbstvertrauen offenbar zurückkehrte. »Was zur Hölle soll das heißen?«

Clay schaute sich langsam um. Manche Gesicher waren einfältig, in anderen schimmerte etwas Intelligenz, und alle erwiderten mürrisch und abweisend seine Blicke, doch dann bemerkte er einen Mann, der am anderen Ende der Theke lässig an der Wand lehnte.

Er war ebenso blond wie Dennis, aber im Gegensatz zu ihm groß und kräftig, hatte breite Schultern und ein energisches, kluges Gesicht. Er griff nach seinem Glas und trank einen Schluck Whiskey. Mit einem kleinen Lächeln schaute er Clay direkt in die Augen – fast so, als ob sie alte Bekannte wären.

Clay wandte sich wieder zu Dennis um. »Das Geld ist mir nicht wichtig, aber die Uhr gehörte meinem Vater.«

Dennis schien zu merken, dass sein Ruf auf dem Spiel stand. Verdrossen schob er die Uhr in die Tasche, griff nach seiner Flinte, die an der Theke lehnte, und drückte Clay den Lauf gegen die Brust. »Ich gebe Ihnen fünf Sekunden, hier zu verschwinden, klar? Fünf Sekunden und keine mehr.«

Clay schaute ruhig in das weiche, aber entschlossene Gesicht, dann wandte er sich abrupt um und ging zur Tür. »Seht ihr?« rief Dennis. »Jetzt hat er sich heute schon zum zweiten Mal in die Hosen gemacht.« Die Männer lachten, und Clay zögerte einen Moment, ehe er den Schankraum verließ.

Wortlos schob er Joshua zur Seite und zerrte die Reisetasche aus der Kutsche. Er war nicht wütend, aber seine Muskeln spannten sich ein wenig, und im Magen spürte er das vertraute Gefühl abenteuerlicher Erregung.

»Was ist los, Colonel?« fragte Joshua bestürzt.

Clay gab keine Antwort. Ganz unten in der Tasche fand er den Dragoon Colt, der ihn seit seiner Flucht mit General Morgan aus dem Staatsgefängnis von Illinois im Jahr '63 stets begleitet hatte.

Er wog ihn kurz in der rechten Hand, ehe er rasch zurück zum Pub ging. Lautes Lachen scholl ihm entgegen, da Dennis seine Geschichte immer weiter ausschmückte, und wiederum bemerkte ihn niemand.

Ein Whiskeykrug stand auf der Theke neben Dennis Ellbogen. Die Entfernung betrug etwa dreieinhalb Meter. Clay legte an und drückte ab. Es war kein schwieriger Schuss. Der Krug explodierte in unzählige Stücke, und der Whiskey spritzte über die Männer, die hastig davonstoben.

Dennis sah aus, als sei ihm übel geworden. Hektisch schaute er sich nach Hilfe um, doch keiner rührte sich. Alle schienen starr vor Angst, bis auf den hochgewachsenen Mann, der immer noch an der Wand am Ende der Theke lehnte. Jetzt lächelte er allerdings nicht mehr und griff mit der rechten Hand in seinen Mantel.

Clays Gesicht glich einer Maske, und gerade deshalb war es so erschreckend. Mit wenigen Schritten war er bei Dennis und drückte ihm den kalten Lauf des Colts unters Kinn. »Meine Uhr!«

Dicke Schweißtropfen standen dem Jungen auf der Stirn. »Gott ist mein Zeuge, Sir, es war bloß ein Scherz. Nichts für ungut.« Außer sich vor Angst zog er die Uhr und die Börse hervor und legte sie mit zitternder Hand auf die Theke. »Hab's wirklich nicht böse gemeint.«

Clay blickte ihn nur wortlos an. Von irgendwoher flüsterte eine halblaute Stimme: »Der schaut drein wie der Teufel persönlich.«

Clay schob den Colt in seine Tasche und wandte sich um. Der Junge taumelte zum nächsten Stuhl und verbarg sein Gesicht in den Händen.

Der Wirt, ein dicker Mann mit roten Wangen, wischte sich nervös die Hände an einer schmutzigen Schürze ab. »Womit kann ich Ihnen dienen, Sir?«

»Vermutlich beliefern Sie die hiesigen Anwohner mit Getränken?«

»Jawohl, Sir, ganz recht, sogar Sir George Hamilton.« Er griff nach einem schmierigen Stück Papier und befeuchtete eifrig die Spitze eines Bleistifts mit der Zunge. »Was hätten Sie denn gern, Sir?«

Mit ruhiger Stimme gab Clay seine Bestellung auf, während er seine Uhr und die Börse einsteckte. »Eine Flasche Brandy nehme ich übrigens gleich mit«, schloss er.

Der Wirt schob eine Flasche über die Theke. »Auf welchen Namen geht das denn, Sir, und wohin soll ich liefern?«

Zum erstenmal erschien ein Lächeln auf Clays Gesicht. »Ach ja, hätte ich fast vergessen. Claremont House – Colonel Clay Fitzgerald.«

Aufgeregt begannen die Gäste miteinander zu tuscheln.

Joshua wartete draußen neben der Kutsche. »Ich hab durchs Fenster zugeschaut, Colonel«, sagte er sichtlich erleichtert. »Abgesehen von Ihrem Vater sind Sie der kaltblütigste Mann, den ich kenne.«

Clay reichte ihm den Brandy und schob ihn in die Kutsche. »Ich habe meine Uhr wieder, und das ist mehr, als ich erwartet hatte. Jetzt wünsche ich mir bloß noch etwas zu essen und ein Feuer, um mich aufzuwärmen. Wenigstens das werden wir doch hoffentlich in Claremont House finden, wie auch immer es sonst dort aussehen mag.«

Als er auf den Kutschbock klettern wollte, öffnete sich die Tür der Gaststube. Clay drehte sich um und griff in die Tasche. Der hochgewachsene Mann hob eine Hand. »Keine Sorge, Colonel!« rief er lächelnd. »Ich bin nur gekommen, um Ihnen zu danken, dass Sie meinen Bruder nicht umgebracht haben.«

Clay ging auf ihn zu und schlug seinen offenen Mantel zurück. Aus dem Hosenbund ragte der Griff einer Pistole. »Ich habe gesehen, wie Sie danach griffen«, erklärte er grinsend.

»Sicher, und ich habe gemerkt, dass es Ihnen aufgefallen ist.«

»Ihr Bruder war nie in Gefahr. Es ist nicht meine Art, Kinder zu töten. Eine Tracht Prügel wäre in seinem Fall eher angebracht.«

»Die wird er kriegen, wenn sein Vater hört, was er angestellt hat, verlassen Sie sich drauf.« Er reichte ihm die Hand. »Kevin Rogan, Colonel. Ich habe Ihren Onkel gut gekannt.«

»Sind Sie zufällig verwandt mit Shaun Rogan – Big Shaun nennt man ihn, glaube ich?«

»Das ist mein Vater. Warum fragen Sie?«

»Ich habe in New York einen Freund von ihm getroffen, einen Mann namens O'Hara – James O'Hara –, der mir ein Päckchen für ihn mitgegeben hat. Ich wäre gespannt gewesen, was Ihr Vater dazu gesagt hätte, falls es Dennis in die Hände gefallen wäre.«

Ein merkwürdiges Lächeln erschien auf Rogans Gesicht. »Sie werden doppelt willkommen sein, wenn Sie uns besuchen und Neuigkeiten von James O'Hara mitbringen, Colonel. Hinter Claremont House verläuft ein Weg, dem Sie drei Meilen weit durch das Moor folgen müssen, dann kommen Sie nach Hidden Valley. Dieses ganze Land gehört den Rogans, jeder Quadratmeter ehrlich erworben und bezahlt.«

»Sagen Sie Ihrem Vater, dass ich vielleicht morgen mal vorbeischaue.«

Clay stieg auf den Kutschbock und gab dem müden Pferd einen leichten Klaps mit den Zügeln. Als sie am Ende der Straße um die winzige Kirche bogen, blickte er noch einmal zurück. Kevin Rogan winkte ihm zu, öffnete die Tür des Gasthauses und ging wieder hinein.

2

Wie ein schwarzer Schattenriss tauchte in der Dunkelheit das Haus vor ihnen auf. Clay lenkte die Kutsche zwischen zwei steinernen Pfeilern hindurch, an denen früher wohl schmiedeeiserne Tore befestigt gewesen waren.

Die Zufahrt führte rings um das Haus und endete in einem großen, von einer Mauer umgebenen Hof. Zu seiner Überraschung sah er, dass aus den Fenstern Licht drang, das sich auf den regennassen Steinplatten spiegelte.

Joshua kletterte aus der Kutsche. »Was sagt man dazu, Colonel?«

»Keine Ahnung, aber wir werden es sicher gleich herausfinden.«

Die Tür ließ sich mühelos öffnen, und er betrat einen Raum, der offenbar die Küche war. Balken stützten die niedrige Decke, und ein Feuer im Kamin warf flackernde Schatten an die Wände. Clay ging näher und wärmte sich nachdenklich die Hände.

Joshua machte sich daran, eine der beiden Petroleumlampen zu entzünden, die auf dem Tisch standen. Als sie den Raum mit sanftem Licht erfüllte, rief er: »Schauen Sie mal, Colonel!«

Unter einem weißen Tischtuch hatte Joshua einen Laib Brot, Eier, einen Schinken und einen Krug Milch entdeckt. Auf einem kleinen Blatt Papier standen in ordentlicher, etwas eckiger Handschrift die Worte ›WILLKOMMEN IN CLAREMONT‹.

»Keine Unterschrift«, sagte Joshua. »Das ist doch wirklich merkwürdig, oder?«

Clay hob das Blatt Papier hoch und roch den Duft von Lavendel. »Dachte ich mir doch gleich«, grinste er, »dass dies die Schrift einer Frau ist.«

»Wer kann das sein?«

Clay zuckte die Schultern. »Eine barmherzige Samariterin. Sie wird sich schon zu erkennen geben, wenn es ihr genehm ist.«

Nachdem Joshua die zweite Öllampe entzündet hatte, konnten sie sich etwas genauer umschauen. Sie entdeckten einige bequeme Stühle; an den Wänden hingen Bilder; vor dem Kamin lag ein Teppich, und der ganze Raum strahlte eine so friedliche Atmosphäre aus, dass man den Eindruck hatte, als müsse der Mann, der hier gelebt hatte, glücklich gewesen sein.

»Eines ist sicher«, meinte Joshua. »Dieser Burke hatte keine Ahnung, wovon er redete.«

Clay nickte. »Ich glaube nicht, dass die letzten Tage meines Onkels besonders unangenehm gewesen sind.«

Er nahm eine der Lampen und ging zu einer Tür, hinter der er eine hölzerne Treppe entdeckte, die nach oben führte. Joshua folgte ihm mit der zweiten Petroleumlampe.

Clay öffnete die erste Tür, auf die er traf, und fand sich in einem kleinen Schlafzimmer wieder. Auf dem Boden lag ein Teppich, an der Wand stand ein Kleiderschrank aus Mahagoni, der jedoch ebenso leer war wie die Schubladen der Doppelkommode, doch das Bettzeug war sauber und frisch gelüftet.

Aus irgendeinem Grund wusste er, dass dies das Zimmer seines Onkels gewesen war. Clay trat ans Fenster und schaute schweigend in die Nacht hinaus. In Gedanken versuchte er, sich ein Bild von dem Mann zu machen, den er nie gesehen hatte.

»Ich habe mir mal die anderen Zimmer angeschaut, Colonel«, meldete Joshua. »Es sind insgesamt fünf, und nebenan ist auch ein fertig gemachtes Bett. Die anderen sind leer.«

»Dann sind wir ja beide versorgt. Sonst noch was hier oben im Flur?«

Joshua schüttelte den Kopf. »Nichts, nur eine kahle Wand am Ende.«

Sie gingen wieder nach unten. »Ich glaube, hier war mal der Dienstbotentrakt«, meinte Clay. »Vermutlich waren es die einzigen Zimmer, die man nach dem Brand noch bewohnen konnte.«

Er durchquerte die Küche, da er auf der anderen Seite eine weitere Tür entdeckt hatte, die sich jedoch nicht öffnen ließ. Dann bemerkte er den großen Schlüssel im Schloss, drehte ihn um und stand in einem kühlen, feuchten Korridor mit steinernem Boden. Ganz in der Nähe hörte man den Regen fallen.

Er hob die Lampe, ging den Gang entlang und stieg über eine weitere Steintreppe zu einer Tür hinauf. Als er sie öffnete, spürte er den Regen auf seinem Gesicht und hielt schützend die Hand über die Lampe.

Offenbar befand er sich in der ehemaligen Eingangshalle des Hauses. Zu seiner Rechten sah er in der Dunkelheit eine große Treppe, doch von dem einstigen Dach und dem oberen Stockwerk war nur noch ein Berg von Trümmern übrig geblieben.

Eigentlich war es schon eine fast tragikomische Situation, dass die turbulente Geschichte seiner Familie nach siebenhundert Jahren auf eine solche Weise endete und dass er, der Letzte, der den Namen Fitzgerald trug und in einem fremden Land geboren war, nun hier in den Ruinen des Stammhauses stand. Ein plötzlicher Windstoß ließ die Lampe flackern. Clay wandte sich um und kehrte wieder in die Küche zurück.

Joshua hatte inzwischen das Gepäck hereingeholt. »Ich denke, Sie sollten mal einen Blick in die Ställe werfen, Colonel. Da werden Sie was mächtig Interesssantes finden.«

Clay folgte ihm über den Hof zu den Ställen, wo Joshua bereits die Kutsche und das Pferd untergebracht hatte. An einem Nagel neben dem großen Tor hing eine Laterne. »Da drüben, Colonel.«

Aus der Dunkelheit kam ein leises Wiehern, und als Joshua die Lampe hochhielt, entdeckte Clay in einer der Boxen eine prachtvolle schwarze Stute mit einem Fell wie Seide. Genießerisch strich er mit der Hand über ihre Kruppe.

»Ob das auch ein Geschenk von unserer Samariterin ist?« fragte Joshua.

Clay lächelte. »Solche Geschenke kann sie gern öfter machen. Ich habe selten ein so schönes Tier gesehen.«

»Hier erlebt man mit jeder Minute mehr Überraschungen.« Joshua hängte die Lampe wieder an den Nagel und wollte das Kutschpferd ausspannen.

»Lass nur, ich kümmere mich darum. Mach du lieber was zu essen.«

»Wie Sie meinen, Colonel.« Joshua holte zwei weitere Gepäckstücke aus der Kutsche und ging zurück zum Haus.

Clay spannte das Pferd aus und fand eine alte Decke, mit der er das müde Tier abrieb, ehe er es in eine der Boxen führte und ihm etwas Hafer und Heu gab, womit man die schwarze Stute großzügig versorgt hatte.

Anschließend holte er den ledernen Reisekoffer aus der Kutsche, stemmte ihn sich auf die Schultern und ging zurück zum Haus. Der Regen schien ein wenig nachzulassen. Tief atmete er die herrlich frische Luft ein und merkte, wie müde und hungrig er war.

Joshua stand mit einer eisernen Bratpfanne in der Hand vor dem Feuer.

»Riecht gut, was immer es ist«, sagte Clay.

»Schinken, Eier und geröstetes Brot, Colonel. Ich sehe mal, was ich morgen zusammenzaubern kann, wenn ich mit diesem Herd klargekommen bin.«

»Wir haben schon schlechter gegessen, und zwar mehr als einmal.«

Clay brachte den Koffer hinauf in sein Zimmer. Als er wieder in die Küche kam, hatte Joshua den Tisch gedeckt so gut es ging und auch die Flasche Brandy, die er bei Cohan gekauft hatte, dazugestellt. Clay schenkte sich großzügig eine Tasse ein und sank mit einem zufriedenen Seufzer auf einen Stuhl am Feuer.

»Der beste Teil des Tages«, grinste Joshua. »Das haben Sie immer im Feld gesagt.«

Clay nahm einen Schluck Brandy, stutzte und trank grinsend noch einen Schluck. »Stimmt was nicht, Colonel?« fragte Joshua.

Clay schüttelte den Kopf. »Es wird nur alles immer geheimnisvoller. Das ist einer der besten französischen Brandys, den ich je getrunken habe. Wie kommt ein armseliger kleiner Gastwirt hier auf dem Land an solches Zeug?«

»Keine Ahnung, Colonel.« Joshua verteilte das Essen auf zwei Teller. »Bloß eins ist sicher – Irland ist kein geeigneter Ort für einen Gentleman.«

»Aber Georgia, vermute ich, was?« grinste Clay und ging mit seinem Teller zum Tisch. »Ich glaube nicht, dass den Iren deine Einstellung gefallen würde. Und falls die Gäste in dieser Schenke beispielhaft für die hiesige Bevölkerung waren, würde ich an deiner Stelle solche Ansichten lieber für mich behalten. Sie haben mich stark an Hoods Texaner erinnert.«

Joshua schauderte und setzte sich ihm gegenüber. »Niemand auf Erden könnte Hoods Texanern ähneln, Colonel, es sei denn, der Satan war zur gleichen Zeit an zwei Stellen tätig.«

Sie aßen schweigend ihre Teller leer. Clay lehnte sich mit einem Seufzer zurück und griff nach der Brandyflasche. »Joshua, ich habe immer schon gesagt, dass du der reinste Zauberkünstler bist, was das Kochen angeht.«

»Stimmt, Colonel«, erwiderte Joshua, der dieses Lob nur für gerecht hielt, »aber den Spruch kenne ich schon von Ihrem Vater. Genau aus diesem Grund hat er mich ja auch behalten, als alle anderen verkauft werden mussten in den schlimmen Jahren vor dem Krieg, nachdem Ihre Mutter gestorben war. Er hat immer gesagt, ohne mich wäre er verloren gewesen.«

»Und ich ebenfalls«, versicherte Clay.

Joshua schien nicht der Meinung, dass darauf ein Widerspruch angebracht sei. Er begann den Tisch abzuräumen, während Clay zurück zu seinem Stuhl am Feuer ging und sich bei einem Brandy entspannte.

Er war so müde wie lange nicht mehr. Während er in die Flammen schaute, fielen ihm die Augen zu, und der Kopf sank ihm auf die Brust. Er holte tief Atem, gähnte und zwang sich, aufzustehen. »Es war ein langer Tag. Ich glaube, ich gehe früh ins Bett. Morgen gibt es bestimmt viel zu tun.«

»Ich bringe Ihnen um sieben Kaffee«, sagte Joshua. Clay nickte, nahm eine der Lampen und ging nach oben.

Es war kalt im Schlafzimmer. Er stellte die Lampe auf den schmalen Tisch neben dem Bett und öffnete das Fenster. Der Regen hatte aufgehört, und ein leichter Wind raschelte in den Bäumen. Tief atmete er den Duft der nassen Erde ein, doch plötzlich überfiel ihn mit aller Macht die Müdigkeit. Er hatte kaum mehr genügend Kraft, sich die Kleider abzustreifen und die Lampe auszulöschen, als er auch schon eingeschlafen war.

•

Irgendetwas hatte ihn geweckt. Es war noch tiefe Nacht, und nur das trübe Licht des Mondes schimmerte durch das Fenster herein.

Überrascht merkte Clay, dass seine Müdigkeit verschwunden war. Seine Uhr auf dem kleinen Tisch neben dem Bett zeigte ihm, dass es kurz vor zwei war. Demnach hatte er keine fünf Stunden geschlafen. Er warf die Bettdecke zurück und ging hinüber ans Fenster.

Die Erde roch nach dem Regen wunderbar frisch; ein leichter Wind strich über seine nackte Haut, und nur das Bellen eines Hundes in der Ferne durchbrach die nächtliche Stille. Dann verzog sich die Wolkenbank, die vorübergehend den Mond verdeckt hatte, und sein Schein tauchte die Landschaft in ein sanftes Licht. Der Himmel war unglaublich schön und übersät mit funkelnden Sternen.

Ein leises, dumpfes Trommeln ließ ihn aufhorchen. Er beugte sich aus dem Fenster und sah den dunklen Umriss eines Reiters, der am Rand des Tals entlang galoppierte.

Plötzlich zügelte er sein Pferd, das sich aufbäumte. Für einen Moment verharrten Pferd und Reiter vollkommen regungslos wie eine Statue, und ohne den Grund dafür nennen zu können wusste Clay auf einmal, dass man ihn gesehen hatte. Rasch zog er sich zurück. Ein helles, spöttisches Lachen klang zu ihm herüber, dann schnaubte das Pferd und machte einen Satz, als habe es die Sporen erhalten. Gleich darauf war es im Tal verschwunden.

Clay fühlte sich plötzlich hellwach und schlüpfte hastig in seine Kleider. Er hatte nun schon so viel Mysteriöses in Claremont erlebt, dass er geradezu darauf brannte, wenigstens dieses Geheimnis zu lösen und herauszufinden, wer dieser Reiter gewesen war. Leise ging er die Treppe hinunter und zog sich erst in der Küche seine Stiefel an. Einen Moment später überquerte er den Hof.

Er öffnete die Tür des Stalls. Im Licht des Mondes schaute ihm die schwarze Stute entgegen und wieherte leise, als habe sie ihn erwartet. An der Wand neben der Box fand er Zaumzeug samt einem leichten englischen Sattel und führte das Tier sofort in den Hof.

Als er den Sattelgurt anzog, hörte er leise Schritte und wandte sich um. Joshua stand mit vorwurfsvollem Gesicht hinter ihm. »Du hast wirklich Augen wie eine verdammte Nachteule«, sagte Clay.

Joshua seufzte. »Was Sie in der Nacht treiben, ist Ihre Sache, Colonel, aber nach allem, was bereits passiert ist, würden Sie mir einen Gefallen tun, wenn Sie den hier mitnähmen.« Er reichte ihm den schwarzen Lederhalfter mit dem Dragoon Colt.

»Gut, um des lieben Friedens willen.« Clay schnallte ihn um die Hüfte und schwang sich in den Sattel. »Du stellst dich wahrhaftig an wie ein altes Weib. Und jetzt geh zurück ins Bett – das ist ein Befehl.« Er schnalzte mit der Zunge, und die Stute trabte über den Hof, ehe Joshua noch etwas erwidern konnte.

Auf der ersten Anhöhe zügelte er das Pferd und schaute sich um. In der Ferne bellte noch immer der Hund, was ihn irgendwie an sein Zuhause in Georgia erinnerte. Wie oft hatte er sich als Junge in den heißen Sommernächten gewünscht, einmal nachts über Land zu reiten.

Er ließ die Stute in einen leichten Galopp fallen und gab ihr schließlich den Kopf frei, als sie ein Gelände mit weichem Untergrund erreichten. Es war ein wundervolles Gefühl, tief über ihren Hals gebeugt den kühlen Wind auf dem Gesicht zu spüren. Nach einer guten Meile zügelte er sie und streichelte ihr die Ohren.

»Meine Schöne«, sagte er leise. »Was für eine Schönheit du bist!« Die Stute warf den Kopf zurück und rollte geschmeichelt die Augen, als habe sie seine Worte genau verstanden.

Irgendwo in der Nähe wieherte ein Pferd, und die Stute antwortete prompt. Rasch wich Clay in den Schutz der Bäume zurück und stieg ab. Auf einer kleinen Anhöhe, etwa zwanzig oder dreißig Meter entfernt, erschienen mehrere Reiter. Deutlich hörte er, wie einer von ihnen sagte: »Das war ein Pferd, ganz bestimmt, und gar nicht weit weg.«

Clay legte der Stute eine Hand über die Nüstern. Einer der Männer lachte. »Du bist nervös heute Nacht, Patrick, das ist alles. Dabei gibt's doch wirklich keinen Grund, sich Sorgen zu machen. Burke und seine Männer warten brav am nördlichen Ende des Grundstücks auf Wilderer – die es gar nicht gibt.«

Sie setzten sich wieder in Bewegung. Clay sah, dass sie eine ganze Reihe von Packpferden mit sich führten. Nachdem sie eine Viertelmeile entfernt hinter einem Hügel verschwunden waren, folgte er ihnen.

Als er die Anhöhe erreichte, blies ihm ein starker Wind ins Gesicht, und er schmeckte Salz auf seinen Lippen. Das Meer musste ganz nahe sein. Er schaute sich um, wohin die Reiter verschwunden sein konnten.

Im hellen Licht des Mondes entdeckte er ein schmales Tal, das sich wie ein dunkler Streifen quer durch das Moor zog. Dies war offenbar der Weg, den sie genommen hatten. Er wollte gerade losreiten, als irgendwo hinter ihm ein Stein gegen einen anderen klirrte. Hastig wandte er sich im Sattel um, aber es war niemand zu sehen.

Er wartete eine Weile, doch da sich nichts rührte, lenkte er die Stute den Abhang hinunter und entdeckte einen deutlich ausgetretenen Pfad.

Clay versuchte, die Dunkelheit mit seinen Blicken zu durchdringen und war froh, dass der weiche Untergrund den Hufschlag der Stute dämpfte. Zehn Minuten später führte der Pfad plötzlich steil abwärts. Er hörte Stimmen und die Brandung des Meeres.

Clay trieb die Stute eine kleine Böschung hinauf und fand sich auf einer Wiesenfläche wieder, die bis zum Rand eines Kliffs reichte. Er stieg aus dem Sattel und schlich vorsichtig weiter.

Hell schien das Mondlicht auf eine sichelförmige Bucht. Etwa hundert Meter vom Ufer entfernt lag ein Schoner mit gerefften Segeln. Gegen den dunklen Himmel zeichnete sich das Netzwerk der Takelage wie ein Gewebe aus schwarzer Spitze ab. Er warf sich zu Boden und spähte über den Rand des Kliffs, das steil zum Strand hinunter abfiel. Der Pfad durch das Tal schien der einzige Weg dorthin zu sein.

Mehrere Männer waren dabei, ein Beiboot zu entladen. Sie erledigten ihre Aufgabe so geschickt, dass man merkte, wie viel Erfahrung sie damit hatten; außerdem schienen sie ihren Spaß an der Sache zu haben. Zwei von ihnen begannen sogar eine kleine Balgerei, als sie durch die Brandung zum Boot wateten. Ihr Lachen drang durch die Nachtluft zu ihm hinauf.

Wenigstens ist damit klar, woher Cohan seinen hervorragenden Brandy bezieht, dachte Clay und merkte zu spät, dass unter seinem Gewicht der Rand des Kliffs abzubröckeln begann.

Ein Schauer aus Steinen und Erde prasselte hinab auf den Strand. Die Männer, die sich um das Boot drängten, wandten sich um und schauten zu ihm hinauf. Ein scharfer Pfiff ertönte. Hastig sprang er auf und lief zurück – gerade noch rechtzeitig, um dem Schuss auszuweichen, den jemand auf ihn abgefeuert hatte. Die Kugel sirrte knapp an ihm vorbei.

Offensichtlich waren die Männer doch nicht so sorglos, wie er geglaubt hatte, denn während er sich in den Sattel schwang, kamen drei Reiter aus dem Tal herauf und galoppierten auf ihn zu.

Clay ließ seinem Pferd die Zügel schießen, und die Stute reagierte prachtvoll. Tief über ihren Hals gebeugt, trieb er sie mit schmeichelnden Worten an.

Da er das Gelände nicht kannte, überließ er es seinem Pferd, sich einen eigenen Weg zu suchen. Hinter sich hörte er die Rufe seiner Verfolger und merkte, dass er in ein schmales Tal geraten war. Er schaute über die Schulter. Keine fünfzig Meter entfernt sah er den ersten Reiter.

Mit einem heftigen Fluch zügelte er die Stute. Vor ihm erhob sich eine fast vierzehn Meter hohe blanke Felswand, auf der ein verkümmerter Dornbusch wuchs, und die Abhänge zu beiden Seiten waren so steil wie ein Hausdach.

Der erste seiner Verfolger hatte inzwischen das Tal erreicht, doch Clay empfand keine Angst; es ärgerte ihn nur, dass er wieder einmal gezwungen war, Gewalt anzuwenden. Er zog den Dragoon Colt und wartete. Wie jedes Mal war er in diesem Moment der Entscheidung vollkommen ruhig.

Irgendwo über ihm erklang ein spöttisches Lachen. Er riss seinen Colt hoch und fuhr im Sattel herum. Neben dem Dornbusch stand der Reiter, den er vor kaum einer Stunde vom Fenster seines Schlafzimmers aus gesehen hatte.

»Lassen Sie die Stute den Abhang hinaufklettern, wenn Sie Ihre Haut retten wollen, Colonel!« rief eine klare Stimme. »Sie schafft das schon, glauben Sie mir.«

Seine Verfolger hatten ihn fast erreicht. Clay feuerte ein paar Mal in die Luft, um sie aufzuhalten, und drängte die Stute auf den Steilhang zu.

Er verlagerte sein Gewicht, um ihr so gut es ging zu helfen, und die Stute gab sich alle Mühe, doch schließlich begann sie auf dem feuchten Gras zu rutschen. Er sprang ab, griff nach den Zügeln und zog sie die letzten Meter hinter sich her. Einen Moment später hatten sie es geschafft.

»Hier lang, Colonel.« Der Reiter wendete sein Pferd und galoppierte im Mondlicht über das hügelige Moor. Clay schwang sich in den Sattel. Aus der Talsenke hörte er die wütenden Schreie seiner Verfolger, die erkannten, dass er ihnen entwischt war.

Nach einigen hundert Metern schaute er über seine Schulter. Drei Reiter hatten inzwischen die Anhöhe erklommen. In seinem Magen spürte er das vertraute Gefühl der Aufregung und konzentrierte sich darauf, seinen Begleiter einzuholen.

Die Stute machte mühelos Boden gut, und langsam verringerte sich der Abstand, bis beide Pferde fast Seite an Seite waren.

Sein unbekannter Verbündeter trug ein altes Tweedjackett und einen breitkrempigen Hut, den er tief ins Gesicht gezogen hatte. Clay merkte, dass er ihm einen Blick zuwarf und hörte sein Lachen, dann stürmten sie hinunter in ein breites, mit Bäumen bestandenes Tal und folgtem einem sandigen Pfad.

Immer wieder streiften ihn die nassen Äste, so dass er ziemlich durchweicht war, als sie eine Wiese erreichten. Sie setzten über einen niedrigen Zaun, landeten auf der anderen Seite in aufspritzendem Schlamm und zügelten vor einer verfallenen Jagdhütte ihre Tiere.

Clay sprang ab und strich sanft mit der Hand über die bebende Flanke seiner Stute. »Ich bin Ihnen sehr zu Dank verpflichtet, Sir«, sagte er.

Der andere hob warnend die Hand und bedeutete ihm zu schweigen. Kurz darauf ritten ihre Verfolger vorbei. Danach herrschte Stille.

Der Reiter lauschte noch einige Zeit, bis die Hufschläge in der Nacht verhallt waren, dann wandte er sich mit einem fröhlichen Lachen zu Clay um. »Die armen Narren hetzen bestimmt noch eine geschlagene Meile weiter, ehe ihnen auffällt, dass wir gar nicht mehr vor ihnen sind.«

Die Stimme war hell und klar. Neugierig ging Clay auf den unbekannten Retter zu, der sich umwandte und den Hut abnahm. Langes dunkels Haar, das mit einem Band zusammengebunden war, fiel hinab bis über die Schultern.

»Ja, da hol mich doch der Teufel«, sagte Clay leise.

Ein kaum achtzehnjähriges Mädchen lächelte ihm schelmisch im Mondlicht zu. Sie war klein und zierlich, in einen viel zu weiten Männermantel gehüllt, hatte volle Lippen und eine keck gereckte Nase. Ihre ungewöhnlich großen Augen standen etwas zu weit auseinander, sodass man sie nach herkömmlichen Maßstäben nicht hätte schön nennen könnten, doch ihre ganze Erscheinung wirkte unwiderstehlich reizvoll. Sie strahlte eine Anziehungskraft aus, die jedermann sofort für sie einnehmen musste.

»Wer zum Teufel sind Sie? Die göttliche Jägerin Diana oder die Königin der Nacht?«

Lachend warf sie den Kopf zurück; das Mondlicht fiel auf ihr Gesicht. »Ich habe ja schon gehört, dass die Herrn aus den Südstaaten überaus galant sind, aber das übertrifft doch all meine Erwartungen.«

Übermütig zog er seinen Hut und verbeugte sich tief. »Colonel Clay Fitzgerald, zu Ihren Diensten. Verfügen Sie über mich, mein Fräulein.«

»O nein, Colonel, ich bleibe viel lieber noch für eine kleine Weile die göttliche Jägerin Diana – oder von mir aus auch die Königin der Nacht. Frauen sind nun einmal unheilbar romantisch.«

Sie gab ihrem Pferd so die Sporen, dass es mit einem Satz über die Wiese schoss, mühelos über den Zaun setzte und zwischen den Bäumen verschwand. Nur ihr helles Lachen klang noch durch die Nacht. Clay sprang hastig in den Sattel seiner Stute, wusste aber schon jetzt, dass er sie nicht mehr einholen würde.

Auf einer Anhöhe am Rand des Tals sah er das Mädchen und sein Pferd noch kurz als Silhouette, die sich gegen den Himmel abzeichnete, dann waren sie endgültig verschwunden.

Er nahm einen Stumpen aus seinem Etui und entzündete ihn im Schutz seiner gewölbten Hände, da vom Meer her eine leichte Brise wehte. Wer sie wohl sein mochte? Aber wenn ihr Auftritt heute Nacht typisch für sie war, dachte er lächelnd, wird sie wohl bald wieder auftauchen.

In leichtem Galopp kehrte er nach Claremont zurück und genoss die Stille der Nacht. Von der Anhöhe oberhalb des Hauses aus blickte er sich um und hatte fast den Eindruck, in einer verzauberten Welt zu sein. In der Ferne sah man die Berge von Connemara, die einen atemberaubenden Anblick boten, und auf dem Meer glitzerte silbern das Mondlicht.

Es war zwar ein Fehler gewesen, dass er geglaubt hatte, in Irland Frieden zu finden, aber er war dennoch glücklich, dass er hergekommen war, ja, er freute sich auf den morgigen Tag. Lächelnd ritt er hinunter zum Haus.

3

Der Morgen war grau, und es regnete leicht, als Clay aus dem Hof ritt und dem schmalen Pfad hinauf ins Moor folgte.

In einer seiner alten Satteltaschen aus der Militärzeit hatte er das Päckchen verstaut, das er bei Shaun Rogan abliefern sollte, und während er mit gesenktem Kopf durch den Regen trabte, fragte er sich, was es wohl enthalten mochte.

Er wusste kaum etwas von dem Mann, der es ihm gegeben hatte. O'Hara war er zufällig auf einer Party bei irgendjemandem in New York begegnet, und im Lauf des Gesprächs war auch seine geplante Reise nach Galway erwähnt worden. Etwas später hatte O'Hara ihn gefragt, ob er ihm einen Gefallen erweisen und jemandem ein Päckchen überbringen könne. Clay hatte eingewilligt und eigentlich geglaubt, er würde nie wieder etwas von ihm hören. Doch als er am folgenden Tag das Schiff bestiegen hatte, lag das Päckchen bereits in seiner Kabine, dazu ein höflicher Brief, in dem O'Hara sich im voraus für seine Gefälligkeit bedankte.

Irgendwie hatte er von Anfang an den Verdacht gehabt, dass die Sache nicht ganz sauber war, und nach allem, was er inzwischen von der Familie Rogan gesehen hatte, bestand für ihn daran kaum mehr ein Zweifel.

Er verdrängte jedoch diese Gedanken, als er sich umblickte. Die Berge waren in Nebel gehüllt und die Sicht nicht besonders gut, aber die Luft war frisch wie junger Wein, und das ganze Land strahlte eine so wunderbare Natürlichkeit aus, dass er leise vor sich hin zu pfeifen begann, auch wenn der Regen inzwischen stärker geworden war.

Wie Kevin Rogan gesagt hatte, führte der Weg etwa drei Meilen weit durch das Moor und dann hinunter in ein breites Tal. Umgeben von alten Buchen lag dort ein aus grauen Steinen erbautes Bauernhaus.

Das ganze Anwesen wirkte sehr gepflegt, und um die große Koppel waren ordentliche Zäune gezogen. Eine hochgewachsene hagere Frau, die in jeder Hand einen Eimer trug, kam aus der Tür. Sie stellte die Eimer ab und schaute ihm entgegen.

Ihr Gesicht war gezeichnet von einem sorgenvollen Leben, und das Haar unter ihrem Kopftuch grau. Wortlos musterte sie ihn mit ihren wasserblauen Augen. Clay tippte sich an die Hutkrempe. »Mrs. Rogan? Mein Name ist Fitzgerald. Ist Ihr Mann daheim?«

»Nein, er ist den Tag über unterwegs«, erwiderte sie schroff.

»Darf ich fragen, wann Sie ihn zurückerwarten?«

»Er kommt und geht. Sie verschwenden nur Ihre Zeit, wenn Sie auf ihn warten wollen.« Damit griff sie nach den Eimern und ging über den Hof zum Kuhstall.

Clay schaute ihr verwundert nach. »Sie dürfen es meiner Mutter nicht verübeln«, sagte eine ruhige Stimme. »Sie mag bloß keine Fremden.«

In der Tür zum Pferdestall stand ein Mann, der sich die Hände an einem Lappen abwischte. Er hatte ein schmales, intelligentes Gesicht, das blonde Haar der Rogans und freundliche Augen.

Clay ritt zu ihm hinüber und lächelte. »Dennis, Marteen und Kevin habe ich bereits in dieser Reihenfolge kennen gelernt. Wer sind Sie?«

»Ich bin Cathal, der Ruhige der Familie. Kevin hat schon gesagt, dass Sie heute vielleicht vorbeikommen, Colonel.«

»Ihr Vater ist nicht zu Hause, wie ich höre?«

Cathal nickte. »Angeblich Geschäfte in Galway. Er und die Jungs kommen heute Abend erst spät zurück.«

Clay beugte sich vor und schaute zur Tür des Stalls hinein. Mindestens dreißig Pferde waren in ordentlichen Boxen zu beiden Seiten untergebracht. Er stieß einen anerkennenden Pfiff aus. »Sie haben aber prachtvolle Tiere.«

»Gehört sich auch so, Colonel, wir züchten sie ja schließlich.« Liebevoll strich Cathal über die Nüstern der Stute und flüsterte ihr leise etwas zu. »Aber keines gleicht Pegeen.«

»Heißt sie so – dann kennen Sie die Stute?« fragte Clay überrascht.

Cathal lächelte. »Sie war die größte Freude Ihres Onkels in seinen alten Tagen. Zwischen hier und Dublin findet sich kein besseres Pferd, mein Wort drauf. Miss Joanna hat sich gut um sie gekümmert.«

Clay widerstand der Versuchung, sich nach ihr zu erkundigen, und Cathal Rogan machte keine Anstalten, das Gespräch fortzusetzen. »Nun, dann will ich mal weiter«, meinte Clay. »Sagen Sie Ihrem Vater, ich schaue morgen noch mal vorbei.«

»Wenn ich Kevin recht verstanden habe, dann wollen Sie uns ein Päckchen bringen, Colonel?«

»Ihrem Vater.« Clay wendete sein Pferd. »Und ich gebe es ihm lieber persönlich.« Er ritt in leichtem Galopp durch das Tor und folgte dem Weg hinauf aus dem Tal.

Von dort aus schaute er noch einmal hinunter auf die Farm. Was immer die Rogans sonst noch sein mochten, eine ungastliche Familie waren sie in jedem Fall, denen Fremde eindeutig nicht willkommen waren – das hatte ihm sowohl Cathal Rogan wie auch seine Mutter deutlich zu verstehen gegeben.

Als er weiterreiten wollte, bemerkte er eine Bewegung zwischen den Bäumen hinter der Farm und wartete. Kurz darauf galoppierte ein Dutzend Reiter in den Hof.

Einer der Männer stieg ab und ging auf die Frau zu, die mit ihren Eimern aus dem Kuhstall kam. Clay sah, dass er sie etwas fragte, worauf sie heftig den Kopf schüttelte.

Wütend versetzte er ihr einen solchen Stoß, dass sie zu Boden stürzte und die Milch über die Pflastersteine floss.

Im gleichen Moment erblickte er Cathal Rogan, der hinter den Pferdeställen vorbei zum Haus lief und wenig später mit einer Flinte in der Tür erschien. Drohend hob er sie an seine Schulter, doch einer der Männer ritt die Eingangsstufen hinauf, drängte ihn gegen die Wand und trat ihm die Waffe aus der Hand.

Clay zögerte nicht länger. Er lehnte sich im Sattel zurück und ritt, ohne auf den Weg zu achten, den steilen Abhang hinunter, durchquerte die Senke und galoppierte an der Koppel vorbei zum Hof.

Einer der Reiter saß noch auf seinem Pferd; die anderen waren abgestiegen. Vier von ihnen umringten Cathal Rogan, der mit dem Rücken zur Wand stand, während ihre Kumpane angefangen hatten, die Pferde aus den Ställen zu holen. Cathal wehrte sich verzweifelt, aber innerhalb weniger Sekunden ging er unter einem Hagel von Fausthieben zu Boden.

Einer der Männer versetzte ihm einen heftigen Stiefeltritt in die Seite. Mrs. Rogan rannte schreiend auf den Mann zu und klammerte sich an seinen Mantel, doch er stieß sie mit einem Fluch weg.

Genau in diesem Moment sprengte Clay in den Hof. Er trieb Pegeen mitten unter die Männer, die zur Seite stoben, und zügelte die Stute an der Treppe. Blitzschnell trat er Cathals Angreifer mit dem Stiefel ins Gesicht; er schrie auf, taumelte gegen die Wand und sank zu Boden.

Ein Mann kam fluchend auf ihn zugeritten. Pegeen tänzelte anmutig auf den Hinterbeinen herum, und Clay sah sich Sir George Hamiltons Verwalter gegenüber.

Burkes Gesicht war rot vor Wut. »Bei Gott, Colonel, Sie gehen zu weit!« rief er mit blitzenden Augen. »Halten Sie sich aus Angelegenheiten raus, die Sie nichts angehen. Wir sind hier in Sir George Hamiltons Auftrag.«

»Ich habe gerade beschlossen, dass es mich sehr wohl

etwas angeht«, erwiderte Clay. »Ist es etwa im Sinn Ihres Herrn, dass Sie alte Frauen angreifen und sich wie Wüstlinge aufführen?«

Einer der Männer griff nach Cathal Rogans Flinte, die am Fuß der Treppe lag. Clay sah die Bewegung aus den Augenwinkeln und zog den Dragoon aus seinem Holster. Er feuerte, ohne erst zu zielen; die Kugel schlug auf dem Pflaster zu Füßen des Mannes ein, der mit einem entsetzten Schrei zur Seite sprang.

Lässig senkte Clay die Waffe. »Ich denke, wir bringen zuerst einmal die Pferde zurück in die Ställe, Mr. Burke, und dann reiten wir unseres Wegs.« Er deutete auf den Mann, der bewusstlos an der Hauswand lag. »Vermutlich habe ich ihm die Kinnlade gebrochen. Das werden wir morgen früh besser wissen. Falls es so ist, schicken Sie ihn zu mir, ich kümmere mich um ihn. Sie wissen, dass ich Arzt bin?«

Burke schaute ihn mit unverhülltem Hass an, doch Clay hielt gelassen seinem Blick stand, bis Burke sich abwandte und die notwendigen Befehle gab.

Rasch trieben die Männer die wenigen Pferde zusammen, die sie losgebunden hatten, und brachten sie in die Ställe zurück. Anschließend banden sie den bewusstlosen Mann mit einem Seil quer über seinem Sattel fest.

Mrs. Rogan kniete neben Cathal, der sich mühsam aufrichtete. Sein Gesicht war ziemlich ramponiert, aber er brachte trotzdem ein Lächeln zustande. »Wir sind Ihnen zu Dank verpflichtet, Colonel, und Sie werden sehen, dass die Rogans ihre Freunde nicht vergessen – und ihre Feinde auch nicht«, fügte er mit einem Blick auf Burke hinzu.

»Ich begleite die Herrn bis zur Grenze des Grundstücks«, sagte Clay. »Ich denke, ich kann Ihnen versprechen, dass sie nicht wiederkommen werden.«

Cathal schwankte plötzlich, und ihm schien übel zu werden. Seine Mutter half ihm die Treppe hinauf ins

Haus, während Burke mit seinen Männern wortlos über den Hof davonritt.

Clay folgte ihnen den Weg hinauf ins Moor bis zum Rand eines kleinen Wäldchens, wo Burke seinen Männer bedeutete, weiterzureiten.

»Das werde ich nicht vergessen, Colonel.«

»Ich auch nicht«, entgegnete Clay schlicht und schob seine Waffe ins Holster. Einen Moment lang durchbohrten ihn Burkes Blicke, dann wendete er sein Pferd und galoppierte den anderen hinterher.

Clay schaute ihnen nach, bis sie in einiger Entfernung hinter einer Anhöhe verschwunden waren. »Keine angenehme Sache, ihn zum Feind zu haben, Colonel Fitzgerald«, sagte plötzlich eine vertraute Stimme.

Diesmal war sie etwas konventioneller bekleidet mit einem blauen Reitanzug und einem Dreispitzhut, der an der Seite mit einer kleinen weißen Feder geschmückt war.

»Ich hatte keine Ahnung, dass die Königin der Nacht auch bei Tag ausreitet«, lächelte er. »Demnach kennen Sie Burke?«

»Gewiss, er ist schließlich der Verwalter meines Onkels.« Sie verließ ihr Versteck zwischen den Bäumen und reichte ihm unbefangen auf eine fast kameradschaftliche Weise die Hand. »Ich bin Joanna Hamilton, Colonel Fitzgerald. Ihr Onkel und ich waren gute Freunde.«

»Das glaube ich gern.« Clay hielt ihre Hand fest, und sie machte keinen Versuch, sie ihm zu entziehen. »Es scheint, ich muss mich für so mancherlei bei Ihnen bedanken, Miss Hamilton – für ein erfreuliches Willkommen nach einer langen Reise und für das schönste Pferd, das ich jemals in meinem Leben besessen habe, ganz zu schweigen davon, dass sie mir den Hals gerettet haben.«

»Zumindest dafür gebührt mir kein Dank, Colonel«, lachte sie. »Ich war ungefähr zwanzig Minuten vor Ihnen am Eingang des Tals und sah zufällig, was geschah. Übrigens habe ich gehört, dass Sie gestern Abend ziemlichen

Aufruhr in Cohans Gasthaus verursacht haben. Jetzt kann ich verstehen, warum die Yankees vier Jahre lang gebraucht haben, um den Süden zu schlagen.«

Clay zuckte die Schultern. »Solche Geschichten werden beim Erzählen meist recht übertrieben.«

»Leider sieht das mein Onkel ganz anders.«

»Ich fürchte, ich kann Ihnen nicht ganz folgen. Wie meinen Sie das?«

»Nun ja, zuerst einmal ist er der hiesige Friedensrichter, und zweitens mag er die Rogans nicht. Burke hat ihm heute morgen erzählt, dass zwei Rogans Ihnen gestern auf der Galway Road aufgelauert haben.«

»Ein Jungenstreich, vorbei und vergessen«, entgegnete Clay. »Ich verstehe immer noch nicht, was Ihr Onkel damit zu tun hat.«

»Der Vorfall kam ihm wie gerufen, denn dadurch hatte er die passende Ausrede, um Burke und seine Männer nach Hidden Valley zu schicken. Sie sollten Big Shaun zu ihm bringen. Mein Onkel möchte ihm schon lange mal an den Kragen.«

»Und in ihrer verständlichen Enttäuschung, dass sie ihn nicht zu Hause antrafen, haben sie sich stattdessen seine Frau und einen seiner Söhne vorgeknöpft. Billigt Ihr Onkel Burkes brutale Methoden?«

»Er ermutigt ihn sogar dazu«, erwiderte sie trocken. »Für ihn stehen die Iren auf einer Stufe mit den Negern – beides von Natur aus minderwertige Rassen, und zwar durch Gottes eigenen Willen.«

»Sir George muss wahrhaftig ein Mann von überragender Intelligenz sein«, meinte Clay spöttisch. »Dürfte ich fragen, ob Sie seine Ansichten teilen?«

»Da meine Großmutter mütterlicherseits eine Hindu war, die in Kalkutta geboren und aufgewachsen ist, bin ich wohl etwas voreingenommen.«

Während sie im Schritt den Weg entlangritten, warf Clay ihr von der Seite einen Blick zu. Ihre Abstammung zeigte sich deutlich in den großen, mandelförmigen Augen und der für eurasischen Frauen typischen cremefarbenen Haut.

Joanna Hamilton wandte sich um und errötete, als sie merkte, dass er sie betrachtete. Für einen Moment schien ihre Selbstsicherheit sie im Stich zu lassen, und sie war nur noch ein achtzehnjähriges Mädchen mit ziemlich jungenhaftem Charme. Dann lächelte sie schüchtern, und in diesem kurzen Moment wusste Clay, dass sie das schönste Wesen war, das er je in seinem Leben gesehen hatte. Ein unerklärliches, ganz verrücktes Gefühl der Zärtlichkeit überflutete ihn, und er griff nach ihrer Hand. Unbefangen und ohne jede Angst strahlte sie ihn an, als spüre sie seine Empfindungen und genieße es.

Ganz plötzlich nahm der Regen zu und prasselte wie ein Monsunschauer auf sie herab. Mit einem fröhlichen Lachen gab Joanna ihrem Pferd die Sporen. Sie verließen den Weg und ritten hinunter in ein kleines bewaldetes Tal. Zwischen den Bäumen hindurch sah er Wasser schimmern.

Joanna zügelte ihr Pferd im Schutz einer großen Buche, deren Wurzeln bis ans Ufer eines kleinen, ruhigen Teichs reichten, und stieg ab.

»Hier sind wir einigermaßen geschützt, bis der Regen ein wenig nachlässt«, meinte sie und schob sich eine feuchte Haarsträhne aus der Stirn.

Clay zündete sich einen Stumpen an, während sie gedankenverloren kleine Zweige ins Wasser warf und versuchte, eine Ente heranzulocken.

Ein leichter Windstoß vom anderen Ufer trieb den erdigen Geruch von welkem Laub zu ihnen herüber. »Haben Sie diesen Geruch auch so gern?« fragte sie. »Mich überkommt dabei immer eine unbändige Lebenslust, und mir wird so richtig bewusst, wie herrlich es ist, lebendig zu sein.«

Er nickte. »Der Herbst ist meine liebste Jahreszeit, selbst wenn er immer etwas Trauriges an sich hat… wie vergangene Träume, die noch einen kurzen Moment verweilen, ehe sie für immer verblassen.«

Unwillkürlich schwang in seiner Stimme ein Anflug von Bitterkeit mit bei der Erinnerung an seine Träume, die wie die Träume von Tausend anderen mit der Kapitulation in Appomattox geeendet hatten.

Sie legte eine Hand auf seinen Arm und sagte leise: »Tut mir leid; ich hatte vergessen, was dieses Jahr Ihnen gebracht hat.«

Clay lächelte etwas mühsam. »Ich hatte geglaubt, es hätte mir zumindest Frieden gebracht, aber bislang habe ich davon in Irland herzlich wenig gefunden. Wie kommt es eigentlich, dass ich Sie heute morgen hier draußen bei den Rogans getroffen habe? Es ist nicht gerade das richtige Wetter für einen Ausritt.«

»Ich wollte zu Ihnen nach Claremont. Im Dorf gibt es ein krankes Kind – ein kleiner Junge. Ich dachte, vielleicht könnten Sie ihn sich mal anschauen. Der nächste Arzt wohnt in Galway.«

»Da haben Sie aber einen ziemlichen Umweg gemacht.«

Joanna lächelte verschmitzt. »Einer der Dienstboten hatte gehört, wie mein Onkel Burke seine Anweisungen gab und es mir erzählt, deshalb wollte ich die Rogans warnen. Sie sind Freunde von mir – gute Freunde.«

Unbefangen wie ein Kind strich sie mit der Fingerspitze über die Säbelwunde auf seiner Wange. »Woher stammt die?«

Er zuckte mit den Schultern. »Ist lange her – vor eintausend Jahren. Pittsburgh Landing.«

Für einen Moment war sie etwas verwirrt, bis sie verstand. »Ach ja, ich hatte vergessen, dass es unterschiedliche Bezeichnungen für manche Schlachten gibt. Bei den Yankees hieß es Shiloh, nicht wahr?«

Sie steckt wirklich voller Überraschungen, dachte er. »Sie scheinen sich auszukennen.«

»Ich habe Fremonts Berichte über seinen Besuch bei der Armee der Konföderierten gelesen, als er vor zwei Jahren in London veröffentlicht wurde.«

»Ja, er hat in den drei Monaten wahrhaftig viel gesehen. Aber er ist im Sommer dreiundsechzig nach der Schlacht von Gettysburg wieder abgereist.«

»Ich kenne auch Mr. Lawleys Briefe aus den Südstaaten, die regelmäßig in der Times erschienen sind«, fuhr Joanna fort. »Außerdem hat Ihr Onkel mir immer die Neuigkeiten aus den Briefen Ihres Vaters erzählt. Leider schrieb er nicht sehr regelmäßig, deshalb weiß ich nur von einigen Ihrer Heldentaten. Ich hoffe, Sie erzählen mir auch den Rest.«

Clay lachte. »Vielleicht später mal. Im Moment finde ich Sie sehr viel interessanter.«

Sie zuckte mit den Schultern. »Über mich gibt es nicht viel zu erzählen. Ich wurde in Madras geboren. Mein Vater war Captain in einem Sepoy-Regiment, aber als der Aufstand begann, lebten wir in Lucknow, wo er damals stationiert war, und suchten Zuflucht in der Residenz. Mein Vater wurde während der Belagerung getötet, meine Mutter starb zwei Monate später.«

»Hatten Sie keine anderen Verwandten?«

Joanna schüttelte den Kopf. »Onkel George ist mein gesetzlicher Vormund. Dank meines Erbteils bin ich gut versorgt, also keine finanzielle Belastung für ihn, und wenn man meine Abstammung bedenkt, behandelt er mich höflich und mit dem größten Respekt, wenn auch ziemlich kühl. Die meiste Zeit versucht er so zu tun, als sei ich gar nicht da.«

»Und was ist mit Burke?«

Ein verächtlicher Ausdruck erschien auf ihrem Gesicht. »Die Gesundheit meines Onkels ist nicht die allerbeste. Er verbringt die meiste Zeit im Wintergarten bei seinen Pflanzen und überlässt Burke die Verwaltung seines Besitzes.«

»Sie scheinen nicht besonders viel für ihn übrig zu haben«, meinte Clay.

»Allerdings nicht. Er ist absolut rücksichtslos. Obwohl er hier geboren und aufgewachsen ist, hat er mit seiner eigenen Familie gebrochen, weil er wild entschlossen ist, es zu etwas zu bringen und sich eine Position in der Welt zu schaffen. Im ganzen Bezirk ist er verhasst und gefürchtet wie kein zweiter.«

»Die Männer, die heute morgen bei ihm waren, schienen mir wahrhaftig eine üble Bande.«

Sie nickte. »Männer aus den schottischen Lowlands, die allein zu dem Zweck angestellt worden sind, für meinen Onkel die schmutzigen Arbeiten zu erledigen.«

»Billigt er Burkes Methoden?«

»Die Methoden interessieren ihn nicht, Colonel, nur die Ergebnisse«, erklärte Joanna Hamilton trocken und musterte den Himmel, der ein wenig heller schien. »Ich glaube, wir machen uns besser wieder auf den Weg. Der Regen scheint nachzulassen«

Clay half ihr beim Aufsitzen, und als er zu seinem Pferd ging, rief sie übermütig: »Ich bin schneller als Sie!«

Er schwang sich in den Sattel und folgte ihr den Weg entlang. Bis er aus dem Waldstück kam und die freie Fläche des Moors erreichte, war sie schon gute vierzig Meter vor ihm. Er beugte sich tief über Pegeens Hals, kam ihr allmählich näher, und schließlich galoppierten sie nebeneinander her. Lachend wandte sie sich zu ihm um, und ihn überlief ganz plötzlich ein fast absurdes Glücksgefühl.

Er gab Pegeen die Zügel frei und stürmte das letzte Stück hinunter nach Claremont. Joanna Hamilton erreichte erst einige Augenblicke nach ihm den Hof.

»Das war nicht fair, Sir!« rief sie und lachte fröhlich. »Schließlich reiten Sie die beste Stute im ganzen Land.«

Clay half ihr aus dem Sattel. »Die beste Stute reiten und die schönste Frau besiegen«, lächelte er. »Was kann sich ein Mann mehr wünschen?«

Zum zweiten Mal an diesem Tag errötete sie und war um eine Antwort verlegen. Clay wandte sich zu Joshua um, der in der Tür erschienen war. »Joshua, das ist Miss Hamilton. Ihrer Güte haben wir die wunderbaren Überraschungen bei unserer Ankunft gestern Nacht zu verdanken.«

Joanna Hamilton reichte ihm ohne jede Zierei die Hand. »Ist mir ein Vergnügen«, lächelte Joshua beifällig. »Ich hab' frischen Kaffee gemacht, wenn Sie eine Tasse mit uns trinken wollen?« Joanna nickte.

»Vor einer Stunde hat einer von George Hamiltons Leuten einen Brief abgegeben«, berichtete Joshua auf dem Weg ins Haus. »Ich habe ihn auf den Tisch gelegt.«

Clay entschuldigte sich und öffnete den Umschlag, während Joshua Kaffee einschenkte. Nach einer Weile schaute er auf und lächelte. »Ihr Onkel gibt heute Abend einen kleinen Empfang zu meiner Begrüßung in diesem Landkreis. Haben Sie davon gewusst?«

»Aber natürlich. Ich bin schon seit zwei Tagen mit den Vorbereitungen beschäftigt. Solche Angelegenheiten überlässt er immer mir allein. Und ich schmeichle mir, dass ich ihn bisher nie enttäuscht habe. Eine Einladung zu den Hamiltons schlägt niemals jemand aus.«

Clay nickte. »Ich verstehe. Wieviele Gäste werden denn erwartet?«

»Zwischen fünfzig und sechzig, je nachdem wie das Wetter und der Zustand der Straßen ist. Nehmen Sie an?«

»Wie könnte ich ablehnen, da ich Sie doch dort wieder sehe?«

Einen kurzen Moment blickten sie sich schweigend an, dann lächelte sie und griff nach ihren Handschuhen. »Wenn es Ihnen Recht ist, sollten wir uns auf den Weg machen. Ich habe noch sehr viel im Haus zu tun, und der Besuch im Dorf wird uns sicher noch eine Stunde kosten.«

»Gewiss«, nickte Clay und ging seine Tasche holen. Als

er wieder nach unten kam, hatte Joshua Pegeen in den Hof gebracht, und Joanna saß bereits auf ihrem Pferd.

Clay schwang sich in den Sattel. »Ich müsste in spätestens anderthalb Stunden wieder zurück sein, Joshua.«

In leichtem Galoppp ritten sie über die Zufahrt zur Hauptstraße.

Es regnete immer noch stark, als sie Drumore erreichten. Clay hatte selten in seinem Leben etwas Trostloseres gesehen als dieses Dorf mit seinen ungepflasterten Straßen und den erbärmlichen Häuschen, die sich in den Schlamm zu ducken schienen.

In der Mitte der Straße gab es einen Brunnen, an dem eine Frau sich gerade mit einem Eimer Wasser abmühte. Sie war offenbar hochschwanger, ihr Gesicht war aufgedunsen und fleckig, und einen Moment lang lehnte sie sich erschöpft gegen die Ummauerung.

Clay sprang mit einem Fluch vom Pferd und nahm ihr den Eimer ab.

»Sie sollten nicht mehr so schwer arbeiten«, sagte er freundlich. »Sie schaden sich und dem Kind.«

Die Frau zuckte hilflos die Schultern. »Wer soll mir schon was abnehmen?«

»Ich, zum Beispiel,« erwiderte Clay. »Wo ist Ihr Haus?«

Sie deutete stumm über die Straße. Er ging hinüber, öffnete die Tür und fand sich in einem bedrückend dunklen Raum wieder. Die Steinwände trieften vor Feuchtigkeit, und die einzige Wärme spendete ein Torffeuer, das im Ofen schwelte. Eine alte Frau rührte in einem großen Eisentopf, ohne ihn zu beachten. Angewidert verzog er das Gesicht, stellte den Eimer ab und ging wieder nach draußen.

Joanna lächelte der Frau zu. »Colonel Fitzgerald ist Arzt, Mrs. Cooney. Falls Sie seine Hilfe brauchen, wenn das Baby kommt, geben Sie nur in Claremont Bescheid.«

Unsicher schaute die Frau ihn an. Clay nickte. »Jederzeit, ob Tag oder Nacht, Mrs. Cooney. Schicken Sie eine Nachricht, und ich komme so rasch wie möglich.«

Plötzlich standen Tränen in ihren Augen. Sie ergriff seine Hand und drückte sie hastig an ihre Lippen, ehe sie ins Haus eilte und die Tür hinter sich schloss.

»Dieses Haus ist kaum besser als eine Hundehütte«, knurrte Clay angeekelt und stieg wieder in den Sattel. »Was für eine Chance hat sie, unter solchen Bedingungen ein gesundes Kind zur Welt zu bringen? Wem gehört dieses Dorf?«

»Meinem Onkel«, entgegnete Joanna. »Nur die Rogans besitzen hier in diesem Bezirk eigenes Land – und Sie natürlich.«

»Dann sollte er sich wahrhaftig schämen, sich einen Menschen zu nennen. Und das werde ich ihm auch sagen, wenn ich ihn sehe, bei Gott.«

»Die Mühe können Sie sich sparen. Er wird nicht mal begreifen, wovon Sie reden. Vergessen Sie nicht, für ihn stehen die Iren auf einer Stufe mit den Negern.«

»Dann werde ich ihm sagen, dass sogar Sklaven besser behandelt werden.«

»Aber die Sklaven waren Geld wert«, entgegnete sie. »Darin liegt der Unterschied.«

Joanna zügelte ihr Pferd vor einem Haus am Rand des Dorfs. Clay stieg ab und half ihr aus dem Sattel, ehe er seine Tasche losband. Ein Priester öffnete ihnen die Tür.

Er war ein kleiner, zerbrechlicher Mann Mitte sechzig. Das volle graue Haar fiel ihm in die Stirn, sein Gesicht war faltig und von Sorgen gezeichnet, aber seine blauen Augen leuchteten und sprachen von einer tiefen Gläubigkeit.

»Das ist Colonel Fitzgerald«, stellte Joanna vor. »Colonel, das ist Pater Costello.«

Der Priester schüttelte ihm lächelnd die Hand. »Ihr Onkel und ich waren gute Freunde, Colonel, und Ihren Vater habe ich ebenfalls gekannt, aber das ist viele Jahre her. Ich bin froh, dass Sie gekommen sind.«

Clay und Joanna folgten ihm ins Haus. Auch hier trieften die Wände vor Feuchtigkeit, und der beißende Rauch eines Torffeuers erfüllte den Raum. In den Dachsparren hockten Hühner, und an der Wand war eine Ziege angebunden.

In einer Ecke stand ein großes Bett mit einer zerlumpten Decke, in der anderen Ecke lag der kranke Junge auf einem Strohsack auf dem Boden. Neben ihm kauerte eine Frau.

Clay hörte sein gequältes Atmen und wusste sofort, woran er war. Mit sinkendem Mut kniete er sich zu ihm und untersuchte ihn. Er war entsetzlich abgemagert, seine Wangen waren eingefallen, seine Haut war so bleich, dass sie fast durchsichtig erschien, und sein Hemd voller Blutflecke. Als Clay ihm eine Hand auf die Stirn legte, wurde der schwache Körper von einem heftigen Hustenkrampf geschüttelt, dem ein Schwall Blut aus dem Mund folgte. Die Frau begann zu schluchzen.

Clay säuberte ihn sanft mit einem Tuch, nahm aus seiner Tasche eine kleine Flasche Laudanum und bat um eine Tasse Wasser, die Joanna ihm reichte.

Er gab mehrere Tropfen Laudanum hinein, hob den Kopf des Jungen an und ließ ihn die Mischung trinken. Dann stand er auf und wandte sich mit ernstem Gesicht um. »Er müsste jetzt mehrere Stunden lang durchschlafen. Wie oft hat er schon Blut gespuckt?«

»Das weiß nur Gott allein, Sir«, erwiderte die Frau. »Er kann nicht essen, und Nachts ist sein ganzer Körper in Schweiß gebadet. Selbst wenn sein Vater und ich ihn mit in unser Bett nehmen, um ihn zu wärmen, friert er noch.«

Sie brach in Tränen aus, und Clay legte ihr tröstend eine Hand auf die Schulter. »Machen Sie sich nicht allzu viele Sorgen. Heute Nacht wird er ganz ruhig schlafen, das verspreche ich Ihnen. Ich schaue morgen wieder vorbei.«

In ihrem Gesicht zuckte es krampfhaft. »Aber wir können Sie nicht bezahlen, Sir. Gott helfe uns, wir haben dafür wirklich kein Geld.«

»Meine Dienste kosten Sie keinen Pfennig.« Ehe sie noch antworten konnte, öffnete er die Tür und ging rasch hinaus. Er war so aufgewühlt, dass er kein Wort mehr herausgebracht hätte.

Joanna folgte ihm. »Können Sie hier noch irgendwas machen?«

Clay schüttelte den Kopf. »Ich habe selten einen Fall von derart fortgeschrittener Schwindsucht gesehen. Wie der Junge es geschafft hat, so lange durchzuhalten, ist kaum zu begreifen. Es wäre ein Wunder, wenn er noch vierundzwanzig Stunden lang lebt. Falls es einen barmherzigen Gott gibt, wird er aus diesem Schlaf nicht mehr erwachen.«

»Es ist Gottes Wille«, sagte Pater Costello ruhig.

Clay schwang sich in den Sattel und griff nach den Zügeln. »Das hängt davon ab, wie man es betrachtet, Pater. Ich bin der Ansicht, dass der Junge vom Tag seiner Empfängnis an nie eine Chance hatte, weil er in einem Schweinestall geboren wurde und unter Bedingungen aufwuchs, die ich selbst meinem Pferd nicht zumuten würde. Wenn Sie mich jetzt entschuldigen wollen? Ich brauche unbedingt einen Drink. Wir sehen uns heute Abend«, nickte er Joanna zu.

Mit grimmiger Miene ritt er die Straße hinauf zu Cohans Gasthaus.

Er genehmigte sich nicht nur einen Drink, sondern nahm gleich noch einen zweiten, und als er sich eine halbe Stunde später wieder auf den Weg nach Claremont machte, war die bedrückende Erinnerung an das gequälte Kind wenigstens vorübergehend etwas verblasst.

4

Es war ein schöner warmer Abend, wenn auch in der Atmosphäre bereits ein heranziehendes Gewitter zu spüren war.

Clay beugte sich aus dem Fenster, als die Kutsche durch das hohe Eisentor bog und die breite Auffahrt hinauffuhr. Neugierig betrachtete er das Herrenhaus im spätgeorgianischen Stil, das von einem kunstvoll angelegten Garten umgeben war. Joshua hielt an der Treppe vor dem Eingangsportal. Aus allen Fenstern strahlte helles Licht, und zwei Lakaien eilten herbei, um Clay beim Aussteigen behilflich zu sein.

Ehe Clay ins Haus ging, blieb er kurz auf der überdachten Veranda stehen. Der abendliche Himmel leuchtete in sanften Farben, und hinter einer dunklen Baumreihe stieg Rauch aus den Schornsteinen des Pförtnerhauses auf. Es kam ihm fast so vor, als sei er in eine andere Welt geraten, eine Welt des geruhsamen Lebens in stiller Behaglichkeit, die für ihn mit dem Ausbruch des Krieges verschwunden war.

Mit einem leisen Seufzer ging er weiter in die große Eingangshalle, wo ein Lakai ihm Hut und Mantel abnahm. Clay reichte seine Einladung einem grauhaarigen Butler, der sie ohne eine Regung musterte und sich dann verbeugte. »Sir George erwartet Sie im Wintergarten, Colonel Fitzgerald. Wenn Sie mir bitte folgen würden, Sir?«

Er führte ihn einen breiten, mit Teppichen ausgelegten Korridor entlang zu einer mit grünem Stoff bezogenen Tür. Wieder hatte Clay den Eindruck, eine fremde Welt zu betreten. Eine feuchte Wärme schlug ihm entgegen; die fleischigen Blätter irgendwelcher Rankgewächse überdachten den Weg, der wie ein grüner Bogengang wirkte, und überall wuchsen im Überfluss leuchtend bunte Blumen und seltsame Pflanzen, die er nie zuvor gesehen hatte.

In der Mitte des Wintergartens gab es eine Lichtung, auf der ein Tisch aus Korbgeflecht und mehrere Stühle standen. Ein Mann im Abendanzug, der sich Lederhandschuhe übergestreift hatte, war dabei, eine Ranke zu beschneiden.

»Colonel Fitzgerald, Sir George«, meldete der Butler.

»Danke, Hammond«, erwiderte Sir George knapp, ohne sich umzuwenden. »Sag meiner Nichte, dass wir in einer halben Stunde bei ihr sind.«

Der Butler verschwand, und Clay setzte sich auf den Rand des Tischs. »Ich denke, Sie werden mir verzeihen, Colonel«, sagte Sir George, »aber ich bin gerade bei einer heiklen Arbeit.« Fast im gleichen Moment stieß er einen zufriedenen Seufzer aus und streifte die Handschuhe ab.

Er war Anfang sechzig, groß und leichenfahl, hatte ein hageres Gesicht, und seine Augen lagen tief in den Höhlen. Sein Händedruck war schlaff, und sein Lächeln kaum wahrnehmbar. Seine ganze Erscheinung strahlte eine fast schon frostige Kühle aus. »Willkommen in Drumore, Colonel. Es freut mich, Sie als Gast in meinem Haus begrüßen zu dürfen.«

Clay brachte es nicht fertig, ebenso geschraubt zu antworten. »Danke, und Sie haben sicher Verständnis, dass ich Ihre Einladung für gestern Abend ablehnen musste. Ich hatte es etwas eilig, endlich Claremont zu sehen.«

»Vollkommen verständlich, Colonel. Leisten Sie mir bei einem Sherry Gesellschaft?« Er füllte zwei Gläser aus einer Karaffe. »Ich glaube, Sie und mein Verwalter hatten heute Morgen eine etwas unangenehme Begegnung. Sie müssen mir gestatten, dass ich mich dafür entschuldige. Burke neigt manchmal dazu, ein wenig grob zu sein. Bedauerlicherweise scheinen solche Methoden unter den gegenwärtigen Umständen die einzigen zu sein, die etwas fruchten.«

»Und wie sehen diese gegenwärtigen Umstände aus?« fragte Clay und trank einen Schluck Sherry.

»Nun, einiges haben Sie ja schon selbst erlebt. Wegelagerei ist hier etwas Alltägliches, und regelmäßig kommt es zu Morden und allen anderen denkbaren Gräueltaten – ich frage Sie, in welchem zivilisierten Land gibt es das heutzutage sonst noch?«

Clay nickte. »Zugegeben, aber man muss doch wohl auch nach dem Grund dafür suchen. Liegt es nicht an der Not und dem Elend der Menschen und an ihrer Sehnsucht nach Selbstbestimmung?«

Sir George zuckte die Schultern. »Eine Autonomie dieses Landes ist schon rein wirtschaftlich absolut unmöglich. Wir brauchen den starken Schutz des britischen Weltreichs, da können Sie jeden meiner Gäste heute Abend fragen, und jeder wird mir mit ehrlicher Überzeugung zustimmen.«

»Ich habe andere getroffen, die nicht so denken«, erwiderte Clay.

»Die Rogans?« Sir George zog eine verächtliche Grimasse. »Eine im ganzen Land berüchtigte Familie, die nur Unruhe stiftet. Seit Jahren schon versucht die Polizei, sie hinter Gitter zu bringen. Wenn ich Ihnen einen Rat geben darf, dann erstatten Sie unverzüglich Anzeige wegen dieser Sache auf der Galway Road.«

Clay schüttelte den Kopf. »Es stellte sich heraus, dass es lediglich ein dummer Jungenstreich war. Der Schaden ist beglichen worden, und damit ist die Sache erledigt.«

»Dürfte ich fragen, warum Sie die Rogans heute Morgen besucht haben?«

Irgendein Gefühl warnte Clay davor, die Wahrheit zu sagen. »Ich war bloß auf einem Ausritt und erreichte gerade das Tal, als ich sah, wie Ihre Männer Mrs. Rogan und einen ihrer Söhne ziemlich grob behandelten. Natürlich habe ich mich eingemischt.«

»Aber diese Leute sind Wilde.«

Clay wollte protestieren, doch Sir George hob abwehrend eine Hand. »Nein, lassen Sie mich Ihnen eine Geschichte erzählen, danach urteilen Sie selbst.«

Er setzte sich auf einen Stuhl und schenkte sich ein weiteres Glas Sherry ein. »Vor fünfzehn Jahren durchlebten wir eine ganz ähnliche Periode wie jetzt. Etliche Grundbesitzer waren ermordet worden, und kein Mensch schien mehr seines Lebens sicher. Ich war stolz darauf, meinen eigenen Pächtern gegenüber immer gerecht und ehrlich gewesen zu sein, deswegen kümmerte es mich nicht weiter, dass ich mehrere Briefe erhielt, in denen mein Leben bedroht wurde.«

»Von wem waren diese Briefe?«

Sir George öffnete eine Schublade im Tisch und nahm ein zusammengefaltetes Blatt Papier heraus, das er ihm reichte. »Hier haben Sie ein Beispiel dafür. Er hing neulich morgens an der Eingangstür.«

Die knappe Botschaft in ordentlichen Druckbuchstaben lautete:

SIE SIND AUCH BALD AN DER REIHE.
ERWARTEN SIE MICH.
CAPTAIN SWING.

»Wer ist dieser Captain Swing?«

Sir George lächelte verächtlich. »Diesen Herrn gibt es gar nicht, Colonel. Sie treiben gern solche Kindereien mit ihren Geheimgesellschaften und diesen romantischen Namen. Captain Swing, Captain Moonlight – so oder ähnlich nennt sich jeder abtrünnige Schurke, der meint, einen Drohbrief an seinen Grundbesitzer schicken zu müssen.«

»Vermutlich ist es während der letzten Unruhen nicht bei Drohungen geblieben?«

Sir George nickte. »Meine Frau und ich waren zu Besuch bei Freunden und fuhren ohne Begleitung in einer offenen Kutsche nach Hause, was ziemlich leichtsinnig war, wie sich herausstellte. Es war ein schöner Sommerabend, und sie plauderte während der Fahrt mit mir über irgendwelche Verbesserungen, die sie für den Garten plante.«

Er schien etwas Mühe zu haben weiterzureden, und Clay ahnte bereits, was kommen würde.

Sir George leerte sein Glas und stellte es langsam auf den Tisch. »Der Mörder lauerte in einem kleinen Waldstück auf der Straße nach Galway oberhalb der Brücke, eine Meile vom Haupttor entfernt. Er hat nur einmal gefeuert, und die Kugel, die für mich bestimmt war, hat meine Frau sofort getötet.«

Clay seufzte. »Und wie immer erzeugt Gewalt neue Gewalt.«

»Vielleicht«, nickte Sir George. »Aber Sie werden meinen Standpunkt gewiss verstehen, Colonel. Das Risiko, dass sein Schuss nicht mich, sondern meine Frau treffen würde, muss ihm klar gewesen sein, trotzdem ging er es ein. Können sie wirklich von mir erwarten, dass ich nach einer solchen Tat irgendetwas anderes als Hass für diese Leute empfinde?«

Clay schüttelte den Kopf. »Nein, das ist durchaus verständlich, aber vielleicht würde eine etwas liberalere Einstellung der Grundbesitzer insgesamt viel dazu beitragen, dass es gar nicht erst soweit kommen kann. Ich war heute Morgen bei einem sterbenden Jungen, der an Schwindsucht leidet. Er lebt in einer Ihrer Hütten im Dorf. Ich habe noch nie ein derartiges Pestloch gesehen. Ist es nicht beinah zwangsläufig, dass Menschen, die unter solchen Bedingungen hausen, gewalttätig werden und rebellieren?«

»Die Maßstäbe, die für England gelten mögen, lassen sich nicht einfach auf dieses Land übertragen. Diese Menschen sind Tiere.« Clay schaute ihn ungläubig an, doch Sir George meinte es offenbar tatsächlich ernst. »Ich will Ihnen noch eine andere wahre Geschichte erzählen«, fuhr er fort. »Vor zwei Jahren erbte ein junger Engländer – Lord Craig – einen Besitz hier in der Nähe. Er schaute ihn sich an und war entsetzt darüber, dass die meisten Bauern in Häusern lebten, die nur aus einem Raum bestanden und weder einen vernünftigen Rauchabzug besaßen noch irgendwelche sanitären Einrichtungen. Er gab sehr viel Geld für den Bau eines Modelldorfs aus, und nachdem seine Pächter in die neuen Häuser gezogen waren, ließ er die alten abreißen.«

»Was passierte dann?« fragte Clay.

»Kaum ein Monat war vergangen, da kam eine Abordnung zu ihm und bat ihn, die Schornsteine verstopfen zu lassen. Sie beklagten sich über den Wärmeverlust. Als Lord Craig die Häuser besuchte, entdeckte er zu seinem Entsetzen, dass seine Pächter längst wieder ihren alten Gewohnheiten frönten. Sie teilten die Wohnräume mit Vieh und Geflügel und benutzten einen Eimer in einer Ecke anstatt die Häuschen am Ende des Gartens.«

»Was hat er getan?«

Sir George lächelte spöttisch. »Er hat den Besitz an mich verkauft und ist nach England zurückgekehrt, enttäuscht, aber um eine Erfahrung reicher.«

»Nun ja, solche Dinge brauchen eben ihre Zeit«, erwiderte Clay.

Sie George schüttelte den Kopf. »Ich sehe schon, dass auch Sie nur die Erfahrung klüger machen wird. Sie werden mir Recht geben, noch ehe Sie drei Monate hier sind.«

»Ich bin nicht einmal sicher, ob ich so lange bleibe«, entgegnete Clay.

Sir George schaute ihn überrascht an. »Sie haben demnach nicht die Absicht, sich hier niederzulassen?«

»Nein, für mich ist dies lediglich eine sentimentale Reise in die Vergangenheit, der ich absolut nicht widerstehen konnte.«

»Dann hoffe ich doch, Sie ziehen das Angebot, das ich Ihnen gemacht habe, in Betracht. Ich denke, Sie stimmen mir zu, dass es mehr als anständig ist.«

Ehe Clay etwas antworten konnte, presste Sir George

mit schmerzverzerrtem Gesicht eine Hand auf den Mund und ging rasch zu einem steinernen Becken an der Wand, in das er sich krampfhaft erbrach.

Schließlich richtete er sich auf und wischte sich den Mund mit einem Tuch ab. »Ich muss mich entschuldigen, Colonel. Sehr unangenehm für Sie.«

»Sie vergessen, dass ich Arzt bin.« Clay betätigte die Pumpe und spülte das Becken, dann füllte er ein Glas mit Wasser. »Trinken Sie das. Wie oft haben Sie solche Anfälle?«

Sir George spülte sich den Mund aus und spuckte in den Abfluss. »Ach, kommen Sie, Colonel. Sie als Mediziner haben sicher längst Ihre Diagnose gestellt, und ich weiß ebenfalls Bescheid. Letztes Jahr habe ich mein Urteil von den besten Ärzten in London erhalten. Der Krebs sitzt im Magen, und es gibt nichts, was man noch dagegen machen könnte.«

»Ich hatte so etwas schon aufgrund Ihres Aussehens vermutet«, gab Clay zu. »Falls ich Ihnen irgendwie helfen kann, zögern Sie nicht, mich jederzeit zu rufen.«

Sir George schüttelte den Kopf. »Ich habe einen sehr guten Arzt in Galway, der mich alle paar Wochen besucht. Niemand könnte mehr für mich tun. Ich wäre Ihnen jedoch zu Dank verpflichtet, wenn Sie meiner Nichte gegenüber schweigen würden. Ich sehe keinen Grund, sie unnötig zu beunruhigen.« Er lächelte. »Und jetzt sollten wir zu den anderen gehen. Meine Gäste werden sich schon fragen, wo wir bleiben.«

Während sie den Wintergarten verließen, versuchte Clay seine Gedanken zu ordnen. Eigentlich war er voller Verachtung für diesen Mann hierher gekommen – und nun bemitleidete er ihn sogar. Das Leben kann manchmal schon recht verwirrend sein, dachte er.

Ein Diener öffnete ihnen die Tür zu einem lang gestreckten Raum, in dem die Gäste versammelt waren und sich angeregt unterhielten.

Zu seiner Überraschung befand sich auch Burke darunter, der tadellose Abendkleidung trug, sich allerdings etwas abseits hielt. Sir George blieb hier und da stehen, um jemanden zu begrüßen und Clay bekannt zu machen, der schon bald von einigen uniformierten Husaren aus der Garnison in Galway umringt war.

Jemand drückte ihm ein Glas Champagner in die Hand, und ein junger Captain namens Vale fragte: »Ich sehe, Sie sind verwundet gewesen, Colonel? Dabei haben wir immer gehört, beide Seiten hätten Feldärzte als unparteiisch respektiert.«

»Da hat man wohl vergessen, das auch den Yankees zu erzählen«, sagte Clay, worauf alle lachten. »Die Situation hatte sich im Lauf des Krieges verändert, und ich war aufgrund der Umstände gezwungen, Offizier im Generalsrang zu werden. Meine Aufgaben als Militärarzt musste ich damit eben verbinden, wenn es nötig schien – was sehr oft der Fall war«, fügte er wehmütig hinzu.

»Wir hatten alle den Eindruck, dass der Süden den Krieg gewinnen würde, Colonel«, meinte einer der Husaren. »Worauf führen Sie die Niederlage zurück?«

Clay zuckte die Schultern. »Die Konföderation war von Anfang an zum Untergang verurteilt. Es ist unmöglich, sich gegen den Lauf der Geschichte oder den Fortschritt zu stellen, meine Herren. Leider wird das gewöhnlich erst im Rückblick klar.«

»Dann haben Sie ein Kavallerieregiment befehligt, Colonel?« fragte Vale.

»Colonel Fitzgerald hat zwei Kavallerieregimenter von Georgia und eine Brigade bei Five Forks kommandiert, aber zehn Tage später hatte die Konföderation aufgehört zu bestehen, und seine Beförderung zum Brigadier wurde nicht mehr bestätigt.« Die Männer machten Platz, um Joanna Hamilton durchzulassen. »Sie sehen, ich weiß über Sie Bescheid, Colonel.« Lächelnd nahm sie Clays Arm. »Führen Sie mich zu Tisch?«

Auf dem Weg ins Esszimmer fiel sein Blick in den großen, goldgerahmten Spiegel an der Wand. Joanna sah zauberhaft aus in ihrem Reifrock aus weißer Seide; ihre Taille war so schmal, dass er sie wohl mit seinen Händen hätte umfassen können.

Er selbst trug einen schlichten schwarzen Anzug; das einzig Auffällige an ihm war das gerüschte Hemd, wie es in Georgia zur festlichen Garderobe gehörte. Niemand könnte ihn mit ehrlicher Überzeugung gut aussehend nennen, fand er, aber trotzdem waren sie sicherlich ein interessantes Paar. Plötzlich trafen sich ihre Blicke im Spiegel, und Joanna hob rasch den Fächer, um dahinter ihr Lächeln zu verbergen.

Clay saß während der Mahlzeit zwischen Joanna und ihrem Onkel, genoss das ausgezeichnete Essen und lauschte auf das müßige Geplauder der Gäste. Sir George Hamilton aß nur wenig, was zu erwarten gewesen war, und schien kaum etwas zur Unterhaltung beizutragen. Schließlich zogen sich die Damen zurück, und der Port wurde serviert.

Clay rauchte eine Zigarre, ohne sich an der Unterhaltung zu beteiligen, die sich hauptsächlich um die unsichere Lage im ganzen Land drehte. Zahlreiche Vorschläge wurden gemacht, was man alles dagegen unternehmen könnte.

Die meisten der anwesenden Grundbesitzer schienen für eine härtere Behandlung der Bauern zu plädieren und wünschten sich eine Verstärkung der Garnisonen und die Einführung des Kriegsrechts.

Einer schlug sogar vor, jeden zehnten Mann aus jedem Dorf in Geiselhaft zu nehmen, um auf diese Weise Ruhe und Frieden sicherzustellen. Falls irgendwelche Gesetzesverstöße innerhalb der jeweiligen Gemeinde stattfanden, sollten diese Unglücklichen gehängt werden.

Clay war im Glauben, der Gentleman habe lediglich einen zynischen Scherz gemacht, bis er das beifällige Gemurmel hörte und jemand sagte: »An jeden Baum zwischen hier und Galway sollte man einen von diesen Schweinen aufhängen, das ist der einzige Weg, diese Rebellen zu kurieren. Ich wünschte, ich könnte den Schuft in die Finger kriegen, der mir das hier geschickt hat.«

Ein Blatt Papier wurde auf den Tisch geworfen und mit ärgerlichen Kommentaren von Hand zu Hand gereicht. Clay sah, dass es ein weiterer mit Captain Swing unterzeichneter Drohbrief war, allerdings in anderer Handschrift.

Der Mann, der diesen Brief erhalten hatte, war klein und fett, hatte ein grimmiges Gesicht und wirkte mit seinen ständig feuchten Lippen geradezu abstoßend lüstern. Als man aufstand, um zu den Damen zu gehen, flüsterte Captain Vale ihm zu: »Ich sehe, Sie bewundern Freund Marley, Colonel.«

»Wer ist das?«

»Ihm gehört Kileen, ein großer Besitz ungefähr zehn Meilen von hier in Richtung Galway.« Vale zog eine Grimasse. »Ein widerlicher Geselle. Es überrascht mich, dass Sir George ihn eingeladen hat.«

»Vermutlich hat er es nicht als Scherz gemeint, dass er am liebsten an jedem Baum zwischen hier und Galway einen Mann aufhängen lassen würde?«

»Marley macht nie irgendwelche Scherze, Colonel«, versicherte Vale. »Er regiert mit eiserner Hand über seine Pächter und behandelt sie wie Tiere.« Sie bedienten sich mit Brandy, den ein Diener auf einem Tablett offerierte. »Seine besondere Vorliebe gilt jungen Mädchen zwischen dreizehn und achtzehn. Danach sind sie ihm zu alt.«

»Vermutlich hat er jede Menge zur Verfügung. Er scheint mit seinem Leben recht zufrieden.«

Vale nickte grimmig. »Wie ich schon sagte, seine Pächter müssen ihm bedingungslos gehorchen. Irgendwann wird ihn jemand aus dem Hinterhalt erschießen, und ich werde dann damit beauftragt, den armen Teufel zu jagen.«

»Ich persönlich würde dem betreffenden Mann eher einen Orden verleihen und eine Überfahrt nach Amerika für ihn buchen.«

»Ich bin fast geneigt, ihnen zuzustimmen. Marleys Gesellschaften arten jedes Mal in einen Albtraum aus. Nur der Abschaum des Landes versammelt sich bei ihm. Sein Hauptspaß ist es, eines der Mädchen auszuziehen und bei Fackellicht von der ganzen betrunkenen Meute über das Grundstück jagen zu lassen. Sie können sich denken, was der Preis für denjenigen ist, der sie als erster erwischt.«

»Nach diesen hübschen Erzählungen brauche ich wirklich noch einen Drink.«

Wenig später stimmte eine kleine Kapelle, die für diesen Abend engagiert worden war, einen Walzer von Strauß an. Clay entschuldigte sich und ging zu Joanna, die gerade dem Butler einige Anweisungen gab.

»Mein Tanz, glaube ich«, sagte er mit einer leichten Verbeugung.

Sie blickte auf ihre Karte und meinte bedauernd: »Es tut mir schrecklich leid, Colonel Fitzgerald, aber Sie hätten eher kommen sollen. Ich fürchte, ich konnte leider nur noch ein Dutzend Tänze für Sie freihalten.«

Er lachte so laut, dass die Gäste, die in der Nähe standen, sich neugierig zu ihnen umdrehten, während er ihren Arm nahm und sie auf die Tanzfläche führte.

»Sie sehen heute Abend wirklich ungemein gut aus«, lächelte sie anerkennend.

Clay zog eine Grimasse. »Man hat mir schon vieles vorgeworfen, Miss Hamilton, aber noch nie, dass ich gut aussehe.«

Joanna schaute ihn ehrlich verwundert an. »Ihnen ist doch sicher bewusst, dass jede Frau hier im Raum darauf brennt, mit Ihnen zu tanzen?«

Noch ehe ihm eine passende Antwort einfiel, brach die Musik ab; man hörte ärgerliches Gemurmel und den erstickten Aufschrei einer Frau.

In der Terrassentür, die man wegen der Schwüle etwas geöffnet hatte, standen zwei Männer.

Einer von ihnen war Kevin Rogan, der eine Flinte unter dem Arm trug und die Daumen lässig in seinen breiten Ledergürtel gehakt hatte. Er musterte wortlos die Menge, und die Andeutung eines Lächelns erschien auf seinen Lippen, als er Clays Blick begegnete.

Es war nicht schwierig zu erraten, wer sein Begleiter war. Shaun Rogan war einer der beeindruckendsten Männer, die Clay je gesehen hatte. Er musste über 1 Meter 90 groß sein, hatte breite Schultern und trug einen Filzhut und eine Cordjacke; sein Haar, eine schneeweiße Mähne, hatte er hinter die Ohren gekämmt.

Schweigen senkte sich über den Raum, als Sir George auf ihn zuging. »Ich weiß nicht, was Sie hier wollen, Rogan«, sagte er ruhig, »doch ich möchte Sie daran erinnern, dass dies mein Grund und Boden ist. Da ich Sie nicht eingeladen habe, machen Sie sich des Hausfriedensbruchs schuldig. Ich schlage vor, Sie verschwinden so schnell wie Sie gekommen sind.«

Shaun Rogans Stimme klang wie ein Orgelbass. »Hausfriedensbruch, George Hamilton, ach ja? Und was haben dann Ihre Männer begangen, die heute morgen auf meinen Grund und Boden eingedrungen sind und nicht nur einen meiner Söhne angegriffen haben, sondern auch meine Frau? Sind Sie inzwischen so tief gesunken, dass Sie schon Frauen schlagen lassen?«

Burke war hinter seinen Herrn geschlichen und wollte sich auf Rogan stürzen, doch Sir George hielt ihn zurück. »Ich will keinen Ärger hier vor meinen Gästen, Rogan. Falls Sie eine berechtigte Klage haben, bringen Sie sie bei der Polizei in Galway vor.«

»Hört ihr das?« fragte Shaun Rogan und schaute sich im Zimmer um. »Hätte ich damit denn eine Chance gegen seinesgleichen?« Niemand gab eine Antwort, und er schüttelte den Kopf. »Nein, ich habe keine Klage vorzubringen, aber eine Warnung habe ich für Sie und Ihren Schoßhund, der sich hinter Ihrem Rücken versteckt. Wenn Sie jemals wieder auch nur einen Fuß auf mein Land setzen, kriegen Sie eine Kugel in den Kopf, und das ist mein völliger Ernst.«

»Bei Gott«, rief Sir George mit zornrotem Gesicht, »Sie gehen zu weit, Rogan! Ich werde dafür sorgen, dass Sie im Gefängnis von Galway verrotten, Sie Hund.«

»Hund, ach ja? Und wie würden Sie einen Mann nennen, der nicht den Mumm hat, selbst seinem Feind gegenüberzutreten, sondern seine Schläger schickt, um eine sechzig Jahre alte Frau zu drangsalieren?«

Rogan zog eine Pistole aus seinem Mantel und warf sie Sir George vor die Füße.

»Bitte sehr! Jetzt haben Sie die Gelegenheit, die Welt von mir zu befreien. Aber dazu haben Sie ja nicht den Mumm, Sie jämmerlicher Wicht.«

Er wandte sich um und schob Kevin vor sich her durch die Verandatür. Im gleichen Moment bückte sich Burke nach der Pistole, spannte den Hahn und legte an. Als er den Abzug drückte, sprang Clay auf ihn zu und trat ihm die Waffe aus der Hand; der Schuss ging, ohne Schaden anzurichten, in den Boden. Burke ließ die Pistole mit einem Schmerzensschrei fallen und umklammerte sein Handgelenk.

Kevin riss seine Flinte hoch, aber sein Vater hielt ihn rasch zurück. Sein Blick fiel auf Clay, und Kevin flüsterte ihm leise etwas zu. Ein kleines Lächeln erschien auf Shaun Rogans grimmigem Gesicht. »Ich bin Ihnen zu Dank verpflichtet, Colonel.« Im nächsten Moment waren beide Männer in der Dunkelheit verschwunden.

Sir George wandte sich zu Clay um. Sein Gesicht war ruhig, doch ein zuckender Muskel an seinem rechten Augenwinkel verriet seine innere Aufregung. »Ich muss Ihnen dafür danken, dass Sie so geistesgegenwärtig gehandelt haben, Colonel. Burkes Reaktion war zwar verständlich, aber unüberlegt. Sie haben uns allen beträchtliche Unannehmlichkeiten erspart.«

Mit erhobener Stimme wandte er sich an seine Gäste: »Bitte, lassen Sie sich von diesem leidigen Vorfall nicht in Ihrem Vergnügen beeinträchtigen, Ladies und Gentlemen.« Er nickte dem Pianisten zu, und die Musiker stimmten hastig einen Walzer an. Sir George verließ, gefolgt von Burke, den Raum, während die Gäste in Gruppen zusammenstanden und das Ereignis besprachen.

Clay reichte Joanna seinen Arm und führte sie hinaus auf die Terrasse.

Mit einem erleichterten Seufzer lehnte sich Joanna gegen die Balustrade. »Gott sei Dank, dass Sie es geschafft haben, das Unglück rechtzeitig zu verhindern. Wenn Shaun Rogan getötet worden wäre, hätte der Skandal das ganze Land erschüttert.«

»Warum hasst Ihr Onkel ihn so sehr?«

Sie zuckte mit den Schultern. »Ich weiß es wirklich nicht. Es gibt so vieles, was er hasst. Ich glaube, es liegt daran, dass es ihm nie gelungen ist, Big Shaun in die Knie zu zwingen. Er ist starr wie ein Fels, und das mag mein Onkel gar nicht. Er hält es für selbstverständlich, dass andere sich seinem Willen unterordnen.«

»Ach ja? Was er dann wohl sagen würde, wenn er wüsste, dass seine Nichte gern bei Mondlicht und gekleidet wie ein Mann ausreitet?«

Joanna lachte unbekümmert. »Was er nicht weiß, macht ihn nicht heiß. Begleiten Sie mich wieder hinein? Es ist ziemlich kühl geworden.«

Ein junger Husarenoffizier bat Joanna um einen Tanz. Clay ging hinüber zum Büffet und schenkte sich einen großen Brandy ein. Vale gesellte sich zu ihm. »Sie sehen aus, als könnten Sie ebenfalls einen Drink vertragen«, meinte Clay nach einem Blick auf das angewiderte Gesicht des Husaren.

Vale nickte. »Ich habe gerade gehört, wie Marley sich

mit seiner letzten Schandtat gebrüstet hat. Er ist natürlich betrunken wie ein Schwein. Offenbar hat er irgendein armes Mädchen in seinem Haus eingesperrt. Ihre Mutter ist Witwe, und er hat gedroht, sie wegen Mietschulden rauszuwerfen. Das Mädchen kam heute Nachmittag, um ihn um Gnade anzuflehen. Dabei hat er ihr ziemlich unverblümt erklärt, welche Gegenleistung er verlangt, was sie empört abgelehnt hat. Deshalb hat er sie eingesperrt, um ihr Zeit zu geben, über die Folgen nachzudenken, wie er es ausdrückt.«

Er kippte einen Brandy hinunter und entschuldigte sich, als ein neuer Tanz begann. Clay merkte, wie die Wut in ihm hochstieg. Er griff nach der Karaffe, füllte sein Glas bis zum Rand und leerte es in einem Zug. Der Brandy brannte wie flüssiges Feuer in seiner Kehle.

Joanna kehrte strahlend zu ihm zurück, doch ihr Lächeln verschwand, als sie sein Gesicht sah. »Was ist los, Clay? Was ist passiert?«

»Gar nichts. Ich brauche nur etwas frische Luft.«

Er winkte einem der Lakaien und bat, seine Kutsche vorfahren zu lassen. Joanna packte seinen Arm. »Clay, ich habe Angst. Sie sehen wie der Teufel persönlich aus.«

Er lächelte beruhigend. »Machen Sie sich keine Sorgen um mich, ich habe einfach hin und wieder solche Stimmungen. Was ich jetzt brauche, ist ein tüchtiger Galopp, der mir die Grillen vertreibt.«

Sie begleitete ihn zur Tür, wo er seinen Mantel und den Hut nahm. Draußen auf der Treppe blieb sie stehen. »Sehen wir uns wieder?« fragte sie leise.

Clay nahm ihre Hände. »Versuchen Sie es nur, mich davon abzuhalten.«

Ein strahlendes Lächeln erschien auf ihrem Gesicht, und sie erwiderte sanft seinen Händedruck. »Machen Sie bitte keine Dummheiten, Clay.«

Er nickte nur wortlos und ging die Treppe hinunter. Als er in die Kutsche stieg, hörte er, wie ein Lakai einem der

Stallknechte zurief: »Mr. Marley wünscht, dass um elf Uhr seine Kutsche bereitsteht!«

In diesem Moment wusste Clay mit absoluter Sicherheit, was er zu tun hatte. Er klopfte kurz aufs Dach, und Joshua trieb mit einem Peitschenhieb die Pferde an.

5

In Claremont ging Clay direkt hinauf in sein Schlafzimmer und begann sich umzuziehen. Als er in seine Stiefel stieg, erschien Joshua in der Tür.

»Sie wollen noch mal weg, Colonel?«

Clay nickte. »Du kannst die Stute satteln, aber hol zuerst mal die Karte, die ich bei unserer Ankunft gekauft habe, und such darauf Kileen für mich. Falls ich mich recht erinnere, sind wir gestern auf dem Weg hierher dort durchgekommen.«

Joshua öffnete die braune Reisetasche und zog eine Leinenkarte heraus, die er auf dem Bett ausbreitete. »Ich hab's, Colonel«, sagte er nach einem Moment. »Liegt ungefähr neun oder zehn Meilen von hier entfernt.«

»Dort in der Nähe müsste ein großes Herrenhaus sein. Es gehört einem Mann namens Marley.«

Joshua schaute überrascht auf. »Im Dienstbotenzimmer hat man heute Abend von ihm geredet – und es waren ziemlich üble Geschichten, die ich da gehört habe.«

Clay lachte grimmig. »Ich hatte das zweifelhafte Vergnügen, den Herrn persönlich kennen zu lernen. Du kannst ruhig alles glauben, was man erzählt hat. Jetzt sattle die Stute. Ich habe nicht viel Zeit.«

Joshua verließ das Zimmer, während Clay sich über die Karte beugte und schließlich zufrieden nickte. Hinter Drumore House verlief ein Weg direkt durch das Moor, der eine Meile vor Kileen auf die Galway Road traf und die Strecke beträchtlich abkürzte.

Er faltete die Karte zusammen und öffnete den ledernen Reisekoffer, der an der Wand stand. Unter den anderen Sachen fand er auch seinen alten Militärhut und den schäbigen Mantel mit der Schulterpelerine, der ihm in den letzten zwei Jahre gute Dienste geleistet hatte.

Clay knöpfte ihn bis ans Kinn zu und schnallte sich den Holster mit dem Dragoon Colt um die Taille, zog die Krempe des Huts tief ins Gesicht und musterte sein Spiegelbild.

Im schwachen Licht der Petroleumlampe hatte er fast den Eindruck, einen Geist zu sehen, den Geist des Mannes, der in der Nacht vor der Kapitulation in Appomattox gestorben war. Auf eine merkwürdige Art und Weise war es fast wie die Wiederbegegnung mit einem alten Freund, und für einen Moment dachte er wehmütig an die Vergangenheit, die noch immer sehr nahe und gleichzeitig doch so weit entfernt war.

Er seufzte und zog aus einer Schublade in der Doppelkommode einen schwarzen Seidenschal, den er im Nacken verknotete und übers Gesicht zog. Die Wirkung war verblüffend.

Der Mann, der ihn jetzt aus dem Spiegel anschaute, war ein Fremder, der äußerst bedrohlich wirkte, ein gänzlich anderer Mensch, über den er keine Kontrolle besaß. Eine innere Stimme warnte ihn, keine Dummheiten zu machen, die er später bereuen würde, und er zögerte kurz, doch dann streifte er das Tuch ab und verbeugte sich spöttisch vor seinem Spiegelbild, ehe er sich auf dem Absatz umwandte und das Zimmer verließ.

Joshua wartete im Hof auf ihn. Er strich mit einer Hand sanft über Pegeens Nüstern, und sie wieherte leise, als Clay sich in den Sattel schwang. »Ich bin nicht sicher, wie lange ich weg bin. Hängt von Freund Marley ab.«

»Diesen Ausdruck auf Ihrem Gesicht kenne ich. Vermutlich haben Sie nicht vor, ihm einen freundschaftlichen Besuch unter Nachbarn abzustatten«, meinte Joshua zögernd. »Verzeihen Sie, wenn ich mich in Sachen einmische, die mich nichts angehen, Colonel, aber was ist passiert? Hat Mr. Marley Sie beleidigt?«

»Ich denke, so lässt sich das sagen.«

»Demnach besuchen Sie ihn nicht, um sich nach seinem Befinden zu erkundigen?«

»Weniger. Vielmehr könnte ich durchaus gezwungen sein, ihn zu erschießen, ehe die Nacht vorbei ist.« Clay schnalzte mit der Zunge und ritt aus dem Hof.

Die frische klare Nachtluft war durchtränkt vom Duft des Ginsters, und man meinte förmlich den Herbst zu riechen, der über das Land zog.

Eine nervöse Aufregung packte ihn, als er Pegeen die Zügel freigab und im Mondlicht durch das hügelige Moor galoppierte.

Von irgendwoher klang leises Lachen durch die Dunkelheit, fröhlich und unbekümmert, und er zügelte das Pferd. Unten im Tal lag Drumore House, dessen Fenster noch immer hell erleuchtet waren.

Einen Moment hielt Clay zwischen den Bäumen an und lauschte mit einem Gefühl der Wehmut auf die Musik, die zu ihm hinauftrieb. Es war eine alte, vertraute Walzermelodie, traurig und fröhlich zugleich, die er zuletzt kurz vor Ausbruch des Krieges gehört hatte.

Seine Gedanken wanderten zurück nach Georgia. Damals war er etwas verspätet zu einem Ball gekommen, auf dem die Schwester seines besten Freundes in die Gesellschaft eingeführt wurde. Vor ihm hatte eine Woche mit fröhlichen Festlichkeiten und lustigen Jagden gelegen – und eine lange glückliche Zukunft.

Schon sein Vater hatte oft gesagt, dass es dumm war, sich in dieser Welt auf irgendetwas zu verlassen. Seufzend verdrängte er die Erinnerung an diesen längst vergangenen Sommer und ritt weiter, während die Musik in der Nacht verhallte.

Eine halbe Stunde später erreichte er die Galway Road und schlug die Richtung nach Kileen ein. Er durchquerte eine breite Furt, ritt im Schritt durch das schlafende Dorf und sah zweihundert Meter weiter Kileen House, das wie eine schwarze Masse aus der Dunkelheit aufragte.

Clay ritt durch das Tor, hielt vor der Eingangstür und zog den Schal vor sein Gesicht.

In der Halle brannte noch Licht. Er stieg die Treppe hinauf und riss am Glockenzug. Das Läuten hallte irgendwo im Innern wie ein Echo aus einer anderen Welt wider.

Nach einiger Zeit näherten sich Schritte. Clay streifte das Halstuch über sein Gesicht und zog den Revolver. Als die Tür geöffnet wurde, drängte er sich hinein und schloss sie hinter sich.

Ein alter Mann mit gebeugtem Rücken, der einen schäbigen Gehrock trug, starrte ihn voller Entsetzen an.

Clay packte ihn bei der Kehle. »Ein Wort, und du bist tot«, sagte er mit verstellter Stimme. »Wer bist du?«

Er lockerte etwas seinen Griff, und der Alte erwiderte zitternd: »Nur der Butler, Sir. Gott steh mir bei, aber der Herr ist nicht daheim, wenn Sie nach Mr. Marley suchen.«

»Wer ist sonst hier?«

»Bloß die Dienerschaft, Sir, aber alle sind zu Bett und schlafen hinten im Haus.«

»Du vergisst die junge Frau, die heute Nachmittag herkam, um deinen Herrn zu sprechen. Wo ist sie?«

»Sie meinen Eithne Fallon, Sir?« Zitternd vor Angst nahm der Butler eine Lampe von einem Tisch. »Wenn Sie mir folgen wollen, Sir?«

Sie durchquerten die Halle und, gingen eine breite Treppe hinauf und den Flur entlang, bis der Alte vor einer Tür am anderen Ende stehen blieb. Er zog einen Schlüsselbund aus der Tasche und schaffte es nach mehreren Versuchen, einen Schlüssel zu finden, der ins Schloss passte. Clay stieß ihn wortlos in den Raum.

Das Mädchen, das auf dem Bett gelegen hatte, war aufgesprungen und an die Wand zurückgewichen. Ihr Gesicht war bleich und vom Weinen geschwollen. Ängstlich schaute sie ihnen entgegen. Sie konnte nicht älter als fünfzehn sein und wirkte in ihrem schäbigen braunen Kleid fast noch kindlich.

Blindlings stürzte sie an ihnen vorbei und wollte zur Tür, doch Clay hielt sie fest. »Hab keine Angst. Ich bin gekommen, um dich zu deiner Mutter heimzubringen.«

Mit brennenden Augen starrte sie in sein maskiertes Gesicht und schüttelte ungläubig den Kopf, als könne sie nicht fassen, dass er die Wahrheit sagte. »O Gott, Sir, und ich bin fast verrückt geworden.«

Hastig schlang sie sich ihren Schal um den Kopf. Tränen liefen ihr über die Wangen. »Keiner wird dir je wieder etwas tun«, versicherte Clay mit mühsam beherrschter Wut. »Darauf gebe ich dir mein Wort.«

Er legte ihr sanft eine Hand auf die Schulter, doch sie wich zurück, als sei sie gestochen worden. »Um Gottes Willen, lasst uns gehen, Sir, ehe es zu spät ist«, flehte sie und lief hinaus in den Flur.

Clay nahm dem Butler die Lampe ab und stieß ihn zurück in den Raum. »Er bringt mich um, wenn er heimkommt«, jammerte der alte Mann händeringend.

»Darauf würde ich mich nicht verlassen«, entgegnete Clay.

Er versperrte die Tür und warf den Schlüsselbund einfach irgendwohin in die Dunkelheit, ehe er dem Mädchen folgte, das bereits unten in der Halle war und die Eingangstür aufriss. Als er hinaus auf die Veranda kam, lehnte sie, halb besinnungslos vor Angst, an einer der Säulen. Er nahm sie auf seine Arme und trug sie die Treppe hinunter.

Alle Kraft schien sie verlassen zu haben. Clay hob sie auf Pegeens Rücken und schwang sich in den Sattel. Sie presste ihr Gesicht in seinen Mantel und begann zu weinen.

Bis sie das Dorf erreichten, hatte sie sich genügend beruhigt, um ihm zu zeigen, wo sie wohnte. Er stieg ab, hob sie vom Pferd und hämmerte mit der rechten Faust an die Tür.

Das Mädchen schaute ihn unsicher an. »Wer sind Sie?« fragte sie mit schwacher Stimme.

»Ein Freund«, erwiderte er schlicht. »Du hast nichts zu befürchten, Kind, weder jetzt noch in Zukunft.«

Als die Tür sich öffnete, wandte er sich um, schwang sich in den Sattel und ritt schnell aus dem Dorf.

An der Furt wartete er im Schutz einer Baumgruppe. Es dauerte nicht lange, bis er das Rollen einer Kutsche hörte, die kurz darauf um eine Biegung der Straße kam.

Der Kutscher zügelte vor der Furt die beiden Pferde, die mit gesenkten Köpfen stehen blieben, um zu trinken. Marley beugte sich aus dem Fenster und schrie unwirsch: »Um Himmels willen, warum halten wir, Kelly? Gib den verdammte Gäulen die Peitsche!«

Clay verließ langsam den Schutz der Bäume. Marley hatte den Kopf wieder zurückgezogen, und der Kutscher wollte gerade nach der langen Peitsche greifen.

Er war ein mürrischer Bursche mit brutalen Gesichtszügen und breiten Schultern. Sein Mund öffnete sich vor Überraschung, als Clay auf der anderen Seite der Furt stehen blieb und fröhlich mit irischem Akzent sagte: »Dein Herr braucht dich heute nicht mehr, und es ist, Gott sei's gedankt, eine schöne Nacht für einen Spaziergang.«

Der Mann wollte unter den Sitz greifen, doch Clay hob rasch den Colt. »Das würde ich lieber nicht machen.«

Der Kutscher ließ die Zügel fallen und sprang hinunter ins Wasser. Marley beugte sich erneut aus dem Fenster. »Was ist los, Kelly?« fragte er ärgerlich. »Habe ich nicht gesagt, du sollst endlich die verdammten Pferde antreiben?« Im gleichen Moment sah er Clay und zog hastig den Kopf zurück.

Kelly rappelte sich aus dem Wasser hoch und schien vorbeigehen zu wollen, doch plötzlich sprang er mit einem Satz auf Pegeen zu und versuchte, Clay aus dem Sattel zu stoßen.

Clay riss scharf an den Zügeln, so dass Pegeen zur Seite wich, und versetzte Kelly mit dem rechten Fuß einen Tritt ins Gesicht, dass er zurücktaumelte und auf dem Gras am Straßenrand zusammenbrach.

Aus dem Innern der Kutsche war kein Laut zu hören. Clay drängte Pegeen in die seichte Furt. »Sie haben fünfzehn Sekunden, um rauszukommen, Marley, ehe ich anfange zu schießen.«

Nach einem kurzen Zögern öffnete Marley die Tür und kletterte hinaus. Das eiskalte Wassser reichte ihm bis zu den Knien. »Dafür werden Sie hängen, verlassen Sie sich drauf.«

Er wollte ans andere Ufer waten, doch Clay schüttelte den Kopf. »Bleiben Sie, wo Sie sind. Ich will erst mit Ihnen reden.«

»Reden Sie, und dann fahren Sie zur Hölle«, sagte Marly. »Bei mir gibt's nichts zu holen. Ich habe kaum einen Sovereign in meiner Börse.«

»Ihr Geld interessiert mich nicht«, entgegnete Clay. »Dafür aber gewisse unangenehme Seiten Ihres Charakters. Ich höre, Sie halten sich für einen Frauenhelden?«

»Was zur Hölle wollen Sie?« fragte Marley verwirrt.

»Offensichtlich sind die Damen anderer Meinung. Ich habe eine Nachricht von Eithne Fallon. Sie dankt für Ihre Gastfreundschaft, zieht es aber vor, die Nacht bei ihrer Mutter zu verbringen.«

Marleys Gesicht wurde bleich. »Das werden Sie mir büßen.«

Clay drückte ihm den Lauf des Colts gegen die Stirn. »Das ist meine erste und letzte Warnung, Marley«, sagte er ruhig. »Wenn ich höre, dass Sie das Kind oder seine Mutter noch einmal belästigen, kriegen sie in einer dunklen Nacht eine Kugel in den Kopf.«

»Wer sind Sie?«

Clay lachte spöttisch. »Sie haben doch sicher meinen Brief erhalten? Habe ich Ihnen darin nicht angekündigt, Sie sollen mich erwarten?«

Marley starrte ihn vollkommen fassungslos an. »Captain Swing ...!« flüsterte er eingeschüchtert.

»Genau! Jetzt ziehen Sie Ihren Mantel aus.«

»Was haben Sie vor?« fragte Marley mit brüchiger Stimme.

Clay gab keine Antwort. Er hob nur drohend den Colt, und Marley streifte seinen prächtigen Mantel ab und anschließend den Gehrock. Zitternd stand er in Hemdsärmeln da – eine abstoßende, beinahe jämmerliche Gestalt. Clay deutete auf die Straße nach Kileen. »Sie wissen ja, wo Ihr Haus ist. An Ihrer Stelle würde ich anfangen zu laufen.«

Inzwischen war Marley außer sich vor Angst. Zitternd wich er einige Schritte zurück, dann wandte er sich um und begann auf das Dorf zuzulaufen.

Clay steckte seinen Colt ein, zog die lange Peitsche aus der Halterung neben dem Kutschbock und folgte ihm in leichtem Galopp.

Marley war noch zwanzig oder dreißig Meter vom ersten Haus entfernt, als er ihn einholte und die Peitsche hob. Sie sauste quer über seine fleischigen Schultern und zerriss das weiße Batisthemd.

Marley schrie auf, stolperte und fiel aufs Gesicht. Wieder schlang sich die Peitschenschnur um seinen Körper. Er rappelte sich hoch, hob schützend die Arme und torkelte vorwärts. Clay dachte an Eithne Fallon, an andere Mädchen, denen es ebenso wie ihr ergangen war, an die Geschichten, die er über diesen Mann gehört hatte, und jedes Mitleid erstarb in ihm. Gnadenlos trieb er Marley mit Peitschenhieben zur Dorfmitte.

In den Fenstern einiger Häuser flammte bereits Licht auf, und Hunde kratzten bellend an den Türen. Mit ganzer Kraft versetzte er Marley einen letzten Schlag über die Schultern. Das Ende der Peitschenschnur streifte sein Gesicht und zerfetzte ihm die Wange bis auf den Knochen. Mit einem schrecklichen Schrei fiel er bewusstlos zu Boden.

Clay warf die Peitsche weg. Aus einer geöffneten

Haustür spähte ein Mann, der ihm einen misstrauischen Blick zuwarf, ehe er unsicher zu Marley hinüberlief. Erschrocken hielt er den Atem an. »Gott schütze uns, das ist ja der Gutsherr!«

»Wenn er wieder zu sich kommt, sag ihm, er soll künftig junge Mädchen in Ruhe lassen«, erklärte Clay mit so lauter Stimme, dass alle es hören konnten. »Und grüße ihn von Captain Swing!«

Damit riss er Pegeen herum und galoppierte davon. Aus dem Dorf hörte er aufgeregte Rufe und Hundegebell, aber er kümmerte sich nicht weiter darum. Er ritt an Kelly vorbei, der an der Furt saß und seinen Kopf in die Hände stützte, bog von der Straße ab und überließ es Pegeen, sich ihren Weg durch das Moor zu suchen.

In Claremont ritt er direkt in den Stall und stieg ab. Kurz darauf kam Joshua über den Hof. »Ich versorge die Stute schon«, sagte Clay. »Mach du was zu essen. Inzwischen bin ich richtig hungrig geworden.«

Als er ein paar Minuten später ins Haus kam, war Joshua schon eifrig am Herd beschäftigt. Clay stieg die Treppe hinauf in sein Zimmer und schnallte den Colt ab, warf seinen Hut in eine Ecke und zog den Mantel aus. Unwillkürlich betrachtete er sein Bild im Spiegel.

Eine Ader pochte nervös an seiner rechten Schläfe. Er strich sich mit den Fingern durchs Haar und lachte unsicher. »Das sollte dem Schwein eine Lehre gewesen sein, die er sobald nicht wieder vergessen wird«, sagte er leise.

Joshua hatte inzwischen den Tisch gedeckt. Er warf ihm einen Blick zu und holte die Brandyflasche aus dem Schrank. »Sie sehen aus, als könnten Sie einen gebrauchen, Colonel.«

»Vielleicht sogar zwei.«

Clay leerte das Glas in einem Zug, und wohlige Wärme breitete sich in seinem Körper aus. Er schenkte sich noch einmal nach, setzte sich ans Feuer und berichtete, was geschehen war.

Joshua lauschte schweigend und schüttelte schließlich den Kopf. »Mir scheint, Sie haben genau das getan, was Sie doch eigentlich vermeiden wollten, Colonel. Sie haben Partei ergriffen.«

»Finde ich nicht. Marley war ein besonderer Fall.«

»Aber dass Sie sich Captain Swing genannt haben, war jedenfalls eine Dummheit. Wie Sie sagen, hat mehr als einer der Herren Drohbriefe erhalten, die mit diesem Namen unterschrieben waren. Das bedeutet, dass jetzt alle in Aufruhr sein werden, weil sie denken, dass dieser Captain wirklich existiert.«

»Stimmt ja auch«, sagte Clay. »Oder vielmehr, er hat existiert.« Er seufzte. »Es war fast wie in alten Zeiten, Josh, als wir mit Morgans Truppe durch Indiana und Ohio ritten.«

»Und was ist mit Ihrem Akzent? Marley oder sonst wer, der ihn gehört hat, wird ihn bestimmt sofort wieder erkennen.«

Clay grinste. »Ich konnte schon als Junge andere Leute nachäffen, das weißt du ja am besten, und vorhin habe ich einen ziemlich guten irischen Akzent produziert.«

Joshua stellte kopfschüttelnd einen Teller auf den Tisch. »Ihr Problem ist, dass Sie von Natur aus ein jähzorniger Mann sind, Colonel. Das haben Sie von Ihrem Vater geerbt – und bedenken Sie nur, wie er gestorben ist.«

Clay zuckte die Schultern. »Wenigstens ging es schnell. Als Arzt kann ich dir versichern, dass es nicht die schlechteste Art und Weise ist, durch eine Kugel umzukommen.«

Er stand auf und setzte sich an den Tisch. Draußen im Hof hörte man Hufschlag. Einen Moment später klopfte es an der Tür. Joshua schaute ihn bestürzt an, doch Clay stand seelenruhig auf und öffnete.

»Tut mir leid, Sie zu dieser Stunde noch zu stören, Colonel«, grüßte Kevin Rogan, »aber wir brauchen Ihre Dienste als Arzt.«

Clay winkte ihn herein. »Was gibt's denn?«

»Na ja, nach unserem Besuch in Drumore House waren wir noch in Cohans Pub, um was zu trinken. Dabei gab's Ärger mit einem Mann namens Varley, einem der Burschen Hamiltons. Er hat meinen Vater verletzt.«

»Schlimm?«

»Ein hässlicher Messerschnitt auf der Innenseite des rechten Oberschenkels. Varley hatte auf seinen Unterleib gezielt.«

»Ich hole meine Tasche. Wenn Sie schon mal Pegeen für mich satteln würden? Dann könnten wir gleich aufbrechen.«

Kevin wandte sich zur Tür und zögerte. »Übrigens, vergessen Sie nicht das Päckchen, Colonel. Sie haben doch gesagt, Sie wollten es persönlich meinem Vater geben. Das könnten Sie ja jetzt gleich machen.«

Clay lächelte. »Eine vernünftige Idee. Ich schleppe es schon lange genug mit mir herum und bin froh, wenn ich's los werde.«

Joshua hatte inzwischen bereits die schwarze Tasche und den Tweedmantel geholt und half Clay, ihn anzuziehen. »Ich habe mir die Freiheit genommen, den Dragoon unten in die Tasche zu stecken, Colonel. Man weiß ja nie.«

Clay nickte nachdenklich. »Das stimmt.«

Joshua ging zum Schrank und holte das Päckchen. »Das hier wollen Sie vermutlich auch mitnehmen?«

»Vielleicht finde ich noch heraus, was drin ist, ehe die Nacht vorbei ist«, sagte Clay. »Ja, ich denke, das werde ich mir als Honorar für die Behandlung von Shaun Rogan ausbitten.«

6

Schweigend ritten sie durch das Moor. Kurz vor dem Tal stieß Kevin Rogan einen eigentümlichen Pfiff aus, und aus dem Waldstück links von ihnen erschien ein Reiter. Das Mondlicht schimmerte auf dem Lauf seiner Flinte.

»Bist du das, Kevin?« rief Dennis Rogan.

»In einer Stunde schicke ich Marteen rauf, um dich abzulösen«, erwiderte Kevin.

Dennis grinste fröhlich. »Einen guten Abend, Colonel.« Dann verschwand er wieder zwischen den Bäumen.

»Sie stellen jetzt also Wachen auf?« fragte Clay im Weiterreiten.

Kevin nickte. »Scheint uns angebracht, da es möglicherweise ein bisschen brenzlig werden könnte.« Clay gab keine Antwort und konzentrierte sich darauf, sicher den steilen Pfad ins Tal hinunterzukommen.

Ein Hund begann zu bellen, als sie an der Koppel vorbei in den Hof ritten, und aus der geöffneten Haustür fiel ein gelber Lichtstrahl.

Mrs. Rogan erwartete sie mit einer Lampe in der Hand. Clay schnallte seine Satteltaschen ab. »Wie geht es ihm?«

Sie zuckte die Schultern. »Er hat schon Schlimmeres erlebt und überstanden.« Sie ging voraus durch einen schmalen, weißgetünchten Gang und öffnete eine Tür am anderen Ende.

Clay fand sich in einer großen Küche wieder. Der Boden war mit steinernen Platten gefliest, Wände und Decke waren grob verputzt. Marteen und Cathal saßen am Tisch über ein Schachbrett gebeugt, und ihr Vater lag in einem Ohrensessel am Kamin. Zu seinen Füßen hatte sich ein Windhund zusammengerollt.

Man hatte ihm das rechte Hosenbein bis zur Hüfte aufgeschnitten und eine Bandage um den Oberschenkel angelegt, die blutdurchtränkt war, doch die blauen Augen in dem bärtigen Gesicht blickten ruhig und gelassen.

Lächelnd streckte er eine Hand aus. »Mir ist fast, als stünde Ihr Großvater, Gott hab ihn selig, vor mir.« Er schüttelte seinen mächtigen Kopf, und sein Lachen dröhnte durch den Raum. »Was könnte ich Ihnen für Geschichten über ihn erzählen!«

Clay mochte ihn auf den ersten Blick. »Mein Großvater scheint als junger Mann in diesem Teil der Welt einen ziemlichen Eindruck hinterlassen zu haben.«

Shaun Rogan schenkte sich einen weiteren Whiskey ein. »Das ist sogar noch eine Untertreibung, glauben Sie mir.« Er grinste. »Es ist nicht zu fassen, wie ähnlich Sie ihm sehen. Und Sie sind genauso flink wie er. War schon beachtlich, wie Sie Burke die Waffe aus der Hand getreten haben.«

»Ein Jammer, dass Sie den Bastard nicht im Gesicht erwischt haben, wenn Sie schon mal dabei waren«, knurrte Kevin.

»Ich hielt es für wichtiger dafür zu sorgen, dass seine Kugel keinen Schaden anrichtet.« Clay nahm eine Schere aus seiner Tasche und schnitt die Bandage um Shaun Rogans Bein auf.

Die Wunde war fast zwanzig Zentimeter lang. Er wusch das Blut mit einem Tuch weg und untersuchte sie genau. »Es ist ein glatter Schnitt. Mit etwas Glück können Sie in vierzehn Tagen schon wieder reiten.«

Shaun Rogan fluchte ausgiebig, und Kevin grinste. »Ein oder zwei Wochen am Feuer werden dir nichts schaden. Die Jungs und ich kommen schon zurecht.«

Clay ließ sich einige Leinenstreifen und eine Schüssel bringen, schob einen Hocker unter Rogans Bein und wies Kevin an, es gut festzuhalten. Als nächstes griff er nach der Whiskeyflasche und goss etwas davon in die offene Wunde. Big Shaun unterdrückte mühsam einen Fluch und packte die Lehnen des Sessels, bis seine Knöchel weiß wurden. »Das brennt ja wie der Teufel! Was zur Hölle soll das bezwecken?«

Clay fädelte einen Seidenfaden auf. »Schusswunden bleiben sauber, Messerwunden neigen dazu, sich zu entzünden; fragen Sie mich nicht, warum. Es gibt einen Mann namens Lister, der behauptet, er kenne den Grund, aber darauf wollen wir jetzt nicht eingehen. Whiskey oder anderer reiner Alkohol hilft jedenfalls, eine Wunde sauber zu halten. Das haben wir im Krieg oft genug festgestellt.«

Er begann die Wunde zu vernähen, wobei Big Shaun mit ruhiger, beherrschter Stimme weiterredete, obwohl ihm dicke Schweißtropfen auf der Stirn standen. »Sie waren bei den Konföderierten, nicht wahr, Colonel? Typisch für einen Iren, sich die Verliererseite auszusuchen.«

»Oh, die Yankees hatten sogar eine irische Brigade«, sagte Clay. »In Gettysburg hat ihr Feldgeistlicher, Pater Corby, ihnen vor der Schlacht die Absolution erteilt und angedroht, jedem Mann ein christliches Begräbnis zu verweigern, der nicht tapfer kämpft.«

»Gott im Himmel, das muss aber wirklich ein harter Knochen gewesen sein«, grinste Cathal.

Big Shaun stöhnte, als die Nadel wieder in sein Fleisch stach. »Und wie ist Ihr Vater ums Leben gekommen? Ich weiß von Ihrem Onkel, dass er nicht bei der Armee war.«

»Er hatte zwei Schiffe gekauft und als Blockadebrecher mit Fahrten von Nassau nach Atlanta ein Vermögen gemacht«, erwiderte Clay ruhig. »Drei Monate vor Kriegsende ist er beim Kampf mit einer Fregatte der Yankees erschossen worden.«

Shaun Rogan bekreuzigte sich mit ernstem Gesicht. »Möge er in Frieden ruhen.«

»Frieden hat er in diesem Leben wahrhaftig nie gefunden«, nickte Clay.

Er verknotete geschickt den letzten Stich, schnitt die losen Enden ab und bandagierte das Bein mit einem sauberen Leinentuch. Shaun Rogan seufzte. »Bei Gott, es fühlt sich bereits besser an. Sie verstehen wirklich Ihr Handwerk, Colonel.«

»Ich habe auch genug Übung gehabt, das können Sie mir glauben.«

Marteen holte eine neue Flasche Whiskey, und Kevin Rogan schob ihm ein gefülltes Glas zu. »Wer arbeitet, soll auch seinen gerechten Lohn erhalten, Colonel; so heißt es schon in der Schrift.«

»Ach ja, meine Bezahlung«, nickte Clay. »Das hätte ich fast vergessen.«

Es entstand ein kurzes, verlegenes Schweigen, bis Shaun die Schultern zuckte. »Sie haben gute Arbeit geleistet, Colonel, deshalb ist's nur recht und billig, wenn Sie Ihren Lohn fordern. Sagen Sie, was Sie verlangen.«

Clay zog das Päckchen aus seiner Satteltasche. »Wenn ein Mann etwas so weit mit sich geschleppt hat wie ich dieses Päckchen, dann hat er, denke ich, auch das Recht zu erfahren, was drin ist.«

Shaun Rogan schaute ihn überrascht an und brach in ein herzliches Lachen aus. »Bei Gott, Ihr Wunsch soll Ihnen erfüllt werden, Colonel. Ich glaube, das haben Sie verdient. Mach es auf, Kevin.«

Das Päckchen war in ein Leinentuch vernäht und mit rotem Wachs versiegelt worden. Kevin durchtrennte mit einem Messer die Stiche. Clay zündete sich einen seiner Stumpen an und wartete.

Unter dem Leinen befand sich eine wasserdichte Umhüllung aus geölter Seide, die man ebenfalls vernäht hatte, und nachdem diese entfernt wurde, kam ein hölzernes Kistchen zum Vorschein. Kevin drehte es herum. Bündelweise fielen Banknoten auf den Tisch.

Die Jungen griffen eifrig danach, untersuchten die Scheine und redeten aufgeregt miteinander. »Was hat das zu bedeuten?« fragte Clay verwirrt.

Kevin warf ihm ein Bündel zu. »Schauen Sie sich's mal an, dann verstehen Sie schon.«

Die Noten waren frischgedruckte Fünfdollarscheine, herausgegeben von der Irischen Republik und unterzeichnet von John Mahoney. Er schaute auf und sah, dass die anderen ihn gespannt beobachteten. »Es gibt doch gar keine Irische Republik.«

»Aber bald«, erklärte Kevin Rogan mit Nachdruck. »Die Bruderschaft hat Tausende von Mitgliedern hier und in Amerika. In ein paar Monaten sind wir bereit zum Zuschlagen, und danach wird Irland wieder frei sein.«

»Vermutlich meinen Sie diese Bruderschaft der Fenier, von der ich so viel in Galway gehört habe?«

Shaun Rogan nickte. »Diesmal ist es uns wirklich ernst. Wir wollen unsere Freiheit, und zwar jetzt.«

»Aber was spielen diese Banknoten dabei für eine Rolle?«

Kevin las vor, was darauf stand. »Einlösbar sechs Monate nach der Unabhängigkeitserklärung der Irischen Republik.« Er grinste. »Das ist eine anständige Methode, Gelder zu sammeln, Colonel, das müssen Sie zugeben. Als Gegenleistung für ihr Darlehen erhalten unsere Unterstützer solche Banknoten. Sie helfen uns damit, ihr Land zu befreien, und danach erhalten sie ihr Geld zurück.«

Clay nickte langsam. »Wer sich das ausgedacht hat, war kein Dummkopf, soviel ist sicher. Ich habe heute Abend übrigens mit Sir George Hamilton geredet. Er hält eine Unabhängigkeit Irlands schon rein wirtschaftlich für unmöglich und meint, es brauche den Schutz Englands.«

»Schutz, ach ja?« rief Kevin bitter. »Da kann ich nur sagen – behüte uns Gott vor solchem Schutz.«

Sein Vater legte ihm begütigend eine Hand auf den Arm. »Immer sachte, Junge. Der Colonel kennt die Tatsachen nicht.« Mit seiner ruhigen Art und dem bärtigen Gesicht wirkte Shaun Rogan wie ein Prophet aus dem Alten

Testament. »In Irland leben wir alle vom Land, Colonel, alle – Pächter wie Grundbesitzer.«

»Nachdem ich die Lebensbedingungen einiger Pächter gesehen habe, kann ich verstehen, dass sie zu Recht unzufrieden sind.«

»Die Grundbesitzer sind meistens englische oder irische Protestanten, was letztlich auf das gleiche hinausläuft«, fuhr Rogan fort. »Ihre Einkünfte bestehen in der Hauptsache aus den Pachteinnahmen. Das bedeutet, ein Grundbesitzer hat nur zwei Möglichkeiten, sein Einkommen zu steigern – indem er entweder die Pacht erhöht oder in großem Maßstab Schaf- oder Viehhaltung betreibt.«

»Und das wiederum bedeutet, er kündigt seinen Pächtern und wirft sie raus?«

Big Shaun nickte grimmig. »So ungefähr, Colonel.«

»Aber es muss doch Gesetze geben, die die Leute vor ungerechter Behandlung schützen?«

Kevin Rogan lachte spöttisch, und sein Vater erklärte: »Gewiss, aber in Wirklichkeit sind alle völlig der Gnade ihrer Grundbesitzer ausgliefert. Sie müssen überhöhte Pacht zahlen, wodurch ihnen kaum etwas zum Leben bleibt. Sie müssen Verbesserungen vornehmen, die in England von den Grundbesitzern durchgeführt werden, und erleben dann auch noch, dass auf Grund ihrer eigenen Verbesserungen die Pacht erhöht wird.«

»Aber es muss doch rechtliche Möglichkeiten geben, sich dagegen zu wehren«, sagte Clay. »Was ist mit den Politikern? Sie haben doch ihre Repräsentanten im Parlament, nicht wahr?«

»Die stehen unter Druck und haben nur ein eingeschränktes Stimmrecht haben«, erklärte Shaun Rogan. »Das ganze teuflische System sichert die Vorherrschaft der Grundbesitzer, und Männer wie Hamilton oder Marley können mit ihren angeheuerten Schlägern, die sie sich aus Schottland oder England geholt haben, jedermann mit Füßen treten und terrorisieren.«

»Jetzt verstehen Sie vielleicht«, sagte Kevin Rogan, »warum ich Hamiltons Bemerkung über den Schutz Englands so zynisch fand. Die englische Krone hält an uns fest, weil sie nie etwas gern hergibt. Durch die Verteilung des Grundbesitzes, die uns im Lauf der Jahrhunderte aufgezwungen wurde, hat man eine ganze Nation zu einem Leben in Armut verurteilt, und Jahr für Jahr sehen tausende keinen anderen Weg mehr als auszuwandern.«

Clay nickte ernüchtert. »Angesichts solcher Argumente kann ich kaum etwas erwidern.«

»Trinken Sie noch einen, Colonel.« Shaun Rogan füllte Clays Glas. »Für den durchschnittlichen Engländer ist der Ire ein unzivilisierter Schurke, ein Tier, das von Kartoffeln lebt – was ein ebensolcher Mythos ist wie der, dass alle Engländer Gentlemen sind. Sie verstehen nicht, dass sich von einhundert Morgen Kartoffeln viermal so viele Menschen ernähren können wie von einhundert Morgen Weizen.« Er zuckte mit den Schultern. »Aber bei einer Missernte verhungern wir.«

Clay trank einen Schluck Whiskey. »Was ist mit Sir George Hamilton? Warum hassen Sie sich gegenseitig so sehr?«

»Weil er uns wie Tiere behandelt – uns alle. Er hält sich für so etwas wie einen Gott; wir dagegen sind nur Abschaum. Mich hasst er besonders, weil mir dieses Tal gehört und er uns hier nichts anhaben kann. Aber wenn man den Teufel anruft, muss man ihm auch seinen Teil geben, das wird George Hamilton eines Tages merken. Seine Stunde kommt schon noch.«

»Urteilen Sie nicht zu hart über ihn?« fragte Clay. »Soviel ich weiß, hat jemand versucht, ihn zu ermorden und stattdessen irrtümlicherweise seine Frau erschossen. Zumindest seine Verbitterung und sein Hass sind deshalb doch verständlich.«

Shaun Rogan lachte schroff. »Es war das Beste, was dieser armen Seele je passiert ist, dass sie die Kugel, die für ihn bestimmt war, abgekriegt hat. Jahrelang hat er sie behandelt wie eine Hündin. Guter Gott, Colonel, Sie haben doch gesehen, unter welchen Umständen seine Pächter leben. Brauchen Sie noch mehr Beweise dafür, was für ein Mann er ist?«

Clay seufzte. »Ich war wohl etwas zu gutgläubig, aber seine Version vom Tod seiner Frau klang ganz anders. Er hat mir auch erzählt, er und mein Onkel seien Freunde gewesen.«

Die Jungen, die dem Gespräch interessiert gefolgt waren, brachen in Gelächter aus. »Ach was, Freunde?« grinste Kevin. »Ihr Onkel hat ihm einmal mitten im Dorf, wo es alle Welt sehen konnte, mit der Peitsche einen Hieb ins Gesicht verpasst, als man eine Familie vertrieben hatte und die Frau bei der Geburt eines Kindes auf der Straße nach Galway gestorben ist.«

Clay drängte sich plötzlich ein beunruhigender Gedanke auf. »Das Feuer, bei dem Claremont niedergebrannt ist – wie ist das entstanden?«

Shaun Rogan zuckte die Schultern. »Darüber hat jeder so seine eigenen Ansichten. Ihr Onkel hat dort allein mit einer alten Haushälterin gelebt, da schwere Zeiten für ihn angebrochen waren. Es wäre gar nichts mehr übrig geblieben, wenn es nicht plötzlich ein Unwetter mit starkem Regen gegeben hätte.«

»Sie wollen also andeuten, dass Sir George etwas damit zu tun hatte?«

»Ich will gar nichts andeuten«, erwiderte Shaun Rogan, »nur dass es schon ein gewaltiger Zufall war.«

Clay ging hinüber zum Kamin und starrte in die Flammen. Er dachte an seinen Onkel, der alt, krank und allein gewesen war und in jener Nacht sicher verzweifelt versucht hatte, sein Zuhause, das ihm alles bedeutet hatte, vor den Flammen zu retten.

Er warf seinen Stumpen ins Feuer und wandte sich mit einem grimmigen Lächeln um. »Ja, Sie haben wohl Recht, dass es schon ein ziemlicher Zufall war. Übrigens, erstreckt sich Ihre Abneigung gegen Sir George auch auf seine Nichte?«

»Wie es nur möglich ist, dass sie mit ihm verwandt ist, werde ich nie begreifen«, sagte Shaun. »Sie finden in ganz Drumore niemanden, der Miss Joanna nicht von Herzen mag.«

Clay leerte sein Glas, als ihm noch etwas einfiel. »Wie kommt eigentlich Cohan an einen solch hervorragenden französischen Brandy?«

»Ja, woher sollen wir denn das wissen, Colonel?« meinte Kevin.

Clay zuckte die Schultern. »War nur so ein Gedanke. Ich habe mich gefragt, ob er vielleicht irgendwas mit diesem Schoner zu tun hat, den ich letzte Nacht keine drei Meilen von hier beim Entladen gesehen habe.«

Einen Moment lang herrschte Schweigen, bis Kevin hemmungslos zu lachen begann. »Sie waren das? Hätte ich mir denken sollen. Aber wer war Ihr Begleiter?«

Clay lächelte. »Nur ein Freund, der gern im Mondlicht ausreitet; mehr darf ich nicht sagen.«

»Man braucht nicht groß zu raten, wer das sein könnte«, schmunzelte Big Shaun.

Clay zog seinen Mantel an. »Ich schaue morgen wieder vorbei, um mir die Wunde anzusehen. Übrigens, was ist mit diesem Varley geschehen, der Sie angegriffen hat?«

Shaun Rogan lächelte, aber seine Augen wirkten plötzlich kalt und hart. »Der ist ausgerissen – aber noch ist nicht aller Tage Abend.«

»Ehe Sie gehen, Colonel, sagen Sie uns eins – sind Sie für uns oder gegen uns?« fragte Kevin.

Clay nahm eine der Banknoten und betrachtete sie nachdenklich. »Sehr kunstvoll gemacht«, meinte er. »Aber leider habe ich gesehen, wie überlegen eine Industrienation in Kriegszeiten einem Gegner ist, der über keine eigene

Industrie verfügt. Sie werden niemals gewinnen. England besitzt einfach die weitaus besseren Waffen.«

»Haben Sie etwa Angst?« fragte Marteen.

Kevin versetzte seinem Bruder einen ärgerlichen Rippenstoß. »Der Colonel ist kein Feigling. Gerade du hast das doch erlebt. Aber auf welcher Seite stehen Sie nun, Colonel? Wir haben Ihnen nämlich eigentlich schon viel zu viel erzählt.«

»Ich werde Sie nicht verraten, mein Wort darauf«, versicherte Clay. »Abgesehen davon kann ich nicht so tun, als ob mir Sir George Hamilton, Marley oder der Rest der Brut, die ich in Drumore House getroffen habe, gefielen, aber ich werde keinerlei Partei ergreifen. Die Schwierigkeiten, die ich in den vergangenen vier Jahren hatte, reichen mir für ein ganzes Leben.«

Shaun Rogan reichte ihm die Hand. »Das genügt mir, Colonel.«

Clay nickte den anderen zu und folgte Kevin Rogan, der ihn nach draußen begleitete. Während er seine Satteltaschen festschnallte, meinte Kevin: »Was immer mein Vater sagen mag, kein Mann kann ewig neutral bleiben, Colonel. Es wird eine Zeit kommen, da Sie sich für eine Seite entscheiden müssen, und wenn Sie eine solche Entscheidung nicht treffen wollen, sind Sie besser tausend Meilen weit von Drumore weg.« Er ging zurück ins Haus und schloss die Tür, ehe Clay etwas erwidern konnte.

Auf dem Weg aus dem Tal ging ihm vieles durch den Kopf – die dreckigen Hütten, die Sir George Hamilton in Drumore gehörten; der sterbende Junge, der auf seinem Strohsack an einer triefnassen Wand lag; und nicht zuletzt dachte er an Eithne Fallon. Wie hätte ihr Schicksal ausgesehen, wenn er nicht für ein paar Stunden lang Captain Swing zum Leben erweckt hätte?

Er fühlte sich müde, und seine Augen brannten vor Anstrengung, in der Dunkelheit den richtigen Weg zu finden. Plötzlich sah er eine riesige brennende Fünfdollarnote vor sich, und während Claremont niederbrannte, verschlangen die Flammen die Worte IRISCHE REPUBLIK, die in dicken Lettern am Himmel flackerten.

Clay schüttelte den Kopf, um dieses Phantasiegebilde zu vertreiben. Er winkte Dennis Rogan zu, der irgendwo im Schutz der Bäume verborgen auf Wache stand, ehe er in vollem Galopp den Weg entlangpreschte. Im Grunde wusste er bereits, dass er längst Partei ergriffen hatte, auch wenn er es wahrhaftig nicht wollte.

7

Der Tag war herrlich und der Himmel leuchtend blau, aber Clay ritt mit ernstem Gesicht und düsteren Gedanken den Pfad hinauf zum Wald.

Früh am Morgen war er im Dorf gewesen, um den schwindsüchtigen Jungen zu besuchen und hatte Pater Costello bei ihm angetroffen, der ihm die letzte Ölung gab. Trotz Clays Bemühungen, dem Kind die letzte Zeit auf Erden leichter zu machen, hatte der Junge sich noch eine weitere Stunde lang hartnäckig ans Leben geklammert, und sein Ende mitanzusehen war kein angenehmes Erlebnis gewesen.

Clay hielt neben einem kleinen dunklen Bergsee. Am Ufer wuchsen Lilien; purpurfarben leuchtete das Heidekraut im Moor, und der Wind strich durch die trockenen Stechginstersträucher. Ein Regenpfeifer schwang sich mit klagenden Rufen in die Luft, danach herrschte vollkommene Stille, und eine merkwürdige Traurigkeit überfiel ihn bei dem Gedanken an das junge Leben, das zu Ende gegangen war, ehe es eigentlich begonnen hatte.

Er gab Pegeen die Sporen und galoppierte weiter in Richtung Meer. Ein Hauch von Herbst lag über dem Land, doch der Wind, der vom Atlantik hereintrieb, war noch warm. Clay stieg ab und ließ Pegeen grasen, während er sich an den Rand des Kliffs setzte und hinaus aufs Meer starrte. Dort fand Joanna Hamilton ihn eine halbe Stunde später.

Sie sprang aus dem Sattel, ehe er aufstehen konnte, und kam mit ernstem Gesicht auf ihn zu. »Ich war schon in Claremont, und Joshua hat mir von dem Jungen erzählt. Es tut mir leid.«

Clay zuckte mit den Schultern. »Braucht es nicht. Ich

habe in den vergangenen vier Jahren so viele Sterbende gesehen, dass mir beinahe scheint, einer mehr oder weniger macht nicht mehr viel Unterschied.«

»Aber dieser Tod war so unnötig«, sagte sie heftig. »Das wissen wir beide. Wenn man diesen Leuten anständige Unterkünfte gäbe, statt sie wie Tiere zu behandeln, würde so etwas gar nicht passieren.«

»Ich rate Ihnen, besser zu schweigen, falls Sie nicht wollen, dass ich Ihrem Onkel einen Besuch abstatte und eine Kugel verpasse. Genau danach war mir nämlich zumute, als ich an dem Bett dieses Kindes stand.«

Joanna schwieg einen Moment und suchte offenbar angestrengt nach einem anderen Thema. »Haben Sie schon gehört, was letzte Nacht in Kileen geschehen ist?«

Clay schüttelte den Kopf. »Nein«, meinte er ruhig, »sollte ich das?«

»Ganz Drumore ist deswegen in Aufruhr. Hugh Marley wurde auf dem Heimweg von unserem Empfang überfallen und in Kileen mitten auf der Straße ausgepeitscht, wobei die meisten seiner Pächter zuschauten.«

Sie berichtete ihm mit erstaunlicher Genauigkeit die Einzelheiten. Clay lächelte. »Ich kann nicht behaupten, dass ich ihn bemitleide. Nach allem, was ich letzten Abend gehört habe, hat er das wahrhaftig verdient.«

»So scheint man allgemein zu denken. Der geheimnisvolle Captain Swing ist über Nacht zu einem Helden geworden.«

»Haben Sie eine Ahnung, wer das sein mag?«

Joanna schüttelte den Kopf. »Ich hatte schon an Kevin Rogan gedacht, aber im Grund könnte es jeder sein.«

»Und was hält Ihr Onkel von der Sache?«

»Er hat per Boten einen Brief nach Galway geschickt und darum gebeten, dass die Kavallerie ausrückt, aber die Soldaten haben Besseres zu tun als das Land auf der Suche nach irgendeinem mysteriösen Mann zu durchstreifen, vor allem angesichts der Zustände, die zur Zeit herrschen.«

»Das scheint alles so melodramatisch«, sagte Clay. »Was kann er denn schon zu errreichen hoffen, dieser Captain Swing? Maskiert in der Nacht durch die Gegend zu reiten und eine Pistole zu schwingen, ist ja sehr schön, doch was hilft es letztlich den Leuten?«

»Er hat ihnen wieder Hoffnung gegeben«, erwiderte sie energisch, »und in ihrer Situation hatten sie die Bedeutung dieses Worts fast schon vergessen. Zumindest dafür sollte man ihm dankbar sein. Das können Sie doch sicher verstehen?«

»Ich gebe Ihnen die gleiche Antwort, wie ich sie Shaun Rogan gestern Nacht gegeben habe«, erwiderte Clay. »Nachdem ich gerade vier Jahre mit einer großen melodramatischen Sache vergeudet habe, finde ich aussichtslose Unternehmungen im Augenblick begreiflicherweise wenig anziehend.«

Joanna schaute ihn überrascht ans. »Wo haben Sie denn Shaun Rogan getroffen?«

Clay berichtete ihr, was geschehen war. »Von dieser Geschichte in Cohans Gasthaus wusste ich nichts«, meinte sie beunruhigt. »Jetzt steht die Sache sogar noch schlimmer zwischen meinem Onkel und den Rogans. Was halten Sie von ihnen?«

Clay zuckte die Schultern. »Sie haben mir gefallen. Die Jungs sind ein bisschen wild, aber sie werden mal zu prächtigen Männern – falls sie so lange leben.«

»Das heißt, Sie glauben, es wird ein schlimmes Ende mit ihnen nehmen?«

»Der Galgen ist ihnen so gut wie sicher«, entgegnete Clay, »sofern sie sich nicht ändern und diesen tollkühnen Plan aufgeben, sich an einer Rebellion gegen England zu beteiligen. Das ist von vornherein zum Scheitern verurteilt.«

»Aber sie haben das Recht auf ihrer Seite.«

»Wer die Macht hat, hat das Recht«, zitierte Clay. »Dieses Sprichwort haben die Engländer erfunden, und sie haben sehr viel Zeit und Mühe darauf verwandt, es in der Praxis zu beweisen.«

Joanna schwieg eine Weile nachdenklich. »Ich möchte Sie gern verstehen, Clay, aber ich weiß so wenig von Ihnen. Warum sind Sie wirklich nach Drumore gekommen?«

»Ich wollte Claremont sehen, ganz einfach.«

»Aber das, was noch davon übrig ist, besitzt keinen großen Wert mehr. Falls Sie etwa auf Geld gehofft hatten, haben Sie die Reise umsonst gemacht. Selbst für meinen Onkel ist es nicht mehr viel wert.«

Clay legte sich ins Gras und verschränkte die Hände hinter dem Kopf. »Geld ist das letzte, was mich kümmert. Mein Vater hatte Schiffe gekauft und ein Vermögen damit gemacht, die Blockade der Yankees zu durchbrechen. Er wurde kurz vor Ende des Krieges getötet und hat mir ein Guthaben von einer Million Pfund Sterling bei der Bank von England hinterlassen.«

Joanna war sichtlich verblüfft. »Im Vergleich dazu fühle ich mich ja direkt wie eine Bettlerin«, entgegnete sie mit einem leichten Lachen. »Er muss ein bemerkenswerter Mann gewesen sein.«

»Manche haben Stein und Bein geschworen, dass er den Teufel im Leib hatte«, sagte Clay. »Er war der gefährlichste Mann, den ich je gekannt habe. Meine Mutter dagegen war ein sanftes, liebenswertes Geschöpf und der einzige Mensch, der ihn bändigen konnte. Sie war nie sehr kräftig und starb, als ich zehn war.«

Einen Moment lang schaute er gedankenverloren vor sich hin. »Mein Vater war kein besonders erfolgreicher Baumwollpflanzer, und nach ihrem Tod ging es für einige Zeit immer mehr bergab. Er hat die Plantage verkauft; wir sind weggezogen, aber nirgends sehr lange geblieben. Von Natur aus war er ein Spieler und hat sich auf diese Weise ein paar Jahre lang auf den Mississippidampfern seinen Lebensunterhalt verdient. Später ging er nach Virginia City und eröffnete einen Saloon.«

»Und was haben Sie gemacht?«

»Ihm am Rockzipfel gehangen«, erwiderte Clay. »Ich hatte eine recht bemerkenswerte Erziehung, glauben Sie mir. Mit zwölf sah ich das erste Mal, wie er einen Mann erschoss. Danach lief bei uns alles bestens, aber schließlich fand er, es sei an der Zeit, dass ich eine ordentliche Schulbildung bekäme und verfrachtete mich zurück in den Osten zum Bruder meiner Mutter nach New York. Als ich achtzehn war, entdeckte Vater mein Interesse an Medizin und schickte mich nach London und Paris, wo ich mein Studium vollenden sollte. Er hat niemals nur halbe Sachen gemacht.«

»Und dann kam der Krieg?«

»Nicht ganz. Er verkaufte alles in Virginia City und kehrte nach Georgia zurück, erwarb eine große Plantage und versuchte, wieder als Gentleman zu leben. Aber dafür war es natürlich zu spät. Er brauchte einfach Abenteuer, Aufregung, Leidenschaft und konnte sich nicht mehr ändern. Nur ist Leidenschaft kein Ersatz für Liebe. Liebe wächst, Leidenschaft verzehrt. Er war ständig in irgendwelche Skandale verwickelt, immer mit Frauen anderer Männer – das übliche eben. Der Krieg kam gerade rechtzeitig, um ihn davor zu bewahren, sich zu Tode zu trinken.«

»Und trotzdem ist er nicht in die Armee eingetreten?«

»Nein, das hat er Narren wie mir überlassen. So sagte er jedenfalls an dem Tag, als ich zu meinem Regiment abreiste.«

»Dann haben Sie damals bei ihm gelebt?«

»Zwei Jahre lang, nachdem ich aus Paris zurückkam.«

»Hielt Ihr Vater nichts von den Gründen, aus denen der Süden in den Krieg zog?«

Clay schüttelte den Kopf. »Das war es nicht – er wusste nur, dass wir nicht gewinnen konnten.«

»Aber warum haben Sie denn dann gekämpft?«

»Ich weiß es wirklich nicht«, meinte er schulterzuckend. »Vielleicht weil ich in Georgia geboren bin. Weil meine Freunde und Nachbarn alle Soldaten wurden… Ist das nicht eigentlich der einzige Grund, aus dem irgendein Mann jemals kämpft?«

»Und deshalb sind Sie für eine verlorene Sache in die Schlacht gezogen?«

»Am Anfang war es ganz anders. Es schien wie ein Abenteuer mit allem, was dazugehört – tapfere Männer, prächtige Pferde, der Klang der Signaltrompeten, eben das ganze aufregende Drum und Dran des Soldatenlebens. In den ersten Tagen war es nicht allzu weit nach Richmond, wo hübsche Frauen in Ballkleidern mit stattlichen Männer in schmucken Uniformen tanzten.«

»Und danach?«

Clay lächelte grimmig. »Danach kam die Blockade der Yankees und das langsame Verhungern. Im Juli '64, als Jubal Early aus dem Shenandoah Valley herausstürmte und Washington zu Tode erschreckte, glaubte ich noch, wir würden es schaffen, aber es war zu spät. Um diese Hölle der letzten neun Monate zu beschreiben, fehlen mir die Worte.«

»Eines verstehe ich immer noch nicht«, sagte Joanna. »Sie waren doch eigentlich Militärarzt. Wie kam es, dass Sie Kommandeur einer Kavalleriebrigade wurden?«

»Das Glück des Krieges«, erwiderte Clay trocken. »Im Sommer '63 war ich zu General Morgan abkommandiert worden, als er seinen berühmten Vorstoß nach Kentucky, Indiana und Idaho machte. Wir wurden gefangen genommen, und die Yankees, die uns nicht gerade freundlich gesonnen waren, lehnten es ab, uns als Kriegsgefangene zu behandeln. Ich wurde zusammen mit den anderen Offizieren ins Illinois State Penitentiary gesperrt, Arzt hin oder her.«

»Aber das war doch infam. Schließlich haben Sie nur Befehle befolgt.«

»Ach, es spielte letztlich sowieso keine Rolle, denn wir

hatten gar nicht die Absicht, dort zu bleiben.« Er lachte leise. »Wir haben Messer aus dem Esszimmer gestohlen, uns durch einen halben Meter Zementboden gewühlt und einen Tunnel unter dem Gefängnishof bis zur Außenmauer gegraben. Natürlich hinterließen wir dem Direktor eine höfliche Notiz, in der wir ihm für seine großzügige Gastfreundschaft gedankt haben.«

»Hatten Sie große Schwierigkeiten, die Linien der Konföderierten zu erreichen?«

Er schüttelte den Kopf. »Eigentlich nicht, denn einer der wenigen Vorteile eines Bürgerkriegs ist es, dass sich so schlecht erkennen lässt, wer dein Feind ist, wenn er keine Uniform trägt. Als ich wieder zur Armee stieß, wurde ich gebeten, aktiver Kavallerieoffzier zu werden. Die Yankees hatten mich auf ihrer Liste und würden mich in Zukunft sowieso nicht mehr als unparteiischen Arzt behandeln, daher fiel mir die Wahl nicht besonders schwer.«

»Es scheint, Sie hatten eine Begabung für diese Aufgabe«, sagte Joanna mit einem kleinen Lächeln.

»Hauptsächlich ging es darum, am Leben zu bleiben und nur kalkulierbare Risiken einzugehen. Morgan sah das anders. Er hat das Glück einmal zu oft herausgefordert und fiel in Tennessee ein. Seine Truppe wurde an einem Ort namens Granville niedergemetzelt. Ihn selbst erwischte man in einem Garten, versteckt hinter einigen Schlingpflanzen, und hat ihn erschossen.«

Mit zusammengekniffenen Augen schaute Clay in die endlosen Tiefen des Himmels, während er an Morgan und an seinen Vater dachte, die sich so ähnlich gewesen waren in ihrer Einstellung dem Leben gegenüber.

Er warf Joanna einen Blick zu, die in ihre eigenen Gedanken versunken war und hinaus aufs Meer schaute. Ganz plötzlich kam es ihm vor, als sehe er sie jetzt zum erstenmal. Wie hatte er nur denken können, sie sei nicht hübsch? Sie war wundervoll. Der Wind hatte ihre Wangen rosig gefärbt, und die dunklen Tiefen ihrer Augen glichen

Teichen, in die sich jeder Mann nur allzu bereitwillig stürzen würde.

Sie merkte, dass er sie anschaute und errötete. »Und was wollen Sie tun, nachdem Sie Drumore verlassen haben?« fragte sie hastig.

Er zuckte mit den Schultern. »Es besteht kein Grund zur Eile. Ich bin hergekommen, um den Krieg zu vergessen und ein bisschen Frieden zu finden, aber ich hatte keine Ahnung von den hiesigen Verhältnissen und weiß nicht, was geschehen wird. Aber wie auch immer, nach Georgia werde ich nie mehr zurückkehren. Ich hatte an Kalifornien gedacht. Ja, das ist ein schönes Land.« Mit einem behaglichen Seufzer schloss er die Augen.

»Manchmal müssen wir uns Problemen einfach stellen, Clay«, meinte sie nachdenklich. »Niemand ist eine Insel. Heißt es nicht so in den Liedern der Barden? Ich glaube beinah, Ihr Vater hat versucht, mitten unter den Menschen und doch für sich allein zu leben - um am Ende doch zu merken, dass das nicht funktioniert.«

Clay schwieg. Es war nur zu verständlich, dass sie so dachte und dass die Sorgen und Nöte der anderen sie nicht gleichgültig ließen. Sie war jung, sie war liebenswert und hatte ein gutes Herz. Irgendwo am Himmel sang eine Lerche, aber er nahm es kaum mehr wahr. Ihr Zwitschern wurde lauter und leiser und vermischte sich schließlich mit dem zeitlosen Rauschen des Meeres.

Mit einem Ruck wachte Clay auf. Am Himmel über ihm trieben dicke Wolken und zeigten einen Wetterumschwung an. Joanna war verschwunden. Für einen Moment erfasste ihn eine völlig irrationale Panik, und er rannte zum Rand des Kliffs, doch dann entdeckte er sie am Strand, zu dem sich ein steiler Pfad hinunterschlängelte.

Sie stand knietief im Wasser und hatte mit einer Hand den Rock ihres Reitkleids gerafft, während sie mit der anderen wie ein kleines Kind mit den Wellen spielte. Seine Stiefel knirschten auf dem Kies, und sie wandte sich um.

»Sie haben mich verlassen«, sagte er. »Ich wurde wach und fand mich allein, als seien Sie eine verwunschene Prinzessin aus einem Märchen gewesen.«

»Sie waren eingeschlafen, und das Wasser sah so verlockend aus, dass ich nicht widerstehen konnte.«

Sie wollte ihre Stiefel und Strümpfe holen, die auf einem Felsen am Rand des Wegs lagen, und schrie auf, als sie auf einen kantigen Stein trat. Clay hob sie wortlos hoch und trug sie über den Kies.

Ehe er sie absetzte, schaute er einen Moment in ihre Augen, und ihre Nähe ließ das Blut rascher durch seine Adern fließen. Joanna wandte ihr Gesicht ab.

»Ich gehe zurück und sehe nach den Pferden«, sagte er verlegen. »Schaffen Sie es allein den Weg hinauf?«

Sie nickte hastig. »Es dauert nur fünf Minuten.«

Als er wieder auf dem Kliff war, zitterten seine Hände immer noch. Er zündete sich einen Stumpen an, was wegen des Winds etwas schwierig war, und holte die Pferde. In diesem Moment kam sie über den Rand des Kliffs.

Für einen Augenblick blieb sie stehen und schaute hinaus aufs Meer. Clay beobachtete sie fasziniert. Sie erschien ihm fast wie eine Gestalt, die dem Gemälde eines großen Meisters entstiegen war, so unwirklich und zart, so vollkommen und wunderschön wirkte sie, umhüllt vom Licht der Sonne.

Langsam ging er auf sie zu, und diesmal sah er in ihren Augen keine Angst, nur ein sanftes Leuchten. Mit einem Lächeln auf den Lippen kam sie ihm entgegen. Clay ergriff ihre Hände…

Ein lauter Ruf aus der Ferne und Hufgetrappel riss sie aus ihrer Versunkenheit. Clay wandte sich um und sah Joshua, der im Galopp auf dem Kutschpferd näher kam.

»Da bin ich aber wirklich froh, dass ich Sie gefunden habe, Colonel.« Er wischte sich mit einem großen Taschentuch den Schweiß von der Stirn. »Pater Costello hat Nachricht geschickt. Eine Frau namens Cooney kriegt in Frumore ein Kind und braucht Sie dringend.«

Joanna lief zu ihrem Pferd, und Clay hob sie rasch in den Sattel. Joshua reichte ihm seine Tasche. »Alles, was Sie benötigen, ist hier drinnen, Colonel. Reiten Sie nur zu, ich kann mit diesem Gaul sowieso nicht mithalten.«

»Du bleibst im Haus«, befahl Clay. »Wenn ich dich brauche, schicke ich eine Nachricht.« Joanna war bereits losgeprescht. Er gab Pegeen die Sporen und folgte ihr über das Moor.

8

Eine Wolkenwand verdeckte die Sonne, und der Himmel wurde immer dunkler. Als sie das Dorf erreichten, begann es zu regnen. Barfüßige Kinder in zerlumpten Kleidern rannten hinter ihnen her und bettelten mit ausgestreckten Händen um Münzen. Clay warf ihnen ein paar Geldstücke zu, ehe Joanna und er vor dem Haus der Cooneys ihre Pferde zügelten.

Pater Costello öffnete sichtlich erleichtert die Tür. »Ich bin froh, dass Sie gekommen sind. Sie hat es sehr schwer, die arme Seele.«

Joanna ging an ihm vorbei ins Haus, während Clay seine Satteltasche abschnallte. »Ist ihr Mann daheim?«

Pater Costello schüttelte den Kopf. »Er ging gestern nach Galway und ist noch nicht zurückgekommen. Er wollte versuchen, sich von seinem Bruder Geld zu borgen, weil er einen Monat mit der Miete im Rückstand ist und Sir George gedroht hat, ihn rauszuwerfen, wenn die Schulden nicht bis Montag bezahlt sind.«

Clay runzelte die Stirn. »Das war vor drei Tagen.«

»Eben«, sagte der Priester, »deshalb hoffe ich ja, Sir George zeigt einmal etwas christliche Barmherzigkeit; schließlich weiß er genau, warum die Familie so in Not geraten ist. Michael Cooney war nämlich neun Jahre lang bei ihm angestellt, bis Burke ihn entlassen hat, weil er krank war und längere Zeit ausfiel.«

»Barmherzigkeit ist die letzte Tugend, die ich mir bei Sir George vorstellen kann«, meinte Clay.

Der alte Priester seufzte. »Da muss ich Ihnen leider Recht geben, aber die Welt ist voller Wunder. Jetzt will ich Sie nicht länger aufhalten, damit Sie sich um Ihre Patientin kümmern können. Ich gehe inzwischen zu den Flahertys und bespreche mit ihnen die Beerdigung ihres Sohnes. Wenn ich darf, schaue ich später noch mal rein.« Er hob seinen Talar und stapfte durch den Schlamm davon, während Clay ins Haus ging.

Ein altes Weib hockte am Torffeuer und murmelte leise vor sich hin; Joanna war dabei, eine Petroleumlampe auf dem Tisch zu entzünden. Clay legte seine Satteltasche ab und ging hinüber zum Bett.

Mrs. Coonyey war halb besinnungslos vor Schmerzen. Clay lockerte rasch ihre Kleidung und untersuchte sie behutsam. Nach einem Moment richtete er sich auf.

»Holen Sie mir eine Tasse Wasser«, bat er Joanna. Er nahm ein Betäubungsmittel aus seiner Tasche, mischte einige Tropfen davon in das Wasser und versuchte, es Mrs. Cooney einzuflößen. Sie hustete, so dass einiges aus ihren Mundwinkeln lief, aber nach einer Weile sank ihr Kopf in die Kissen, und sie begann tief und ruhig zu atmen.

Clay stellte die leere Tasse zurück auf den Tisch. Sein Gesicht war ernst. »Wer hat sie bisher behandelt?«

Joanna deutete auf die Frau am Feuer. »Die alte Mrs. Byrne dort ist die Hebamme des Dorfs. Sie hat alles versucht, aber das Kind will nicht kommen.«

»Überrascht mich nicht. Es liegt nicht in der richtigen Position für eine natürliche Geburt.«

»Warum nicht?«

Clay zuckte die Schultern. »Dafür kann's viele Gründe geben, beispielsweise dass sie vielleicht zu schwer gearbeitet hat, aber das ist jetzt unerheblich.« Er streifte seinen Mantel ab. »Sie müssen mir helfen. Ziehen Sie sie rasch aus und legen Sie sie auf das sauberste Laken, das Sie finden können. Für falsches Schamgefühl ist jetzt nicht die Zeit.«

»Wollen Sie … wie nennt man das – einen Kaiserschnitt machen?«

»Auf keinen Fall – besonders nicht unter diesen Umständen. Die Mutter stirbt dabei meistens und das Kind gewöhnlich auch. Das ist nur eine Form neumodischer Hexerei.«

Clay rollte seine Hemdsärmel auf, goss sich Whiskey über die Hände und trocknete sie an einem sauberen Tuch ab, während Joanna und das alte Weib sich um die Frau kümmerten.

Mittlerweile hatte das Opiat sie völlig betäubt. Nachdem die Frauen sie ausgezogen hatten, untersuchte er sie noch einmal im trüben Licht der Petroleumlampe.

»Was meinen Sie?« fragte Joanna.

»Es wird nicht so schwierig werden, wie ich zuerst gedacht habe.«

Er nahm eine Zange aus seiner Tasche und kniete sich ans Ende des Betts. Mehrere Minuten lang musste er sich geduldig bemühen, bis es ihm endlich gelang, den Kopf des Kindes sicher zu fassen.

Plötzlich wurde die Tür aufgestoßen. Clay wandte sich um. Im Eingang des Hauses stand Peter Burke mit zwei seiner Schotten, die beide mit Flinten bewaffnet waren.

»Sagen Sie ihnen, sie sollen hier verschwinden, Joanna«, knurrte Clay und machte sich wieder an seine Arbeit.

»Sparen Sie sich das, Miss Hamilton«, entgegnete Burke. »Wir haben strikte Anweisungen von Ihrem Onkel. Die Cooneys müssen gehen. Sie haben schließlich ihre Chance gehabt.«

»Sie würden keinen Hund so behandeln!« rief Joanna mit zornbleichem Gesicht. »Soll das Kind etwa mitten auf der Straße zur Welt kommen oder vielleicht in Cohans Wirtsstube?«

Burke zuckte nur die Schultern. »Der Colonel kann das Kind noch holen, aber danach muss Mrs. Cooney raus. Jemand wird sie schon aufnehmen.«

Clay wischte sich mit einer Hand den Schweiß von der Stirn. »Schauen Sie bitte mal in meine Tasche, Joanna. Ich glaube, da drin liegt irgendwo mein Revolver.«

Sie kramte in der Tasche und zog den schweren Dragoon Colt heraus. Das Lampenlicht schimmerte auf seinem Messingrahmen. »Sie brauchen nur den Hahn zurückzuziehen und den Abzug zu drücken«, erklärte Clay. »Ich werde Mr. Burke mit Vergnügen die Kugel wieder rausholen, nachdem ich hier fertig bin.«

Joanna hielt den Colt in beiden Händen und richtete den Lauf genau auf Burkes Bauch. »Ich gebe Ihnen fünf Sekunden, um hier zu verschwinden«, sagte sie kühl.

»Und ich würde an Ihrer Stelle tun, was sie sagt, Burke«, fügte Clay hinzu. »Diese Waffe hat einen sehr empfindlichen Abzug.«

Die beiden Schotten verschwanden auf der Stelle, doch Burke zögerte, bis Joanna den Hahn zurückzog und offenbar tatsächlich abdrücken wollte. Mit einem wüsten Fluch drehte er sich um und knallte die Tür hinter sich zu.

Joanna verriegelte sie rasch, ehe sie zurück zu Clay ging und den Colt mit entspanntem Hahn wieder in die Tasche legte. »Halten Sie ihre Knie fest«, sagte er. »Trotz der Betäubung spürt sie vielleicht noch die Schmerzen. Was immer passiert, lassen Sie sie nicht los.«

Er holte tief Atem, überzeugte sich, dass die Zange richtig saß und zog. Das Kind begann sich zu bewegen; er veränderte ein wenig die Position der Zange, zog stetig weiter – und dann lag das Kind plötzlich auf den Laken. Wie jedes Mal erschien ihm auch dieser Moment wie ein Wunder.

Clay untersuchte es vorsichtig. Abgesehen von den leichten Druckmalen der Zange, die bald verschwinden würden, schien der kleine Junge gesund und unverletzt zu sein. Er verknotete rasch die Nabelschnur und durchtrennte sie mit einem Skalpell.

Dann reichte er das Kind dem alten Weib, während Joanna mit dem angeborenen Wissen aller Frauen behutsam die Mutter versorgte und ihr das Blut abwusch.

Clay schaute ihr einen Moment zu. »Offensichtlich war das nicht die erste Geburt für Sie.«

Joanna schüttelte den Kopf. »Ich werde oft um Hilfe gerufen. Ist mit ihr alles in Ordnung?«

»Ich glaube schon. Es kann natürlich immer zu Kindbettfieber kommen, aber das scheint sehr viel eher in einem Hospital zu passieren als zu Hause.«

»Sie scheinen sich damit auszukennen.«

»Auch für mich war das nicht das erste Mal«, grinste er und nahm erleichtert einen tiefen Schluck aus der Whiskeyflasche. Plötzlich lag sie weinend an seiner Schulter, schlang die Arme um ihn und schmiegte den Kopf an seine Brust.

Clay verstand sie, ohne dass sie auch nur ein Wort zu sagen brauchte. Zärtlich drückte er sie an sich, strich ihr sanft über das Haar und empfand ihre Nähe als etwas ganz Natürliches, weil er gewusst hatte, dass dies passieren würde, seit er sie zum erstenmal gesehen hatte – beide hatten sie es gewusst.

Schließlich löste er sich aus ihrer Umarmung und entriegelte die Tür. Ungefähr zehn Meter vom Haus entfernt warteten Burke und seine Schläger mit ihren Flinten.

Einige Frauen scheuchten hastig die Kinder in die Häuser. Draußen vor dem Pub hatten sich mehrere Männer versammelt, um zu sehen, was passieren würde. Cohan stand mit seiner schmutzigen Schürze in der ersten Reihe.

Niemand rührte sich; das leise Prasseln des Regens war der einzige Laut, der in der Stille zu hören war. Dann kamen Burke und seine beiden Schläger langsam näher.

Burke beherrschte sich offensichtlich nur mühsam. »Wenn Sie Ihre Arbeit dort drinnen erledigt haben, führe ich jetzt meine Anweisungen aus, Colonel.«

»Sagen Sie mir eins«, meinte Clay ruhig. »Wie viel sind die Cooneys schuldig?«

Ein misstrauischer Ausdruck erschien auf Burkes Gesicht. »Was sollte Sie das angehen?«

»Nun, ganz einfach – ich habe vor, heute Nachmittag diesen Rückstand persönlich bei Sir George zu bezahlen.«

Burke schüttelte störrisch den Kopf. »Das ist nicht meine Sache. Ich habe meine Befehle, und die führe ich auch aus.«

Clay trat rasch einen Schritt vor und schlug ihn so fest auf Mund, dass er sich die Knöchel aufschrammte. Burke stolperte rückwärts in den Schlamm.

Die beiden Schotten ließen ihre Flinten fallen und stürzten sich auf Clay, der zur Hauswand zurückwich. Nach den brutalen Gesichtszügen seiner Gegner zu urteilen war es ihnen herzlich egal, ob sie ihn nur zusammenschlugen oder umbrachten. Wahrscheinlich würden sie, wenn sie ihn erst einmal am Boden hatten, mit ihren schweren Stiefeln so lange zutreten, bis er sich nicht mehr rührte.

Als Burke aufstand und sich ebenfalls auf ihn stürzen wollte, kam unerwartet Hilfe. Ein Schuss krachte, und alle wandten sich um. Kevin Rogan zügelte einige Meter entfernt sein Pferd.

Einer der Schotten wollte nach seiner Waffe greifen, doch Kevin erklärte grimmig: »Ich habe noch eine zweite Kugel im Lauf. Es gibt zwar nichts Besseres als einen guten Kampf, aber drei gegen einen scheint mir ein bisschen ungerecht.«

»Sie hätten sich nicht einzumischen brauchen, Rogan«, sagte Burke. »Ich hatte nicht die Absicht, meinen Männern die Sache zu überlassen. Den Spaß möchte ich nämlich selbst haben.« Mit einer Handbewegung scheuchte er seine Schläger zur Seite und zog seinen Mantel aus. »Es wird mir ein Vergnügen sein, mich mit Ihnen zu messen, Colonel.«

Er wirkte ungemein selbstbewusst, und unter seinem Hemd wölbten sich kräftige Muskeln. Clay hatte zum letzten Mal als Junge von fünfzehn Jahren mit den Fäusten gekämpft. Aus irgendeinem Grund kam ihm ausgerechnet jetzt diese Szene wieder in Erinnerung – ein Kai in Natchez an einem heißen Julinachmittag, einige Männer entluden gerade ein Schiff, dröhnend rollten die Fässer an Land, und seine Gegner kamen mit finsteren Gesichtern auf ihn zu.

Die Schlägerei hatte übel für ihn geendet, aber er verdrängte diesen Gedanken und stürzte sich auf Burke, der zurückwich, mit dem rechten Arm seinen Hieb abwehrte und ihn mit einer gewaltigen Linken zu Boden schlug.

Für einen Moment blieb Clay mit brummendem Schädel im Schlamm liegen. Irgendjemand stieß einen Schrei aus. Als er sich aufrappelte, stand Joanna neben ihm. »Er bringt Sie um, Clay«, sagte sie verzweifelt. »Vor drei Monaten hat er einen Kesselflicker bei einem Wettkampf auf dem Jahrmarkt von Galway so geschlagen, dass der Mann danach blind war.«

Clay schob sie wortlos zur Seite. »Sie sehen nicht besonders gut aus, Colonel.« Burke grinste boshaft. »Dabei war das doch erst der Anfang.«

Er täuschte eine Rechte an, um Clay aus der Deckung zu locken, und versetzte ihm einen so mächtigen Schlag in den Magen, dass Clay wieder ins Taumeln geriet. Sofort landete Burke einen weiteren Schlag auf seiner rechten Wange, die bis auf den Knochen aufplatzte. Clay stürzte erneut zu Boden.

Eine Frau schrie erschrocken auf, und ein Kind begann zu weinen; ansonsten herrschte Stille, während das ganze Dorf auf das Ende wartete. Eine innere Stimme sagte Clay immer wieder, was für ein Narr er gewesen war. Burke war um dreißig Pfund schwerer und ein Experte im Faustkampf – aber gab es nicht andere Mittel und Wege? Im Leben wie im Krieg kam es darauf an, schnell zu handeln und möglichst unerwartet; das war bereits der halbe Sieg.

Clay blieb liegen, bis sein Kopf ein wenig klarer geworden war, und behielt sorgsam Burkes Stiefel im Blick. Als er sich bewegte, sprang er auf, wich geduckt seinem Schlag aus, packte ihn gleichzeitig und schleuderte ihn mit einem Hüftwurf zu Boden.

Halbbetäubt und völlig überrumpelt versuchte Burke dennoch gleich wieder auf die Beine zu kommen. Das war sein Fehler. Clay versetzte ihm rasch zwei heftige Schläge in das ungeschützte Gesicht; sein Kopf flog zurück, er rollte auf die Seite und blieb regungslos liegen.

Mit lautem Jubel umringten die Dorfbewohner Clay, klopften ihm anerkennend auf den Rücken und beglückwünschten ihn voller Bewunderung.

Clay rang nach Atem, ihm war übel, er fühlte sich benommen und eins war ihm völlig klar – er hatte Glück gehabt, unglaubliches Glück. Burkes Fäuste waren tödliche Waffen. Er hatte ihn nicht besiegt, weil er ihm überlegen war, sondern weil er ihn überrascht hatte mit einem tödlichen Ringertrick, den ein alter Indianerkämpfer einmal vor vielen Jahren einem kleinen Jungen beigebracht hatte.

Kevin Rogan drängte sich mit breitem Grinsen durch die Menge. »Mein Vater wird gewaltig fluchen, dass er das verpasst hat, Colonel.« Clay sackte ein wenig zusammen, und Kevin legte besorgt einen Arm um seine Schulter. »Immer sachte. Sie setzen sich am besten erst mal eine Weile hin.«

Er führte ihn ins Haus, und Joanna schob rasch einen Stuhl näher, während Kevin großzügig Whiskey in eine Tasse goss. »Trinken Sie das, Colonel. Es gibt nur wenige Männer, die sagen können, dass sie dazu noch in der Lage waren nach einem Kampf mit Peter Burke.«

Joanna betrachtete ihn entsetzt. »Ihr Gesicht«, flüsterte sie. »Die Wange ist ja bis auf den Knochen aufgerissen. Ich habe wirklich geglaubt, er würde Sie umbringen.«

»Das hat er auch beinah.« Clay stand auf, und Kevin half ihm seinen Mantel anzuziehen.

»Sind Sie sicher, dass Ihnen nichts fehlt?« fragte Joanna.

Clay nickte. »Werd's schon überleben. Ich reite heim nach Claremont und leg mich in eine heiße Wanne.«

»Ich reite mit ihm, Miss Hamilton«, erklärte Kevin. »Ich bin sowieso auf dem Heimweg.«

»Danke, das beruhigt mich.« Sie lächelte Clay zu und glättete mit einer kleinen, vertraulichen Geste sein Revers. »Ich bleibe noch eine Weile bei Mrs. Cooney. Ich glaube nicht, dass es noch Probleme geben wird. Wenn es geht, schaue ich später bei Ihnen vorbei.«

Draußen an der Hauswand saß Burke und stöhnte leise, als einer seiner Männer ihn schüttelte. Clay stieg auf sein Pferd und ritt, gefolgt von Kevin Rogan, durch die Menge.

Er spürte immer noch die Wirkungen dieser ersten furchtbaren Schläge, und als sie einige hundert Meter vom Dorf entfernt waren, hielt er im Schutz einiger Bäume an und übergab sich.

Mit einem mühsamen Grinsen schaute er schließlich auf. »Jetzt fühle ich mich wesentlich besser.«

»Sie müssen sich nur ein bisschen hinlegen, Colonel, das ist alles«, versicherte Kevin.

»Später vielleicht. Aber nicht jetzt. Zuerst muss ich noch einen Besuch machen. Es ist Zeit, dass ich Sir George Hamilton sage, was ich von ihm halte.«

»Es wäre vielleicht besser, die Sache erst mal zu überschlafen«, meinte Kevin Rogan unsicher.

Clay schüttelte den Kopf. »Nein, ich gehe lieber, solange ich in der richtigen Stimmung bin. Außerdem muss ich mich auch um die Miete der Cooneys kümmern. Ich habe vor, ihren Rückstand zu begleichen.«

»Aber es ist gar nicht das Geld, hinter dem er her ist, Colonel. Es ist ihr Land und das Haus, das er aus irgendeinem Grund für sich haben will. Andernfalls hätte er sie seelenruhig so weitermachen lassen, Monat für Monat, denn dadurch hätten sie sich immer fester mit Leib und Seele an ihn gebunden.«

»Er wird das Geld nehmen, und wenn ich es ihm in den Hals stecken muss«, erwiderte Clay grimmig.

Kevin Rogan seufzte. »Ich sehe schon, Sie lassen sich nicht davon abbringen, Colonel. Ich wünschte, ich könnte Sie begleiten, aber ich muss wirklich so rasch wie möglich heim. Ich habe heute Nacht noch etwas Wichtiges vor.«

Clay beugte sich hinüber und schüttelte ihm die Hand. »Sie haben mir schon genug geholfen. Sagen Sie Ihrem Vater, ich komme morgen früh vorbei, um mir sein Bein anzuschauen.« Er gab Pegeen die Sporen und verschwand zwischen den Bäumen, ehe Kevin noch etwas einwenden konnte.

Als er das Moor erreichte, ließ er die Stute galoppieren. Der frische Wind tat ihm gut und belebte ihn wieder. Er umrundete das Dorf und ritt durch eine Lücke in der Mauer, die rings um Drumore House verlief.

Der alte Butler, der die Tür öffnete, war zu gut geschult, um auch nur eine Miene beim Anblick von Clays zerschlagenem Gesicht zu verziehen. Er bat ihn, einen Moment zu warten und verschwand. Kurz darauf kehrte er zurück und führte ihn durch den Gang zum Wintergarten. Diesmal öffnete er jedoch eine Tür auf der rechten Seite zu einem kleinen, bequem möblierten Arbeitszimmer. »Sir George kommt sofort, Colonel. Darf ich Ihnen etwas zu trinken bringen?«

Clay schüttelte den Kopf, setzte sich in einen Ohrensessel neben der Tür und schloss die Augen. Die Tür stand einen Spalt breit offen, und er horchte auf, als Schritte näher kamen. »Denken Sie an Ihre Manieren, wenn Sir George mit Ihnen spricht«, mahnte der Butler jemanden.

Clay wandte den Kopf und spähte nach draußen. Ein kleiner, rattengesichtiger Mann in einem schäbigen Tweedanzug stand mit dem Hut in der Hand neben dem Butler, der die Tür zum Wintergarten öffnete. Nachdem sie verschwunden waren, lehnte sich Clay nachdenklich zurück. Irgendwo hatte er diesen Kerl schon mal gesehen, das stand fest, denn ein solches Gesicht vergaß man nicht so leicht – und dann fiel es ihm ein. Der kleine Mann war an diesem ersten Abend in Cohans Kneipe gewesen und hatte mit den anderen Dennis zugehört, als der mit seinem Überfall geprahlt hatte.

Das war allerdings eine merkwürdige Geschichte. Clay spähte erneut durch den Türspalt und sah, dass der Butler allein zurückkehrte. Einen Moment zögerte er, dann huschte er über den Gang und öffnete die Tür.

Die feuchte Hitze des Wintergartens schlug ihm entgegen, und von irgendwoher waren Stimmen zu hören. Auf Zehenspitzen schlich er einen schmalen Weg entlang, der parallel zum Hauptweg verlief. Kurz darauf entdeckte er Sir George Hamilton und seinen Besucher. Geschützt von einem dichten Rankgewächs, konnte er die beiden ungesehen beobachten.

»Weiter, O'Brian«, befahl Sir George. »Was hast du herausfinden können?«

»Oh, etwas Gutes, Euer Ehren, das wird Ihnen gefallen«, erwiderte O'Brian.

»Will ich hoffen. Ich zahle dir auch weiß Gott genug«, sagte Sir George säuerlich.

»Die Rogans beobachten zu lassen, können Sie sich sparen, weil sie auf allen Wegen zum Hidden Valley Wachposten haben. Aber kurz vor Mitternacht übernehmen sie von einem Fischerboot aus Galway irgendeine Ladung. Was es ist, weiß ich nicht, aber es muss etwas Besonderes sein. Wahrscheinlich Waffen.«

»Sie dabei zu erwischen, dürfte schwierig werden«, überlegte Sir George. »Ihre Wachposten würden uns sehen, wenn wir über das Moor kommen. Auf der letzten halben Meile bis zum Kliff gibt es keinerlei Deckung, und falls diese Ladung so wichtig ist wie du behauptest, werden sie entsprechend aufmerksam sein.«

»Daran habe ich auch gedacht, Euer Ehren. Sie wollen das Zeug mit Ponys in den Wald von Drumore bringen, und dort soll es dann auf Karren verladen werden.«

»Bei Gott«, rief Sir George triumphierend, »das wäre genau der richtige Platz für einen Hinterhalt! Durch den

Wald führt nur ein einziger Weg. Wir könnten sie also ganz leicht einkesseln.« Hämisch rieb er sich die Hände. »Das ist ein Verbrechen, auf das Tod durch Erhängen steht, jawohl, durch Erhängen.« Er zog an einer Schnur, die in dem Blattwerk über seinem Kopf verschwand, und irgendwo in der Ferne hörte man eine Glocke läuten.

Clay lief rasch zurück. Einen Moment später öffnete sich die Tür, und der Butler trat ein. Clay wartete, bis er bei Sir George war, dann huschte er hinaus in den Gang und wieder ins Arbeitszimmer.

Einige Minuten später kam Sir George herein. Das Lächeln auf seinem Gesicht verschwand bei Clays Anblick. »Gott bewahre, Colonel, was ist denn mit Ihnen passiert?«

Clay grinste nur. »Ich habe gerade Burke die Prügel seines Lebens verpasst.«

Sir George runzelte die Stirn. »Ich wäre Ihnen sehr verbunden, wenn Sie mir Genaueres berichten würden.«

»Gern! Ich war gerade dabei, Geburtshilfe bei einer Mrs. Cooney zu leisten, einer Ihrer Pächterinnen, soviel ich weiß. Im kritischsten Moment der Entbindung kam Burke mit zwei bewaffneten Männern hereinmarschiert und wollte die Familie wegen Mietrückstands hinauswerfen. Haben Sie ihm diesen Befehl gegeben?«

»Natürlich, Colonel«, erwiderte Sir George kühl. »Das Haus ist immerhin mein Eigentum. Falls Burke unverschämt war, werde ich ihn bestrafen, denn er muss lernen, in seinen Schranken zu bleiben, aber vergeuden Sie nicht Ihr Mitleid an solch erbärmliche Kreaturen wie die Cooneys. Der Mann ist ein fauler, verlogener Strolch, der noch nie in seinem Leben einen Tag anständig gearbeitet hat. Das ist der Grund, warum ich ihn entlassen habe.«

»Und was passiert mit seiner Frau, ganz zu schweigen von dem Kind? Wenn ich richtig informiert bin, wäre das nicht das erste Mal, dass Sie eine Familie in einer solchen Lage aus dem Haus treiben. Gab es da nicht eine Frau, die in einem Graben auf der Straße nach Galway bei der Geburt ihres Kindes starb? Ich glaube, Sie und mein Onkel hatten wegen dieser Angelegenheit eine Meinungsverschiedenheit.«

»Sir, jetzt gehen Sie zu weit!« rief Sir George mit dunkelrotem Gesicht.

»Wir haben genug Zeit mit Reden verschwendet«, sagte Clay. »Ich bin gekommen, um den Mietrückstand zu begleichen und ebenso den Betrag für weitere sechs Monate zu zahlen. Damit dürften diese armen Teufel zumindest erst einmal etwas Luft haben.«

»Aber ich will Ihr Geld nicht, Colonel Fitzgerald«, erwiderte Sir George. »Ich will das, was mir zusteht, von den Cooneys – von niemand anderem.«

Clay war für einen Moment verwirrt, doch dann erinnerte er sich an Kevin Rogans Worte, und ihm war, als erkenne er erst jetzt George Hamiltons wahres Gesicht. »Ach so, Sie wollen, dass diese Leute auf der Straße landen. Darum geht es Ihnen – gar nicht um das Geld.«

Sir George wurde dunkelrot, und seine Augen funkelten. »In Anbetracht des Schicksals meiner armen Frau finde ich, dass ich sehr wohl das Recht habe, diese Wilden so zu behandeln wie es mir passt, Colonel.«

Clay lachte schroff. »Die für Sie bestimmte Kugel war für Ihre Frau doch eine Erlösung, Hamilton. Sie haben ihr jahrelang die Hölle auf Erden bereitet. Nein, das ist nicht der Grund für Ihren Hass auf diese armen Teufel – es ist dieses eklige, bösartige Gewächs in Ihrem Körper, das Sie buchstäblich vergiftet. Ihm gilt in Wirklichkeit Ihr Hass, weil Sie Angst haben, mein Freund – Angst zu sterben, denn Sie wissen genau, dass es keine einzige Seele gibt, die an Ihrem Grab stehen und trauern wird. Spucken wird man auf Ihren Sarg!«

Sir George öffnete den Mund, doch ehe er etwas erwidern konnte, begann er plötzlich nach Luft zu schnappen. Er zerrte an seinem steifen weißen Kragen, riss ihn weg und stürzte zum Waschbecken. Clay hörte, wie er würgte, wandte sich aber ohne einen Funken Mitleid um und ging.

Clay fühlte sich so müde wie lange nicht mehr, als er in den Hof von Claremont ritt. Neben der Tür war ein Pferd angebunden, und als er abstieg, erschienen Joanna und Joshua. »Wo sind Sie bloß gewesen? Ich habe mich zu Tode gesorgt.«

»Ich hatte eine Unterredung mit Ihrem Onkel«, sagte Clay und ging in die Küche. »Ich fürchte, wir stehen von nun an nicht mehr auf bestem Fuß miteinander.«

Er schwankte ein wenig und stützte sich auf den Tisch. Joshua kam ihm zu Hilfe und führte ihn zur Treppe. »Ins Bett mit Ihnen, Colonel. Sie haben einen ganz schön aufregenden Tag hinter sich.«

Joanna folgte ihnen nach oben ins Schlafzimmer. Während Joshua seinem müden Herrn den Mantel auszog, untersuchte Clay sein Gesicht im Spiegel, aber plötzlich schien ihm ein Nebel die Sicht zu nehmen, und er fiel quer über das Bett.

Joanna schrie entsetzt auf. »O Gott, er ist verletzt!« Ängstlich beugte sie sich über ihn.

Joshua zog seinem Herrn die Stiefel aus. »So was habe ich bei ihm schon früher erlebt, Miss Hamilton. Wenn er einige Zeit unter starker Anspannung steht, kippt er einfach um. Der Colonel ist eben übererregbar wie ein Vollblut.«

»Ja, das kann ich mir denken«, sagte sie. Clay lächelte ihr flüchtig zu, ehe ihn endgültig Dunkelheit umgab.

Geisterhaft schimmerte das Mondlicht zum Fenster herein, als Clay mitten in der Nacht erwachte. Ein unbestimmtes Gefühl, dass er irgendetwas vergessen hatte, ließ ihm keine Ruhe, und er überlegte angestrengt, bis er sich endlich erinnerte. Hastig warf er die Laken zurück.

Mit einem Streichholz zündete er die Lampe an, die auf

der Kommode stand. In seinem Schädel dröhnte ein dumpfer Schmerz, seine Rippen fühlten sich wund an, und seine linke Wange völlig taub. Behutsam berührte er mit einem Finger die Wunde, die Burke ihm zugefügt hatte, und zuckte zusammen. Seine Magengegend war purpurrot verfärbt, etliche blaue Flecken überzogen seinen Körper, und am Kinn hatte er eine Schürfwunde.

Während er sich untersuchte, begannen alle Stellen erst richtig zu schmerzen, deshalb ließ er es bleiben und zog sich rasch an. Er musste unbedingt die Rogans vor dem geplanten Hinterhalt warnen – aber wie? Wenn er hinüber ins Hidden Valley ritt und es ihnen persönlich erzählte oder Joshua mit einer Botschaft schickte, würde jedermann glauben, er habe sich ganz offen auf ihre Seite geschlagen. Nein, das war unmöglich. Er zog sich das Hemd über den Kopf, zog die Stiefel an und stampfte mehrmals fest auf den Boden.

Kurz darauf erschien Joshua in der Tür. »Also nein, Colonel«, seufzte er, »Sie sollten wirklich im Bett bleiben.«

»Ist Miss Hamilton weg? Wie spät ist es?«

Joshau schaute auf seine Uhr. »Kurz nach neun.«

»Dann habe ich nicht mehr viel Zeit. Ich weiß, dass du dagegen bist, weil du dich ängstigst, Joshua, aber ich fürchte, Captain Swing muss noch einmal ran.«

Er nahm seinen Militärmantel aus dem Koffer und erklärte eilig die Situation, während er sich anzog und den Colt umschnallte. »Sie denken, dass einer der Rogans wieder dort auf Wache steht, wo Sie den anderen gesehen haben?« fragte Joshua.

Clay verknotete das Halstuch und zog sich den Hut tief ins Gesicht. »Das hoffe ich doch sehr. Falls nicht, muss ich mir eben was einfallen lassen.«

Sie gingen die Treppe hinunter und verließen das Haus. Pegeen war rasch gesattelt. Einen Moment später ritt er über den Hof und verschwand in der Dunkelheit.

Wolken verdeckten den Mond, und das leise Seufzen

des Windes, der durch das Heidekraut strich, war der einzige Laut, der die Ruhe im Moor störte. Kurz vor Hidden Valley bog Clay vom Weg ab, um sich aus der anderen Richtung dem Versteck des Wachpostens zu nähern. Pegeens Hufe waren auf dem feuchten, weichen Boden kaum zu hören.

In einer kleinen Senke band er die Stute neben einem Wasserlauf an einem Strauch fest und stieg leise hinauf zu der Baumgruppe, wo Dennis Rogan sich versteckt gehalten hatte. Schon bald hörte er ein leises Husten, und in der Luft lag der unverkennbare Geruch eines Pferdes.

Clay blieb hinter einer Buche stehen und zog seinen Colt. Die Wolken, die den Mond verdeckt hatten, trieben weiter, und in seinem Licht sah er Marteen, der auf einem umgestürzten Baum hockte. Neben ihm war ein Pferd angebunden.

Das Pferd hob den Kopf und wieherte warnend. Clay trat mit erhobenen Colt hinter dem Baum hervor. Fassungslos starrte der Junge ihn an. »Jesus Christus, das ist Captain Swing«, flüsterte er.

»Gut erkannt, Marteen«, erwiderte Clay mit irischem Akzent. »Jetzt sei brav und dreh mir den Rücken zu, dann passiert dir nichts.«

Der Junge gehorchte und hob die Hände. »Gott schütze uns, Captain, sind wir denn nicht auf derselben Seite?«

»Sozusagen«, entgegnete Clay. »Aber ich habe keine Zeit für müßiges Gerede. Dein Bruder Kevin und seine Freunde sind heute Nacht im Wald von Drumore, soviel ich weiß. Sag ihm, Sir George Hamilton und seine Männer haben vor, ihnen dort aufzulauern. Und richte ihm außerdem aus, er soll in Zukunft vorsichtiger sein und nicht mehr in Cohans Wirtshaus den Mund so weit aufreißen in Gegegenwart eines kleinen Mannes namens O' Brian.«

Der Junge war völlig sprachlos. Clay schob ihn zu seinem Pferd. »Rauf mit dir. Du wirst dich beeilen müssen, wenn du Sir Georges Plan vereiteln willst.«

»Gott segne Sie, Captain«, sagte Marteen und schwang sich in den Sattel. Einen Moment später galoppierte er davon.

Clay steckte seinen Colt in das Holster, kehrte zu Pegeen zurück und machte sich auf den Heimweg. Ganz plötzlich war er wieder unendlich müde. Es war ein langer Tag gewesen, aber wenigstens hatte er zufrieden stellend geendet.

Joshua wartete voller Sorge auf ihn. Clay überließ es ihm, Pegeen abzusatteln und ging hinauf in sein Schlafzimmer, zog sich aus und legte sich gleich ins Bett. Nach einer Weile brachte Joshua ihm einen heißen Grog und bestand darauf, dass er ihn bis auf den letzten Tropfen austrank.

Nachdem Joshua gegangen war, beobachtete Clay die Schatten an der Decke und fragte sich, was im Moment wohl gerade im Wald von Drumore geschah.

Erst viel später hörte er, dass Burke und seine Männer die ganze kalte Nacht lang gewartet hatten, bis das erste graue Licht durch die Bäume dämmerte. Schließlich hatte Burke einen Mann auf Kundschaft geschickt, der mit einem Stück Papier zurückgekehrt war, das er an einem Baum am Waldrand gefunden hatte.

Es trug in Cathal Rogans ordentlicher Handschrift die schlichte Nachricht: ›GRÜSSE VON CAPTAIN SWING.‹ Was Burke gesagt hatte, als er es las, oder Sir George, wurde nicht berichtet.

9

Clay erwachte aus einem tiefen, traumlosen Schlaf. Sein Gesicht fühlte sich taub an, und in seinem Magen quälte ein dumpfer Schmerz, aber ansonsten ging es ihm ganz gut. Was immer Joshua in den Grog gemischt hatte, es hatte wahrhaftig geholfen.

Er griff nach seiner Uhr und sah überrascht, dass es fast drei war. Demnach hatte er mindestens vierzehn Stunden geschlafen. Er stand auf und ging hinüber zum Fenster.

Tief hingen die Wolken über dem Land, Regen tropfte von der Dachrinne, welke Blätter wirbelten über den Boden, und die ersten Äste der Bäume waren bereits kahl. Rasch zog er sich an. Als er in seine Stiefel stieg, öffnete sich die Tür, und Joshua kam mit einem Becher heißen Kaffee herein.

»Ich hab gehört, dass Sie aufgestanden sind, Colonel. Wie fühlen Sie sich?«

»Sehr viel besser als ich eigentlich erwarten konnte. » Clay nippte an dem Kaffee. »Wunderbar.«

Er knöpfte sein Hemd zu und bemerkte erst jetzt Joshuas ernstes Gesicht. »Was gibt's? Ist irgendwas passiert?«

Joshua seufzte tief. »Ich fürchte ja, Colonel. Ich bin kurz vor Mittag runter ins Dorf, um im Laden ein paar Sachen einzukaufen. In Cohans Bar hat es einen Mord gegeben.«

Dumpf prasselte der Regen gegen das Fenster. »Wen hat man umgebracht?« fragte Clay leise.

»Einen Mann namens Varley, einen von Sir George Hamiltons Leuten. Offenbar war er es, der Shaun Rogan neulich mit dem Messer angegriffen hatte.«

»Und weißt du auch, wer es war?«

»Kevin Rogan«, erwiderte Joshua. »Er war mit seinem

Bruder Dennis im Gasthaus, um was zu trinken. Wie mir Cohan erzählt hat, kamen Varley und einige seiner Freunde herein, es gab einen Streit, bei dem Varley eine Pistole zog, aber Kevin Rogan trat sie ihm aus der Hand und schlug ihm einen Stuhl über den Kopf.«

»Was ist dann passiert?«

»Dennis Rogan ist durch den Hintereingang entkommen. Ich sah ihn noch davongaloppieren. Sein Bruder war bewusstlos, als er hinausgetragen wurde. Sie haben ihn auf ein Pferd gebunden und sind nach Drumore House geritten. Sieht mir ganz so aus, als ginge es jetzt ans Hängen, Colonel.«

»Eine üble Geschichte. Selbst wenn Rogan eine faire Verhandlung bekommt, hat er keine Chance; dafür ist Sir George Hamiltons Einfluss viel zu groß.«

Draußen im Hof klapperten Hufe über die Kopfsteine. Joshua ging zum Fenster. »Es ist Miss Hamilton.«

Clay nahm seinen Mantel und eilte die Treppe hinunter. Joanna stand in der Küche am Feuer und wärmte sich. Angespannt und ängstlich schaute sie ihn an. Er zog sie in die Arme und hielt sie einen Moment an sich gedrückt.

»Clay, es ist etwas Schreckliches passiert.«

»Ich weiß schon; Joshua war im Dorf. Er hat mir gerade alles erzählt. Was ist mit Kevin Rogan? Wenn dein Onkel zulässt, dass Burke und seine Schläger sich an ihm vergreifen, sorge ich dafür, dass er deswegen zur Rechenschaft gezogen wird, und wenn es das letzte ist, was ich auf Erden tue.«

»Aber davon kann ja gar keine Rede sein. Er hat vor, Kevin persönlich nach Galway zu bringen und meint, die Verhandlung sei eine bloße Formalität. Bei den Beweisen, die er vorlegen kann, wird man Kevin hängen.«

»Damit hat er vermutlich sogar recht«, erwiderte Clay. »Hat sich Shaun Rogan irgendwie gerührt?«

Sie nickte. »Das ist einer der Gründe, weshalb ich hergekommen bin. Mein Onkel hat mir verboten, das Haus zu verlassen, aber ich habe mir selbst ein Pferd gesattelt und bin hinten durch den Obstgarten geritten. Dabei habe ich Burkes Haushälterin getroffen. Offensichtlich war Burke die ganze Nacht weg und hat beschlossen, den Tag im Bett zu verbringen. Vor ungefähr einer Stunde erschien Shaun Rogan mit seinen drei jüngeren Söhnen. Sie haben ihn mit vorgehaltener Waffe weggeschleppt und ihr eine Nachricht für meinen Onkel gegeben. Falls Kevin nicht bis sechs Uhr zu ihnen zurückgekehrt ist, wollen sie Burke hängen.«

»Sattle Pegeen für mich«, sagte Clay zu Joshua. »Genau so etwas habe ich erwartet, aber wie der alte Rogan es fertig gebracht hat, auf einem Pferd zu sitzen, ist mir unbegreiflich.«

»Was hast du vor?« fragte Joanna.

Clay zuckte die Schultern. »Zuerst mal muss ich wohl mit Shaun Rogan reden und ihn bitten, nichts zu unternehmen, ehe ich mit deinem Onkel gesprochen habe. Ich möchte, dass du mit mir kommst. Auf dich scheinen sie doch große Stücke zu halten.«

»Die Rogans sind wahrscheinlich nicht das eigentliche Problem. Viel schwieriger dürfte es sein, meinen Onkel zur Vernunft zu bringen.«

»Das überlass mal mir«, meinte er betont zuversichtlich und legte ihr tröstend eine Hand auf die Schulter.

Es regnete stark, als sie durch das Moor ritten, aber Clay war so in Gedanken versunken, dass er es kaum bemerkte. Verzweifelt suchte er nach irgendeiner Lösung, doch die ganze Sache schien nur auf ein Ende hinauszulaufen – dass zwei Männer an einem Strick baumelten. Wenn Shaun Rogan und seine Familie das Gesetz selbst in die Hand nahmen, waren sie erledigt. Man würde sie mit Hilfe der Kavallerie endgültig aus ihrem Tal vertreiben.

Am Eingang des Tals tauchte Dennis Rogan auf einem Rotschimmel aus seinem Versteck zwischen den Bäumen auf. Im Arm hielt er eine Flinte. »Ist dein Vater daheim?« fragte Clay.

»Das ist er, Colonel. Er wollte sowieso mit Ihnen reden. Ich glaube, Marteen sollte zu Ihnen reiten, aber im Augenblick sind sie bestimmt noch damit beschäftigt, das Bein meines Vaters wieder neu zu verbinden.«

»Der verdammte Narr. Ich habe ihm doch gesagt, er soll nicht reiten.«

Dennis nickte Joanna zu und verschwand wieder zwischen den Bäumen. Sie ritten den Weg hinunter und galoppierten an der Koppel vorbei in den Hof. Als sie abstiegen, kam Cathal aus der Tür gerannt und half Joanna vom Pferd. Clay schnallte seine Satteltaschen ab und ging ins Haus.

Shaun Rogan lag in dem Sessel am Feuer und hatte den Fuß auf einen Hocker gestützt. Sein Hosenbein war bis zur Taille aufgeschnitten, und seine Frau versuchte, die stetige Blutung zu stillen. Burke saß auf einem Stuhl in einer Ecke; man hatte ihn so grausam gefesselt, dass die Seile in seine Gliedmaßen schnitten und er sich nicht bewegen konnte. Seine Augen funkelten wütend bei Clays Anblick, aber er schwieg.

Clay öffnete seine Satteltasche und kauerte sich neben Big Shaun. »Ich meinte, ich hätte Ihnen gesagt, Sie sollten dieses Bein nicht belasten?«

»Ging nicht anders«, brummte Rogan. »Die Sache war wichtig.« Mit schmerzverzerrtem Gesicht griff er nach der Whiskeyflasche.

Clay sah, dass dass die Wundnaht teilweise aufgeplatzt war. Er nahm eine Nadel und Faden und machte sich an die Arbeit. »Die Sache mit Kevin tut mir Leid, aber mit dem, was Sie getan haben, helfen Sie ihm bestimmt nicht.«

»Ich mache mir nichts vor, Colonel«, sagte Shaun Rogan. »Wenn man meinen Jungen erst mal nach Galway ins Gefängnis bringt, ist er ein toter Mann. Hamiltons Leute werden ihre Version der Geschichte erzählen, und niemand, der im Gasthaus war, wird den Mumm haben, irgendwas anderes zu sagen. Nein, nein«, erklärte er energisch, »mein Entschluss steht fest. Falls Kevin bis sechs Uhr nicht wieder hier ist, knüpfe ich dieses Schwein dort auf. Ich lege ihm persönlich den Strick um den Hals. Dafür braucht niemand sonst die Verantwortung zu übernehmen, nur ich allein.«

Burke lachte schroff. »Wenn Sie glauben, dass Sir George mich gegen Ihren Sohn austauscht, Rogan, dann sind Sie auf dem Holzweg. Dass Sie vorhaben, mich zu hängen, wird ihm vielmehr sehr zupass kommen. Danach wird er nämlich das Vergnügen haben, Sie alle miteinander in der Luft zappeln zu sehen.«

»Er hat Recht, Mr. Rogan«, sagte Joanna verzweifelt. »Ich kenne meinen Onkel und weiß genau, wie er denkt. Falls Sie Burke hängen, spielen Sie ihm nur direkt in die Hände.«

Shaun Rogan schüttelte den Kopf. »Ich sehe doch nicht einfach tatenlos zu, wie mein Sohn aufgehängt wird, weil er aus reiner Notwehr jemanden getötet hat. Varley ist auf ihn losgegangen, und Kevin hatte gar keine andere Wahl.« Er leerte die Flasche und wiederholte: »Mein Entschluss steht fest. Wenn Kevin bis sechs Uhr nicht hier ist, hängt Burke.«

Clay befestigte den Verband und warf sich seine Satteltasche über die Schulter. »Sie schulden mir noch einen Gefallen, Big Shaun, und den können Sie mir jetzt erweisen. Ich reite zu Hamilton und sehe, was sich tun lässt. Versprechen Sie mir, vor Mitternacht nichts zu unternehmen.«

Shaun schwieg. »Vertrau dem Colonel.« Mrs. Rogan legte ihrem Mann schüchtern eine Hand auf die Schulter. »Er hat sich als echter Freund erwiesen.«

Shaun Rogan zögerte immer noch. »Um Himmelswillen, entscheiden Sie sich«, sagte Clay ungeduldig. »Wollen Sie, dass Ihr Sohn heil und gesund zu Ihnen zurückkommt oder dass Burke leblos am Ende eines Stricks baumelt? Was gibt's da noch lange zu überlegen.«

Big Shaun schlug mit der Hand auf die Sessellehne. »Bei Gott, Colonel, das stimmt. Ich warte bis Mitternacht, aber nicht länger.«

Joanna stieß einen Seufzer der Erleichterung aus. Clay lächelte ihr aufmunternd zu. »Es wäre mir lieb, wenn du hier bleibst, nur damit Big Shaun auch immer weiß, wie spät es ist.«

Sie nickte mit bleichem Gesicht. »Natürlich, Clay, wenn du möchtest.«

Er drückte ihre Hand. »Keine Angst«, sagte er leise. »Mir fällt schon was ein.« Entschlossen verließ er das Haus.

Während er über das Moor galoppierte, suchte er verzweifelt nach einer Lösung für diesen Konflikt und entwickelte allmählich einen Plan. Allerdings musste er zuerst mit Sir George Hamilton reden, um zu sehen, ob sich die Angelegenheit nicht auf vernünftige Weise regeln ließ.

Durch die Lücke in der Mauer kam er zu den Ställen hinter dem Haus und sah, dass man gerade eine Kutsche anspannte und etwa ein Dutzend Männer ihre Pferde sattelten.

Clay ritt um das Haus herum zur Eingangstür, stieg die Treppe hinauf und läutete. Der Butler öffnete, doch noch ehe er etwas sagen konnte, schob Sir George Hamilton ihn zur Seite.

Seine Stimme war eisig. »Sie sind in meinem Haus nicht mehr willkommen, Colonel Fitzgerald.«

»Ich habe auch gar nicht den Wunsch, hier willkommen zu sein. Aber es gibt etwas Wichtiges zu besprechen. Ist Ihnen bewusst, dass die Rogans Ihren Verwalter festhalten und beabsichtigen, ihn zu hängen, wenn Kevin Rogan bis sechs Uhr nicht wieder zu Hause ist?«

»Man hat mich bereits darüber informiert«, sagte Sir

George. »Natürlich tut es mir äußerst leid um Burke, aber unter den gegebenen Umständen kann ich nicht anders handeln. Es ist viel wichtiger für den Frieden im Land, dass ein berüchtigter Unruhestifter wie Kevin Rogan endlich hinter Schloss und Riegel kommt. Ich beabsichtige, ihn innerhalb der nächsten Stunde selbst nach Galway zu bringen und hoffe, mit genügend Hilfe zurückzukehren, um seine verfluchte Familie ein für allemal aus dem Hidden Valley zu vertreiben.«

Clay verlor fast die Beherrschung. »Sie hoffen also geradezu, dass so etwas passiert, nicht wahr? Wenn man Burke hängt, können Sie nämlich die restliche Familie ins Gefängnis werfen lassen, und nur darum geht es Ihnen, ja?«

»Ganz genau!« erwiderte Sir George mit einem boshaften Funkeln in den Augen. »Ich sorge dafür, dass man ihnen den Garaus macht, jedem einzelnen dieser Bande, und wenn es das Letzte ist, was ich tue.«

Clay schaute für einen Moment ungläubig in diese wahnsinnigen Augen, dann wandte er sich um und ging die Treppe hinunter. Als er sich in den Sattel schwang, hörte er Sir George zu seinem Butler sagen: »Wenn dieser Mann je wieder einen Fuß auf mein Land setzt, hetzt du die Hunde auf ihn. Verstanden?«

Clay hatte sich wenig von dem Gespräch erhofft, und dass Sir George unberechenbar war, hatte er von Anfang an gewusst. Vermutlich hatte seine Krankheit und das Wissen um seinen nahen Tod ihm so zugesetzt, dass er nicht mehr ganz bei Sinnen war. Aus purer Angst und Verzweiflung wollte er offenbar seine Wut an jemand anderem auslassen, und dazu kamen die Rogans ihm gerade recht.

Clay lächelte grimmig, als er in Claremont in den Stall ritt. Es blieb nur eins, was er tun konnte. Wie hatte Morgan immer gesagt? »Sorge im Krieg dafür, dass dein erster

Schritt stets so verwegen ist, dass der Feind nie und nimmer damit rechnet; danach spiel die Karten, wie sie fallen.« Morgan hatte ziemlich erfolgreich nach dieser Devise gelebt – aber er war auch damit gestorben.

Clay ging in die Küche und warf seine Satteltaschen auf den Tisch. Joshua stand mit aufgerollten Hemdsärmeln am Herd. »Gerade rechtzeitig zum Essen, Colonel.«

»Für mich nur eine Kleinigkeit und einen Kaffee; ich muss sofort wieder los.«

Er eilte hinauf in sein Zimmer, nahm aus dem Koffer seinen grauen Kavalleriemantel, streifte ihn über und knöpfte ihn bis zum Hals zu. In der Ferne grollte leiser Donner, der Himmel verdunkelte sich und heftiger Regen setzte ein. Clay nickte zufrieden. Dieses Wetter war genau das richtige für seinen Plan. Er schnallte sich das Holster um die Taille und kramte den Colt aus seiner Tasche. Nachdem er den alten Filzhut aufgesetzt hatte und sich im Spiegel betrachtete, schaute ihm ein Fremder entgegen. Entschlossen verließ er das Zimmer.

Das Essen stand schon auf dem Tisch. Clay überprüfte den Colt und erklärte, während er den Kaffee trank, die Situation. Joshuas Gesicht wurde ernst. »Mir gefällt das nicht, Colonel. Mir gefällt das überhaupt nicht. Hamilton rechnet doch sicher damit, dass es Schwierigkeiten gibt.«

»Glaube ich nicht. Die Rogans halten Burke gefangen. Weshalb sollte er also glauben, sie würden sonst noch was unternehmen?«

»Die Sache wird aber allmählich zu gefährlich, Colonel. Diesmal schöpft bestimmt irgendjemand Verdacht, dass Sie dahinter stecken.«

»Darüber habe ich auch schon nachgedacht«, gab Clay zu. »Es ist ein gewisses Risiko, aber ich muss es wagen.« Er trank den Kaffee aus und schlug Joshua auf die Schulter. »Keine Angst, ich komme schon heil und gesund zurück. Um die Wahrheit zu sagen, langsam fängt es sogar an, mir Spaß zu machen. Alte Gewohnheiten legt man eben nur schwer ab.«

Joshua nickte bedrückt. »Genau das macht mir Sorgen, Colonel. Denken Sie über jeden Schritt zweimal nach und riskieren Sie bloß nichts.« Bekümmert schaute er Clay hinterher, als er aus dem Stall ritt und im strömenden Regen zwischen den Bäumen verschwand.

Die Sache musste irgendwo auf dem Weg nach Galway geschehen, soviel war klar, und je näher an Drumore, desto besser. Er nahm die gleiche Abkürzung wie in der Nacht, als er nach Kileen geritten war, um mit Marley abzurechnen, und erreichte schließlich die Straße nach Galway, doch noch immer wusste er nicht genau, was er unternehmen sollte.

Clay umrundete das Dorf und ritt durch ein Waldstück, wobei er mit einer Hand die nassen Äste beiseite schob, die ihm ins Gesicht schlugen. Ein gutes Stück hinter Kileen bog er wieder auf die Straße und kam einige Augenblicke später zu einer steinernen Brücke, die über einen reißenden Bach führte.

Irgendwann einmal war sie bei einem Hochwasser beschädigt und notdürftig mit einigen stabilen Brettern repariert worden. Der durch den ständigen Regen angeschwollene Bach schäumte bereits durch die Ritzen, und Clay kam plötzlich eine Idee.

Er ritt durch den Wald zurück nach Kileen, das ungefähr eine Viertelmeile entfernt lag. Am Ende der einzigen Straße hatte er ein Gasthaus gesehen. Um nicht entdeckt zu werden, verließ er den Wald erst, als er sich hinter der Schenke befand, und band Pegeen an einen Busch neben einer hohen Mauer, die den Hof umschloss.

Nachdem er das schwarze Tuch über sein Gesicht gezogen hatte, zwängte er sich durch eine Lücke in der Mauer. Die Hintertür war unverschlossen und führte in eine Küche mit steinernem Boden.

Der Raum war leer, aber hinter einer Holztür hörte er

Stimmengemurmel. Clay zog seinen Colt, öffnete sie und trat in den Schankraum.

Der Wirt, der gerade einen Krug in der Hand hatte, blieb wie vom Donner gerührt stehen und starrte ihn fassungslos an. »Captain Swing!« flüsterte er.

Zwei Gäste saßen in der Kaminecke am Feuer, ein alter Mann mit langem weißem Haar und einem Gesicht wie ein rotbraun gesprenkelter Apfel. Zu seinem Schrecken sah Clay, dass der andere Pater Costello war.

Als sie sich zu ihm umwandten, sagte er leise mit irischem Akzent: »Macht keine Schwierigkeiten, und es passiert euch nichts.«

Der Wirt wich zurück zu den beiden anderen am Feuer. »Das sind brave Leute, mein Freund«, erwiderte Pater Costello ruhig. »Dafür kann ich mich verbürgen.«

Der Wirt schien sich von seinem ersten Schock erholt zu haben. »Ja, bestimmt, Captain«, versicherte er eifrig. »Pater Costello sagt die Wahrheit. Wir sind alles Iren und verfluchen das verdammte britische Empire!«

»Es lebe die Republik!« rief der alte Mann mit brüchiger Stimme. Pater Costello legte ihm sanft eine Hand auf den Arm.

»Niemand hat etwas zu befürchten«, sagte Clay. »Aber ich brauche eure Hilfe. Wie viele Gäste erwartest du innerhalb der nächsten halben Stunde?«

Der Wirt zuckte die Schultern. »Die Burschen aus dem Dorf kommen gewöhnlich um acht. Manchmal ist einer auch schon früher dran, aber darauf würde ich bei solchem Wetter nicht wetten.«

»Das passt bestens«, entgegnete Clay zufrieden. »Hast du ein Pferd im Stall?«

Der Wirt nickte stolz. »Eine prächtige Stute, wie sie's nur selten gibt. Erst diesen Sommer hab ich mit ihr zwanzig Pfund auf dem Jahrmarkt in Galway gewonnen.«

»Würdest du sie mir leihen, um das Leben eines Mannes zu retten?«

Der Wirt zögerte kurz, nickte dann jedoch entschlossen. »Bei Gott, das mache ich, wenn Sie's verlangen, Captain. Das ist das mindeste, was wir Ihnen hier in Kileen schuldig sind, nachdem Sie sich Herrn Marley mal vorgeknöpft haben.«

»Sehr gut! Jetzt hört zu, was ich von euch will. Irgendwann innerhalb der nächsten Stunde kommt Sir George Hamilton in seiner Kutsche mit bewaffneten Wächtern durch das Dorf. Sie bringen Kevin Rogan nach Galway, um ihn dort hängen zu lassen.«

Pater Costello schaute ihn erschrocken an; der Alte bekreuzigte sich und murmelte: »Gott steh uns bei!«

»Wenn sie kommen«, fuhr Clay fort »will ich, dass ihr rausgeht und die Kutsche aufhaltet. Sagt Sir George, die Brücke sei eingestürzt und ein paar Männer versuchten, sie zu reparieren. Er will heute Nacht noch Galway erreichen, deshalb hoffe ich, er schickt seine Leute los, um bei der Arbeit an der Brücke zu helfen, während er hier mit Rogan wartet.«

»Falls Kevin Rogan einen Mann getötet hat, muss er vor Gericht«, sagte Pater Costello ruhig.

»Wenn er nicht bis Mitternacht zu Hause ist, hat sein Vater vor, Peter Burke zu hängen, Pater. Sie haben die Wahl.«

Mit gequältem Gesicht schüttelte der Priester stumm den Kopf. »Es ist nicht so, dass ich um mich selbst Angst hätte, Captain, verstehen Sie mich recht«, meinte der Wirt unsicher, »aber ich habe eine Tochter drüben in Galway, an die ich denken muss. Was wird Sir George mit mir machen, wenn er rausfindet, dass ich dabei geholfen habe, ihn reinzulegen?«

Ehe Clay noch antworten konnte, fragte Pater Costello ruhig: »Wenn wir Ihnen nicht helfen, wird es uns wahrscheinlich übel ergehen, Captain, nicht wahr?«

Clay verstand sofort, worauf er hinauswollte. »Und ob, Pater.«

Der Priester seufzte. »Damit bleibt mir wohl keine andere Wahl als hinauszugehen und mit Sir George zu sprechen, wenn auch nur, um diese beiden Männer hier vor Ihrem Zorn zu schützen.«

»Dann sattle ich mal die Stute für Sie, Captain«, sagte der Wirt bereitwillig. Clay erklärte ihm, wo er sie hinbringen sollte, und er verschwand.

Clay schaute zum Fenster hinaus auf die dunkle Straße. »Das ist eine böse Geschichte«, sagte Pater Costello.

Clay nickte. »Ich sehe keine andere Lösung für diese ganze Situation, außer dass man Irland die Freiheit gibt. Gewalt erzeugt nun einmal stets neue Gewalt, Pater.«

»Aber muss ein vernünftiger Mann sich an solchem Irrsinn beteiligen? Man kann doch sicher auch noch anders leben!«

»Das hängt von der jeweiligen Einstellung ab«, erwiderte Clay. »Es ist noch nicht so lange her, da traf ich einen Mann, der behauptete, das Leben bestehe nun einmal aus Kämpfen, und von einem Mann, der sich an den Kämpfen um ihn herum nicht beteilige, müsse man deshalb sagen, er habe gar nicht gelebt.«

Pater Costello nickte. »Eine interessante Auffassung. Das Problem ist nur, dass bei den Menschen so leicht der pure Hass die Oberhand gewinnt. Wie oft schon haben die Rebellen das Haus eines Mannes nicht aus politischen Gründen niedergebrannt, sondern wegen einer privaten Rache!«

»Ja, das trifft genau den Kern der Sache«, sagte Clay. Zu seinem Entsetzen wurde ihm klar, dass er mit seiner normalen Stimme gesprochen hatte.

Der Priester schien es jedoch nicht bemerkt zu haben. »Eines noch, Sir. Können Sie mir Ihr Wort geben, dass Sie heute Abend hier niemanden umbringen?«

Clays Halstuch verbarg, dass er grinste. »Ich muss vielleicht auf einige Köpfe einschlagen, Pater, aber mehr nicht.«

Der Wirt kehrte zurück. »Alles bereit, Captain.«

»Gut«, nickte Clay. »Hast du zufällig ein scharfes Messer? Ich denke mir, dass seine Hände gefesselt sind.«

Der Wirt holte eines unter der Theke hervor. »Du bleibst dort stehen«, befahl Clay. »Wenn sie reinkommen, schiebe ich Rogan auf dich zu, und du schneidest seine Fesseln durch, während ich mich um die anderen kümmere.«

In diesem Moment hörte man draußen das Geräusch heranrollender Räder, und er trat ans Fenster. Die Kutsche fuhr langsam über die schlammige Dorfstraße; einige bewaffnete Männer ritten voraus, andere bildeten die Nachhut.

Pater Costello stand auf. »Es ist anscheinend Zeit für meinen Auftritt.« An der Tür wandte er sich noch einmal zu Clay um. »Denken Sie an Ihr Versprechen.«

Der Priester hob eine Hand, um die Kutsche anzuhalten, und Sir George spähte mit mürrischem Gesicht heraus. Pater Costello ging zu ihm, aber es war nicht zu hören, was er sagte. Nach einer Weile rief Sir George seinen Männern einen Befehl zu. Vier stiegen von ihren Pferden; die anderen ritten weiter zur Brücke. Die Tür öffnete sich, und Pater Costello kehrte in die Gaststube zurück, ging hinüber zum Feuer und wärmte sich die Hände. Clay wartete hinter der Tür. Endlich erschien Kevin Rogan, den Sir George mit gezückter Pistole vor sich her trieb.

Kevins Hände waren auf dem Rücken gefesselt. Clay versetzte ihm einen Fußtritt, wodurch er bis zur Theke taumelte, und stieß Sir George zur Seite. Gleichzeitig rammte er einem Mann, der ihm folgte, die Tür ins Gesicht und verriegelte sie.

Sir George war zu Boden gestürzt, hatte sich jeoch rasch gefangen und feuerte auf Clay, der sich gerade noch abwenden konnte, so dass die Kugel ihn nur in den linken Oberarm traf. Trotz des beißenden Schmerzes trat er Sir George geistesgegenwärtig die Pistole aus der Hand und rannte aus der Gaststube.

Kevin war bereits in die Küche gelaufen, nachdem der Wirt seine Fesseln durchschnitten hatte. Clay folgte ihm in den Hof und zog ihn mit sich. Es war inzwischen fast dunkel, aber sie fanden problemlos die beiden Pferde, die neben der Mauerlücke angebunden waren, schwangen sich in den Sattel und ritten einen Moment später durch den Wald davon.

Aus dem Dorf hörte man aufgeregtes Geschrei, und Clay grinste trotz seiner Schmerzen. Auf jeden Fall hatte sich Morgans Maxime bewahrheitet, und eine Kugel war dafür ein kleiner Preis.

Er zügelte Pegeen, nachdem sie die Furt durchquert hatten. »Warum halten wir?« fragte Kevin Rogan.

»Weil wir uns hier trennen. Ich habe dir das Leben gerettet, Rogan. Jetzt ist es an dir, etwas für mich zu tun. Dein Vater hält Peter Burke als Geisel fest. Wenn du bis Mitternacht nicht daheim bist, will er ihn hängen.«

»Aber Sie sind verwundet«, sagte Kevin. »Lassen Sie sich wenigstens von mir verbinden.«

»Reite nach Hause, Mann!« rief Clay mit fester Stimme. Er versetzte Kevins Stute einen Klaps, so dass sie lospreschte und in der Dunkelheit verschwand. Clay wendete Pegeen und schlug den Weg übers Moor ein.

Nach einer Weile hielt er an, streifte das schwarze Halstuch ab und band es um seine Wunde.

Der ganze Ritt erschien ihm wie ein Albtraum. Die Nacht war finster, es regnete heftig, er war allein, hatte Schmerzen und klammerte sich verzweifelt an sein Pferd, doch irgendwann stolperte Pegeen über ein Grasbüschel und warf ihn aus dem Sattel.

Clay hatte keine Ahnung, wie lange er bewusstlos gewesen war. Er kam wieder zu sich, als er die rauhe Zunge der Stute auf seinem Gesicht spürte. Mühsam rappelte er sich hoch und stemmte sich in den Sattel.

Pegeen brachte ihn eine gute Stunde später nach Hause. Sie überquerte die Kopfsteine im Hof und blieb im

Stall stehen. Clay rutschte erschöpft aus dem Sattel und schleppte sich zur Tür. Er konnte sich kaum noch auf den Beinen halten, und ihm war übel vor Schmerzen.

Die Küche lag im Dunkeln. Ob Joshua sich schlafengelegt hatte? Draußen brach das Gewitter los, und die ganze Natur schien in Aufruhr zu geraten. Die Luft schien elektrisch geladen und vibrierte geradezu, als ob in der Dunkelheit irgendein Unheil lauere, das im nächsten Moment hereinbrechen würde. Dann flammte ein Blitz auf. In seinem Licht sah er Joshua, Kevin Rogan und Joanna am Tisch sitzen.

An das, was danach geschah, konnte Clay sich nur bruchstückhaft erinnern. Joanna half ihm ans Feuer, wo Kevin ihm die nassen Sachen abstreifte und ihn in eine Decke wickelte, während Joshua heißes Wasser machte. Joanna hielt ihm eine Brandyflasche an die Lippen und befahl ihm, zu trinken.

Der Alkohol brannte in seiner Kehle, und er hustete, doch dann überflutete ihn eine wohlige Wärme. Joshua stellte eine Schüssel Wasser auf den Tisch und öffnete Clays Instrumentenkoffer. »Wir müssen diese Kugel rausholen, Colonel.«

Clay riss sich zusammen und atmete tief durch. »Ich glaube nicht, dass der Knochen beschädigt wurde. Es war eine kleinkalibrige Pistole. Du musst die Kugel allerdings suchen. Sie sitzt direkt über dem Ellbogen. Hast du ja schon früher gemacht.«

Kevin hielt seinen Arm fest, und Clay trank noch etwas Brandy, ehe er Joshua mit unbeteiligtem Interesse zuschaute.

Joshua reinigte sanft die Umgebung der Wunde und tastete erfolglos nach der Kugel. Dann schob er vorsichtig eine Sonde in die Öffnung und bewegte sie in verschiedene Richtungen, bis er das Knirschen der Sondenspitze auf der Kugel hörte. »Tut mir leid, Colonel. Ich muss wohl schneiden.«

Clay nickte nur. »Du bist der Arzt. Denk an das, was ich dir beigebracht habe.«

Er trank noch einige Schlucke Brandy, während Joshua nach einem Skalpell griff und kurz zögerte. Schweiß stand ihm auf der Stirn, doch dann setzte er entschlossen das Skalpell an.

Der Schmerz war so heftig, dass Clay unwillkürlich aufstöhnte. Joanna drückte ihre Hand fester auf seine Schulter. Als er wieder die Augen öffnete, hielt Joshua die Kugel zwischen den Fingern und warf sie in den Kamin. Er wusch sich die Hände in der Schüssel und meinte mit einem gezwungenen Lächeln: »Jetzt muss ich nähen, Colonel.«

»Nur zu, mach schon«, nickte Clay und nahm sich zusammen, doch die Natur beansprucht keinen Menschen über das erträgliche Maß hinaus. Beim ersten Einstich der Nadel sank er in eine gnädige Ohnmacht.

10

Clay erwachte und beobachtete einen Moment lang die tanzenden Schatten, die das Feuer an die Decke seines Schlafzimmers warf, bis er wieder wusste, wo er war. Er zuckte vor Schmerz zusammen, als er versuchte, seinen linken Arm zu bewegen.

Sanft berührte eine Hand seine Stirn. Er wandte den Kopf und sah Joanna neben dem Bett sitzen.

»Wie fühlst du dich?« fragte sie.

»Nicht so besonders. Wie spät ist es?«

Sie erwiderte, dass es fast zwei Uhr sei, und Clay dachte schweigend an die Ereignisse der vergangenen Stunden. »Sie haben Burke freigelassen, hoffe ich?«

Joanna nickte. »Sobald Kevin zurückkam.«

Wieder schwieg er einige Zeit. »Wie hast du herausgefunden, dass ich Captain Swing war?«

»Du konntest kaum erwarten, dass das für alle Zeit ein Geheimnis bleibt. Zumindest die Rogans oder ich wären früher oder später darauf gekommen. Eigentlich lag es ja auf der Hand. Und nachdem Kevin deine Stute erkannt hatte, wussten wir endgültig Bescheid.«

Clay seufzte. »Stimmt, irgendwann musste es wohl rauskommen.«

»Warum hast du das getan?« fragte sie leise.

»Das weiß ich eigentlich nicht so recht. Zuerst habe ich mir einzureden versucht, es sei wegen Marley – dass ihm jemand mal eine Lektion erteilen müsse. Aber jetzt bin ich da nicht mehr so sicher. Kevin Rogan hat mir neulich mal gesagt, kein Mann könne in diesem Land leben und neutral bleiben; früher oder später würde ich entweder Partei ergreifen oder gehen müssen, und er hatte Recht. Was ich hier an Elend, Armut, Erniedrigung gesehen habe … und nur Männer wie dein Onkel und Marley sind daran schuld. Ich verachte sie und alles, wofür sie stehen.«

Joanna drückte seine Hand, und in ihren Augen schimmerten Tränen. »Ich weiß, Clay, ich weiß. Aber was kannst du oder sonst jemand schon tun? Männer wie mein Onkel und Marley haben nun einmal das Gesetz auf ihrer Seite und die ganze Macht der britischen Regierung hinter sich. Du bist Soldat. Glaubst du wirklich, dass für Irland die geringste Hoffnung besteht, mit Waffengewalt seine Freiheit zu gewinnen?«

Er schüttelte den Kopf. »Natürlich nicht, aber es gibt andere Wege. Wenn sich ein Aufschrei erhebt, der laut genug ist, würden die Engländer vielleicht von selbst etwas an der Situation ändern. Ich glaube kaum, dass alle so sind wie dein Onkel und Marley.«

»Trotzdem werden Männer wie Kevin Rogan weiterhin kämpfen. Und die Fenier rebellieren bestimmt, wenn nicht dieses Jahr, dann im nächsten; Unschuldige werden ebenso sterben wie die Schuldigen, eine Greueltat wird die andere nach sich ziehen, und das bisschen Sympathie, das man Irland entgegenbringt, wird auch noch zunichte werden.«

Clay wusste genau, dass sie Recht hatte, und die Verzweiflung in ihrer Stimme berührte ihn tief. Zärtlich nahm er ihre Hand. »Es gibt immer Hoffnung – das ist das einzige, wofür die Menschen hier leben. Die Hoffnung und ihr Stolz.«

Sie schob sich eine Haarsträhne aus der Stirn und stand auf. »Ich muss gehen. Vielleicht habe ich Glück und kann mich unbemerkt in mein Zimmer schleichen, selbst wenn mein Onkel wieder heimgekehrt ist, statt nach Galway weiterzufahren. Mein Zimmer liegt im Westflügel, etwas abseits von seinen Räumen, und ich habe einen Schlüssel für eine kleine Tür, die in den Hof bei den Ställen führt.«

»Was ist mit Kevin? Ist er schon weg?«

Joanna nickte. »Er kennt ein Versteck, ein oder zwei Meilen von der Farm entfernt, wo er für ein paar Tage in Sicherheit ist.«

»Man muss ihn so schnell wie möglich aus dem Land schaffen. Dein Onkel ruft wegen dieser Sache sicher die Polizei.«

»Und was ist mit dir?« fragte sie ernst. »Du musst damit rechnen, dass Burke sich ebenfalls denken kann, wer Captain Swing war, besonders wenn er von meinem Onkel hört, was in Kileen geschehen ist und anfängt, zwei und zwei zusammenzuzählen.«

Clay versuchte sich aufzusetzen. »Vermutungen sind das eine, Beweise etwas anderes. Immerhin bin ich ein Gentleman von Rang und Namen. Ein Gentleman reitet nicht bei Nacht mit einer schwarzen Maske durch die Gegend und benutzt solch lächerlich melodramatische Namen wie Captain Swing.«

Joanna streifte ihre Handschuhe über, doch ihr Gesicht blieb ernst. »Ich hoffe, du weißt, was du tust, Clay. Aus irgendeinem Grund habe ich Angst – schreckliche Angst. Mein Onkel hat sich in letzter Zeit ziemlich verändert; es ist immer schlimmer mit ihm geworden. Manchmal denke ich, er ist nicht mehr ganz bei Verstand.«

Clay lächelte zuversichtlich. »Es gibt keinen Grund, dass du dir Sorgen machen musst, das verspreche ich dir.«

Es klopfte leise an der Tür, und Joshua spähte herein. »Ich habe Sie reden gehört, Colonel. Kann ich Ihnen irgendwas bringen?«

»Du kannst Pegeen satteln und Miss Hamilton nach Hause begleiten«, sagte Clay. Joanna wollte protestieren, aber er ließ sie nicht zu Wort kommen. »Nein, ich bestehe darauf. Du kannst den Pfad übers Moor nehmen. Ich habe nicht eher Ruhe, bis ich weiß, dass du sicher nach Hause gekommen bist.«

Joshua verschwand wieder, und Joanna seufzte. »Na gut, ich gebe nach.«

Lächelnd setzte sie sich aufs Bett und küsste ihn direkt auf den Mund. Clay schlang seinen unverletzten Arm um ihre Schultern, aber sie stand rasch wieder auf und ging zur Tür.

»Wann sehe ich dich wieder?« fragte er.

»Es könnte in den nächsten Tagen etwas schwierig für mich sein, wegzukommen. Falls irgendwas passiert, das du wissen solltest, schicke ich eine Nachricht. Es gibt da einen jungen Stallburschen namens Joseph. Ihm kann ich vertrauen.« Sie lächelte noch einmal und schloss leise die Tür.

Er lauschte auf den Hufschlag der Pferde im Hof und dachte an das, was sie gesagt hatte. Es war so gut wie sicher, dass Burke zumindest etwas argwöhnte, aber ob er es auch wagen würde, seine Vermutungen offen zu äußern, war noch lange nicht gesagt.

Clay lachte leise. Er fürchtete sich nicht davor, mit Burke oder seinem Herrn die Klingen zu kreuzen. Halb verhungerte Bauern zu tyrannisieren war eine Sache, aber einen amerikanischen Bürger, der nicht nur Rang und Namen, sondern auch ein ansehnliches Vermögen besaß, öffentlich zu beschuldigen, war doch etwas ganz anderes.

Fast erstaunt merkte er, wie sehr sich seine Einstellung Sir George Hamilton gegenüber verändert hatte. Er seufzte wehmütig. Kevin Rogan hat recht gehabt mit seiner Prophezeiung, dachte er im Einschlafen. Kein Mann kann ständig nur ein unbeteiligter Zuschauer bleiben.

Es war kurz nach neun, als er erwachte. Das milde Sonnenlicht des Herbstes schien zum Fenster herein. Joshua war gerade dabei, einen Holzklotz aufs Feuer zu legen, und die Decken auf dem Stuhl neben dem Bett verrieten, wo er die Nacht verbracht hatte. Er wandte sich um und lächelte. »Wie geht's Ihnen, Colonel?«

Clay setzte sich mühsam auf. In seinem linken Arm pochte ein dumpfer Schmerz, und er fühlte sich ein wenig schwindlig, aber ansonsten recht gut. »Ich könnte etwas zu essen vertragen.«

»Bringe ich Ihnen sofort, Colonel.«

»Zuerst mal kannst du mir eine Wanne mit heißem Wasser unten vors Feuer stellen. Ich stehe auf.«

»Kommt nicht in Frage«, protestierte Joshua. »Sie müssen unbedingt ein paar Tage im Bett bleiben.«

»Ich bin nach Chancellorsville drei Tage lang mit einer Minié-Kugel in meinem linken Fuß weitergeritten, und meilenweit gab es nirgends ein Bett für mich. Außerdem muss ich so normal wie möglich aussehen, falls wir irgendwelche unerwarteten Besucher bekommen. Man darf mich nicht mit einer Schusswunde im Bett finden.«

Joshua seufzte bedrückt. »Damit haben Sie wohl recht, Colonel.« Er öffnete die Tür. »Ich wusste, dass so etwas passieren würde. Ich wusste es von Anfang an.«

Clay blieb noch eine Stunde liegen, bis Joshua zurückkam und ihm hinunter in die Küche half, wo vor einem lodernden Feuer eine Wanne mit dampfend heißem Wasser stand.

Eine halbe Stunde blieb er darin liegen, stützte den verwundeten Arm auf den Wannenrand und trank zwei Tassen Kaffee mit einem Schuss Brandy. Dann trocknete er sich ab, und zog sich mit Joshuas Hilfe frische Sachen an, ehe er sich an den Tisch setzte.

Er hatte gerade seine Mahlzeit beendet, als draußen Hufschläge zu hören waren. Joshua eilte ans Fenster. »Es ist nur ein Junge auf einem Pony, Colonel«, meldete er erleichtert. »Ich hab ihn noch nie vorher gesehen.«

»Das wird wohl ein Bote von Miss Hamilton sein. Mach ruhig auf.«

Joshua öffnete die Tür, und der Junge kam zögernd herein. Er war vielleicht dreizehn Jahre alt, groß und schlaksig für sein Alter, hatte rotblondes Haar und ein aufgewecktes, sommersprossiges Gesicht. »Du musst Joseph sein«, sagte Clay. »Hast du eine Nachricht für mich?«

Der Junge nickte. »Wenn Sie Colonel Fitzgerald sind, Sir.« Aus der Tasche seines schäbigen Tweedmantels zog er einen mit rotem Wachs versiegelten Umschlag. »Miss Hamilton hat gesagt, ich soll Ihnen den hier bringen und niemandem was davon sagen.«

Clay schnitt den Brief mit einem Messer auf, und während er las, wurde sein Gesicht ernst. »Sattle Pegeen für mich«, befahl er Joshua und steckte den Brief ein. »Ich reite aus.« Joshua wollte protestieren, schien es sich aber anders zu überlegen und verließ wortlos das Zimmer.

Clay zog einen halben Sovereign aus seiner Tasche. »Weißt du, was das ist?« Der Junge nickte mit großen Augen. »Komm in drei Stunden zurück. Wenn du für mich eine Botschaft zu Miss Hamilton bringst, gebe ich dir noch so einen.«

Er warf die Münze in die Luft, und der Junge fing sie geschickt in seinem Hut auf. »Ich bin da, Sir, darauf können Sie wetten«, grinste er und stürmte zur Tür hinaus.

Clay ging hinauf in sein Schlafzimmer, um seinen Hut und den Colt zu holen, und verließ das Haus. Joshua hatte Pegeen bereits gesattelt. »Kann ich nicht mit Ihnen kommen, Colonel?« fragte er. »Sie sehen gar nicht gut aus.«

Clay schüttelte den Kopf. »Mit etwas Glück bin ich in ein paar Stunden wieder zurück. Ich reite zu Shaun Rogan. Nachher erzähle ich dir alles.«

Er vergrub die linke Hand tief in seine Jackentasche, um den Arm zu stützen, der eigentlich in eine Schlinge gehört hätte, und zwang sich, das beharrliche Pochen in seiner Wunde zu ignorieren.

Es war ein wunderbar ruhiger Herbstmorgen. Welke Blätter bedeckten den Weg; in der Luft lag der Geruch nach Holzfeuer, und es herrschte eine ganz eigentümliche Stille. Sobald er ins Moor kam, ließ er Pegeen die Zügel schießen. Am Eingang des Tals winkte ihm Marteen Rogan zu, der dort zwischen den Buchen Wache hielt, aber Clay ritt weiter, bis er den Hof erreichte.

Cathal und Dennis standen in der Haustür und schauten ihm entgegen. Clay merkte beim Absteigen, dass ihm ziemlich schwindlig war.

»Ist Kevin daheim?«

Cathal schüttelte den Kopf. »Er wartet in einem Versteck ein paar Meilen von hier entfernt darauf, aus welcher Richtung der Wind weht.«

»Nach allem, was Kevin uns erzählt hat, hätte ich nie gedacht, dass Sie heute schon wieder auf den Beinen sind«, sagte Dennis. »Wahrhaftig nicht.«

Clay lächelte müde. »Ich bin auch gar nicht sicher, wie lange ich mich auf den Beinen halten kann, aber ich muss euren Vater sprechen.«

Cathal führte ihn ohne eine weiteres Wort ins Haus. Shaun Rogan lag in seinem Sessel am Feuer und hatte das Bein aufgestützt. Mürrisch wandte er sich um, doch dann strahlten seine Augen. »Bei Gott, Colonel, mehr als jeden anderen Menschen auf Erden habe ich mir gewünscht, Sie heute zu sehen. Aber sollten Sie nicht im Bett sein, Mann?«

Clay zog sich einen Stuhl heran und setzte sich ihm gegenüber. »Es hat sich etwas Wichtiges getan. Ich muss mit Ihnen sprechen.«

Shaun Rogan griff nach der Whiskeyflasche, füllte ein Glas und schob es ihm zu. »Hier, trinken Sie das erst mal. Sie sehen aus, als könnten Sie es gebrauchen.«

Clay leerte das Glas in einem Zug, bevor er fragte: »Hatten Sie mal irgendwas mit einem Mann namens Fitzgibbon zu tun?«

Rogan nickte. »Das ist ein alter Freund von mir, ein Bankier in Galway.« Er zögerte einen Moment. »Er ist der Inhaber des Grundschuldbriefs über dieses Anwesen.«

Clay schüttelte langsam den Kopf. »Jetzt nicht mehr. Er ist vor zwei Tagen gestorben, und sein Neffe will die Hypothek an Sir George Hamilton veräußern.«

Shaun Rogan schwieg fassungslos, und eine dicke

Ader pochte an seiner Schläfe. »Das kann nicht wahr sein«, stieß er schließlich hervor. »Ich weiß, dass Hamilton schon mehrmals versucht hat, an die Hypothek heranzukommen, aber Fitzgibbon hat es ihm immer abgeschlagen. Er war schließlich mein Freund.«

»Offensichtlich ist sein Neffe nicht so gefühlsduselig«, sagte Clay trocken. »Er ist der Alleinerbe und beabsichtigt, den Besitz so rasch wie möglich zu verkaufen. Gestern Nachmittag hat er einen Sonderboten aus Galway geschickt, der Sir George noch im Gasthaus von Kileen angetroffen und ihm den Brief gegeben hat, in dem er sich erkundigt, ob er immer noch an diesem Anwesen interessiert sei. Sir George hat es sofort schriftlich bestätigt und den Mann auf der Stelle nach Galway zurückgeschickt.«

Rogan schien wie benommen. »Das kann doch nicht wahr sein«, stöhnte er. »Das ist unmöglich.«

»Ich fürchte leider, da irren Sie sich«, sagte Clay leise. »Miss Hamilton hat gehört, wie ihr Onkel und Burke heute Morgen darüber gesprochen haben und hat einen der Stallburschen mit einem Brief zu mir geschickt, in dem alle Einzelheiten standen.«

»Trotzdem«, meinte Cathal, »es gibt sicher keinen Grund, dass du dich verrückt machst, Vater. Eine Hypothek ist ein juristisches Dokument; darin gibt es Klauseln, die dir gewisse Fristen einräumen und so weiter. Hamilton kann nicht einfach hier reinspazieren und kurzerhand alles an sich reißen.«

Shaun Rogan schaute auf, und ganz plötzlich wirkte er wie ein alter Mann. »Ich bin bereits zwei Monate mit der letzten Zahlung im Rückstand. Fitzgibbon hat mich nie gedrängt.« Er machte eine hilflose Geste mit den Händen. »Wir brauchten Geld für unseren Kampf. Ich habe einige Waffen, die uns geliefert worden sind, aus meiner eigenen Tasche bezahlt und gehofft, ich krieg's wieder, wenn die Spenden allmählich reinkommen.«

Dennis schlug mit der geballten Faust auf den Tisch.

»Und was sollen wir jetzt machen? Wie Schafe darauf warten, dass Hamilton und seine Schlächter hergeritten kommen und uns rauswerfen?«

Shaun Rogan schüttelte den Kopf. »Wir lassen uns was einfallen, Junge. Wir lassen uns irgendwas einfallen. « Er wandte sich an Cathal. »Steig auf dein Pferd und reite zu Kevin. Wir brauchen jetzt jede Hilfe, die wir kriegen können.«

»Ich kehre nach Claremont zurück«, sagte Clay. »Joanna wusste nicht, wann man gegen Sie vorgehen will, aber sie hat versprochen, mich auf dem Laufenden zu halten. In ein paar Stunden treffe ich mich wieder mit ihrem Boten.«

»Vielleicht hat er dann ja schon ein paar Neuigkeiten für uns«, nickte Rogan. »Dennis, du reitest mit dem Colonel. Nachdem er mit diesem Boten gesprochen hat, kommst du zurück und sagst uns, ob es etwas Neues gibt.«

Dennis ging wortlos nach draußen, um sein Pferd zu satteln, und Clay stand auf. »Ich habe so das Gefühl, als ob es allmählich brenzlig wird. In den nächsten Stunden wird sich in Drumore einiges tun, wenn ich auch nicht sicher bin, in welcher Hinsicht. Ich würde die Hypothek ja selbst übernehmen, leisten könnte ich es mir ohne weiteres, aber das alles riecht mir sehr nach einer Verschwörung zwischen dem jungen Fitzgibbon und Hamilton.«

Shaun Rogan schien sich von seinem Schrecken wieder erholt zu haben und nickte ernst. »Wir stehen alle in Gottes Hand, Colonel, doch eines ist sicher. Ich habe mein ganzes Leben hier verbracht und habe vor, hier auch zu sterben, mag geschehen, was will.« Einen Moment lang blickte Clay in diese ruhigen Augen, dann drehte er sich um und verließ das Zimmer.

Dennis und er hielten kurz bei Marteen, um ihm zu berichten, was geschehen war, ehe sie den Weg durch das Moor einschlugen.

Über einem Bach hing ein weißer Nebelschleier, und in der Luft schien plötzlich der erste Frosthauch zu liegen. Clay war in Gedanken versunken und fragte sich, ob es Joanna wohl gelungen war, mehr über die Pläne ihres Onkels herauszufinden. Er dachte daran, dass sie ganz allein in diesem großen Haus war und keinen Menschen hatte, an den sie sich wenden konnte, und ein Gefühl unbeschreiblicher Zärtlichkeit überkam ihn.

Sie zügelten die Pferde, da der Weg immer schmaler wurde und schließlich auf eine Lichtung führte. Dort erwartete sie Peter Burke.

»Guten Morgen, Colonel Fitzgerald.« Spöttisch tippte er mit der Reitgerte an die Hutkrempe.

Clay wollte nach dem Dragoon Colt greifen, sah jedoch ein, dass es zwecklos war. Ein halbes Dutzend Männer, die sich im Wald versteckt hatten, kam mit erhobenen Waffen auf die Lichtung geritten.

Burke trug einen Mantel aus feinem schwarzem Wollstoff, seine Stiefel waren blankpoliert, und sein verfärbtes, geschwollenes Gesicht zeigte immer noch die Spuren ihres Kampfes. Seine Augen funkelten bösartig, als er auf ihn zuritt und eine Hand ausstreckte. »Ich nehme Ihre Waffe an mich, Colonel, wenn Sie gestatten.«

Clay reichte ihm den Colt und hörte Dennis fluchen, dem einer der Männer die Flinte entriss. Einen Moment herrschte Schweigen. Clay blickte in die unfreundlichen Gesichter ringsum und fragte ruhig: »Was nun?«

Burke kam näher zu ihm und begann wortlos seine Taschen zu durchsuchen. Nach wenigen Momenten hatte er Joannas Brief gefunden. Mit wachsendem Zorn sah Clay, wie er die Seite überflog, ihn dann sorgfältig zusammenfaltete und ohne eine weitere Bemerkung in die Tasche steckte. »Wir reiten jetzt nach Drumore House, Colonel. Sir George wünscht, mit Ihnen zu sprechen. Ich rate Ihnen dringend, keinen Fluchtversuch zu unternehmen. Es würde mir größtes Vergnügen bereiten, zuzusehen, wie man

Sie beide aus dem Sattel schießt. Das können Sie mir ruhig glauben.«

Wütend wollte Dennis etwas erwidern, aber Clay legte ihm eine Hand auf den Arm. »Tun wir, was er sagt. Das Blatt wendet sich auch wieder.« Einige der Männer lachten höhnisch, aber er ignorierte es, gab Pegeen die Sporen und ritt voraus.

In der Nähe von Claremont verließen sie das Moor, umrundeten das Dorf und erreichten Drumore House durch den Obstgarten. Clay und Dennis stiegen ab. Durch eine Seitentür führte man sie einen Gang mit Steinboden entlang, bis sie schließlich zum Wintergarten kamen.

Burke ließ sie draußen warten, während er mit Sir George redete. Nach einer Weile kehrte er zurück und brachte sie durch die Halle in den lang gestreckten Raum mit den Verandatüren, in dem die Abendgesellschaft stattgefunden hatte.

Einer der Männer schloss die Tür, und ein anderer versetzte Dennis einen Stoß, dass er vorwärtsstolperte. »Passt auf den Colonel auf«, befahl Burke und ging auf den Jungen zu.

Dennis war bleich geworden und sah plötzlich sehr jung aus. Clay musste an ihre erste Begegnung auf der Straße nach Galway denken, an sein schneidiges Auftreten, seine Großspurigkeit und wie schnell dieses ganze prahlerische Gehabe verschwunden war, als der Junge sich mit der harten Realität konfrontiert gesehen hatte.

»Ich will wissen, wo dein Bruder sich versteckt«, fuhr Burke ihn an.

»Denk daran, wer du bist und wie du heißt, Junge«, sagte Clay ruhig.

Dennis richtete sich auf und holte tief Luft. »Jawohl, bei Gott«, erwiderte er mit entschlossenem Gesicht, »Ich bin ein Rogan, aber zuerst mal bin ich Ire, und ich verrate meine Leute nicht, wie du es getan hast, du Schwein.«

Burke versetzte ihm einen Fausthieb in den Magen,

dem ein blitzschneller Schlag ins Gesicht folgte. Der Junge stürzte zu Boden.

Stöhnend versuchte Dennis wieder aufzustehen. Seine Lippen waren blutig. Burke riss ihn mit einer Hand hoch. »Hat sich dein Gedächtnis jetzt gebessert?«

Dennis verzog den Mund zu einem gespenstischen Grinsen und spuckte ihm ins Gesicht. Burke schlug ihn mit einem Fausthieb nieder und wollte ihm einige Stiefeltritte versetzen, als Clay die Männer, die ihn bewachten, zur Seite stieß und sich auf ihn stürzte. Er erwischte Burke an der Schulter, der taumelnd einige Schritte zurückwich. Mit wütendem Geschrei rannten seine Schläger auf Clay zu, doch da erschien Sir George in der Tür.

Ruhig und ohne Clay zu beachten, ging er hinüber zu Dennis. »Hat er geredet?«

Der Verwalter wischte sich mit einem Taschentuch Blut und Speichel aus dem Gesicht und schüttelte den Kopf. »Ich hatte gerade erst angefangen, aber er ist dickköpfig.«

Sir George nickte. »Es gibt bessere Methoden. Lass ihn von zwei Männern nach oben bringen. Sie sollen ihn sauber machen und auf ihn aufpassen, bis ich ihn brauche."

Burke gab die nötigen Anweisungen, und Dennis wurde hinausgeführt. Nachdem die Tür sich geschlossen hatte, wandte Sir George sich um und betrachtete Clay einige Augenblicke lang kühl, dann ging er langsam auf ihn zu und schlug ihn ins Gesicht. »Sie haben mich zum Narren gemacht, Colonel, aber nun bin ich an der Reihe zu lachen.«

Er schnippte mit den Fingern, worauf einer der Männer das Zimmer verließ und kurz darauf mit einem Bündel zurückkehrte, das er Burke reichte. Burke öffnete es und warf Clay ein Stück nach dem anderen direkt vor die Füße – seinen alten Filzhut aus dem Krieg, das schwarze Halstuch und den Mantel der Konföderiertenarmee.

»Die Tatsache, dass Kevin Rogan nach Ihrem gestrigen Besuch bei den Rogans gerettet wurde«, sagte Burke, »hat mich zum Nachdenken gebracht, Colonel. Dabei hätte ich es längst schon erraten sollen. Mehrere Leute hatten beschrieben, wie das Mondlicht auf dem Messing von Captain Swings Colt blitzte - und der Rahmen eines normalen Colts ist nicht aus Messing.«

»Sehr interessant«, sagte Clay.

»Allerdings. Ich habe mich nämlich daran erinnert, mal irgendwo gelesen zu haben, dass die Konföderierten während des Kriegs knapp an Metall waren. In einem Ort namens Macon in Georgia schmolz man die Kirchenglocken aus Messing ein und fertigte daraus eine Kopie des üblichen Colt. Man nannte ihn Dragoon Colt, soviel ich weiß, und verteilte ihn an die Kavallerieeinheiten der Konföderierten.« Burke steckte die Hand in seine Tasche und zog Clays Revolver heraus.

»Auch nachdem Burke mir das alles erzählt hatte, konnte ich es nicht glauben«, sagte Sir George. »Aus diesem Grund haben wir heute Morgen eine kleine Komödie veranstaltet.« Er nahm Joannas Brief aus seiner Tasche und hielt ihn mit zitternden Händen hoch. »Ich bin durchaus im Bilde gewesen über die Sympathie, die meine Nichte für Sie hegt, Sir. Heute Morgen habe ich Joanna auf die Probe gestellt, und Sie ebenfalls, indem ich dafür sorgte, dass meine Nichte mitanhörte, wie Burke und ich darüber sprachen, welche Wendung die Dinge nach dem Tod von James Fitzgibbon genommen hatten.«

»Miss Hamilton wurde sorgfältig beobachtet«, berichtete Burke. »Wir wollten, dass sie sich mit Ihnen in Verbindung setzt, und genau das tat sie auch, womit sie uns unbewusst in die Hände spielte. Wie ich es erwartet hatte, ritten Sie direkt zu den Rogans, um sie zu warnen, und ließen nur Ihren Diener daheim, was ich ebenfalls erhofft hatte.« Er versetzte dem Kleiderbündel auf dem Boden einen Tritt. »Der letzte Beweis, Colonel Fitzgerald.«

»Der Beweis, der Sie an den Galgen bringen wird, Sie verfluchter Rebell, bei Gott!« fauchte Sir George, in dessen Mundwinkeln sich Speichel gebildet hatte.

Clay zuckte unbekümmert mit den Schultern. »Es gibt sicher noch andere ehemalige Offiziere der Konföderierten in Irland und mehr als einen einzigen Dragoon Colt. Ich hoffe, Sie wissen, was Sie tun.«

Burke trat näher zu ihm. »Allerdings, Colonel«, lächelte er boshaft. »Wie geht es heute Morgen übrigens Ihrem Arm? Tut ziemlich weh, oder?« Grob packte er seinen linken Arm direkt über dem Ellbogen, und Clay schloss unwillkürlich die Augen, als der Schmerz ihn durchzuckte.

Sir George lachte höhnisch. »Ich denke, der Colonel möchte sich vielleicht gern hinsetzen.« Jemand zog einen Stuhl heran und drückte Clay darauf. »Vor einer halben Stunde«, fuhr der Baronet fort, »habe ich einen Sonderboten auf meinem besten Pferd zum Hauptquartier der Polizei in Galway geschickt, um dort zu melden, dass ich Captain Swing gefangen genommen habe. Ich habe darauf hingewiesen, wie schlimm die Situation in diesem Bezirk ist und darum gebeten, eine berittene Eskorte zu schicken, um Sie nach Galway zu bringen. Weiterhin ließ ich ausrichten, dass ich damit rechne, bis zu ihrer Ankunft auch Kevin Rogan in meiner Gewalt zu haben.«

»Kevin Rogan werden Sie nie wieder lebend zu sehen kriegen«, erwiderte Clay grimmig.

»Ach, da fürchte ich aber, dass Sie die Macht brüderlicher Liebe unterschätzen«, kicherte Sir George. »Ich habe den Stallburschen Joseph – Sie kennen ihn ja bereits, wie ich weiß – mit der Botschaft zu Shaun Rogan geschickt, dass Dennis Rogan in meiner Hand ist und dass ich bereit bin, ihn gegen seinen Bruder Kevin auszutauschen. Wenn er sich weigert, übergebe ich Dennis als Verbündeten von Captain Swing der Polizei. Kein Richter in diesem Land wird glauben, dass der Junge nichts damit zu tun hat, wenn Burke und ich aussagen und unsere Beweise vorlegen.«

Er lachte schrill, und immer mehr Speichel sammelte sich auf seinen Lippen. Einigen der Männer war anzusehen, wie unbehaglich ihnen zumute war. »Bringt ihn weg«, befahl Sir George. »Sperrt ihn zu dem anderen, bis ich nach ihm schicke.«

Burke zog Clay aus dem Stuhl hoch und stieß ihn hinaus in den Flur und die große Treppe hinauf. »Was ist mit meinem Diener passiert?« fragte Clay.

»Ein Schlag auf den Kopf, mehr nicht«, entgegnete Burke gleichgültig. »Wie ich gehört habe, sollen Neger ja einen harten Schädel haben.«

Schweigend gingen sie einen Korridor entlang und stiegen weitere Treppen hinauf, bis sie im dritten Stock angelangt waren.

Die beiden Männer, die Dennis weggebracht hatten, lehnten vor einer dicken, mit Eisenbändern verstärkten Tür. »Alles in Ordnung?« fragte Burke.

Einer von ihnen nickte. »Ist noch im Land der Lebenden, Mr. Burke, leider.«

Der Schlüssel steckte im Schloss, und Burke öffnete. »Rein mit Ihnen, Colonel. Ich würde an Ihrer Stelle übrigens nicht meine Zeit damit verschwenden, nach einem Fluchtweg zu suchen. Es gibt keinen.«

Clay blieb einen Moment stehen und schaute ihm direkt ins Gesicht. »Er ist wahnsinnig, das wissen Sie, nicht wahr?«

Burke zuckte die Schultern. »Ich werde nicht dafür bezahlt, mir über solche Sachen Gedanken zu machen.«

»Dann sagen Sie mir wenigstens eines – was ist mit Miss Hamilton passiert?«

Burke lachte schroff. »Keine Sorge, Colonel. Was auch immer sie getan hat, sie ist trotz allem eine Hamilton. Sir George wird sich etwas Passendes für sie überlegen, nehme ich an. Vorläufig ist sie in ihren Zimmern eingesperrt. Eine kleine Indisposition. Kein Grund zur Sorge.«

Er schob Clay in den Raum und sperrte ab. Durch die schwere Eichentür drang sein triumphierendes Lachen, das langsam verhallte, als er den Korridor entlangging.

11

Clay hatte sich eine Zigarre angezündet und schaute durch das mit Eisenstäben vergitterte Fenster hinaus in den Park, der achtzehn Meter tiefer unter ihm lag. Mehr als eine Stunde lang beobachtete er nun schon die Straße und wartete darauf, dass irgendetwas geschah, doch nichts rührte sich.

Hinter den Bäumen stieg der Rauch aus den Häusern von Drumore in die Luft, und irgendwo in der Ferne jagte bellend ein Hund, der wohl ein Kaninchen aufgestöbert hatte, durch das Unterholz. Clay wandte sich um, als Dennis stöhnte. Der Junge saß mit gesenkten Schultern auf dem Rand des schmalen Betts und hatte den Kopf in die Hände gestützt. »Gott im Himmel, Colonel, mein Kopf platzt jeden Moment in tausend Stücke.«

Clay klopfte ihm mitleidig auf die Schultern. »Er hat einen harten Schlag, Junge, das kann ich nicht abstreiten.«

Dennis versuchte zu lächeln und berührte vorsichtig mit den Fingerspitzen seine geschwollenen Lippen. »Was passiert jetzt mit uns, Colonel? Ob man uns hängt?«

»Da ich bislang noch keinerlei Erfahrung mit der englischen Justiz hatte, kann ich das nicht sagen, aber soviel ich weiß, ist es schon vorgekommen, dass es mit Rebellen gegen die Krone ein solches Ende genommen hat.« Clay lächelte ihm zu. »Hat keinen Sinn, sich deshalb jetzt schon Sorgen zu machen. Es gibt immer Hoffnung. Vielleicht kommt Kevin, um deine Stelle einzunehmen?«

»Wenn überhaupt, dann höchstens, um das Haus niederzubrennen«, schnaubte Dennis. »Und es gibt viele, die ihm folgen würden. Er hat sowieso schon Mühe genug gehabt, sie zurückzuhalten. Manche haben einfach keine Geduld mehr, bis zu dem Tag zu warten, an dem nächstes Jahr der allgemeine Aufstand geplant ist.«

»Du glaubst also nicht, dass er kommt?«

»Eher will ich ihn in der Hölle sehen als zulassen, dass er meinen Platz einnimmt«, erwiderte Dennis mit entschiedener Stimme. »Er hätte ja wegen der Geschichte mit diesem Varley gar keine Chance.«

Clay nickte ernst. »Du weißt das und Kevin ebenfalls. Die entscheidende Frage ist aber, was er tun wird.«

Er wandte sich wieder zum Fenster und stutzte. Ein Einspänner fuhr unten durch das Tor und hielt vor dem Pförtnerhaus. Auf dem Kutschbock saß Shaun Rogan und neben ihm der Stallbursche Joseph.

Der alte Mann beschattete seine Augen mit einer Hand, schaute im milden Sonnenlicht des Herbstes hinauf zum Haus und sagte etwas zu Joseph, der absprang und im Laufschritt die Auffahrt entlangrannte.

»Dein Vater ist unten am Haupttor.«

Dennis stand schwankend auf. »Ist er allein?«

Clay schüttelte den Kopf. »Der Stallbursche, der ihm Sir Georges Botschaft überbracht hat, war bei ihm. Er hat ihn gerade hinauf zum Haus geschickt. Ich nehme an, er will versuchen, mit Hamilton zu verhandeln.«

Dennis trat neben ihn, und beide schauten gespannt hinunter zum Eingangstor. Nach einer Weile kam Joseph zurückgelaufen und redete eifrig mit Shaun Rogan, der die Zügel ergriff und auf das Haus zufuhr. Ungefähr vierzig Meter entfernt hielt er an und wartete.

Clay und Dennis drehten sich um, als der Schlüssel im Türschloss knirschte. Burke winkte ihnen mit einem Revolver in der Hand. »Raus mit euch! Shaun Rogan scheint zu glauben, wir spielen ihm bloß was vor. Er will euch sehen.«

Bewacht von den beiden bewaffneten Männern folgten Clay und Dennis ihm. Dennis schien immer noch etwas unsicher auf den Beinen zu sein. Clay legte ihm einen

Arm um die Schultern und stützte ihn, als sie die große Treppe in die Halle hinunterstiegen.

Draußen auf der Eingangstreppe standen Sir George und ein halbes Dutzend mit Flinten bewaffneter Männer.

Burke befahl Clay und Dennis, an der Tür stehen zu bleiben und ging weiter, um mit Sir George zu reden. Bis auf das gedämpfte Gemurmel ihrer Stimmen herrschte angespannte Stille, nur ein Schwarm Saatkrähen flog plötzlich aus den Buchen neben der Grundstücksmauer auf und kreiste mit ärgerlichen Rufen über ihnen.

Clay wurde stutzig und blickte unauffällig auf die Wachen. Keiner von ihnen beachtete die Vögel. Er schaute wieder hinüber zu den Buchen und fragte sich, wer sich dort versteckt hielt und warum.

»Nun, sind Sie zufrieden, Rogan?« rief Sir George. »Jetzt haben Sie Colonel Fitzgerald und Ihren Sohn gesehen, und meine Bedingungen kennen Sie. Was haben Sie zu sagen?«

Shaun Rogans mächtige Stimme hallte wie eine Orgel über das Grundstück. »Nur eins – ich gebe Ihnen eine Stunde, um beide freizulassen. Danach hole ich sie persönlich, und etwas verspreche ich Ihnen. Wenn Sie den beiden auch nur ein Haar krümmen, brenne ich Drumore House nieder und sorge dafür, dass Sie in den Flammen rösten.«

Sir George erstickte fast vor Wut. »Bei Gott, Sie haben mich zum letzten Mal bedroht, Rogan!« kreischte er mit brüchiger Stimme und riss eine Pistole aus seiner Tasche.

Mit einem Aufschrei warf sich Dennis Rogan auf ihn. Sir George verlor das Gleichgewicht, taumelte gegen Burke, und Dennis rannte die Treppe hinunter auf seinen Vater zu.

Ehe Clay noch irgendwie reagieren konnte, packten ihn seine Bewacher, und er musste hilflos zusehen, ohne die Tragödie verhindern zu können. Der Junge hatte vielleicht die Hälfte der Strecke bis zu seinem Vater geschafft, als Sir George ruhig die Waffe hob, mit dem linken Arm den Lauf abstützte und ihn in den Rücken schoss.

Dennis schien zu stolpern, überschlug sich mehrmals, kam mühsam wieder auf die Füße und torkelte weiter auf den Einspänner zu.

Als Sir George erneut auf ihn zielte, schlug eine Kugel in den Kies vor der Treppe ein; Steinchen spritzten ihm ins Gesicht. Angeführt von Kevin Rogan tauchten mehrere Reiter zwischen den Buchen auf. Sir George wandte sich um und hastete stolpernd zurück ins Haus, gefolgt von den Wächtern und Burke, der rückwärts die Stufen hinaufging und feuerte, bis sein Revolver leer war.

Kevin Rogan stieg von seinem Pferd, hob Dennis auf und trug ihn zu dem Einspänner. Behutsam legte er den Jungen auf den Sitz neben seinem Vater, der die Zügel ergriff, das Pferd wendete und davonfuhr.

Die anderen vier Reiter schossen weiterhin mit ihren Gewehren auf die Eingangstür, um Kevin Deckung zu geben, bis er wieder im Sattel saß und ihnen etwas zurief, worauf alle die Pferde herumrissen und zum Tor zurückgaloppierten. Gleich darauf waren sie auf der Straße nach Drumore verschwunden.

Clay hatte sich zu Boden geworfen, nachdem die Schüsse sie ins Haus getrieben hatten, und stand langsam auf. Die Wände waren übersät mit Kugeleinschlägen, und ein großer goldgerahmter Spiegel war in tausend Scherben zersprungen.

Einer der Männer saß an der gegenüberliegenden Wand und presste die Hand an seine Seite. Zwischen seinen Fingern quoll Blut hervor. Clay kauerte sich zu ihm, doch noch ehe er ihn richtig untersuchen konnte, gurgelte er erstickt, Blut strömte ihm aus dem Mund, und sein Kopf sank zur Seite.

»Er ist tot«, verkündete Clay.

Die Wächter schwiegen betroffen. »Passt auf den Colonel auf«, befahl Burke mit ruhiger Stimme, und jemand drückte Clay den Lauf einer Flinte in die Rippen.

Sir George kam zu ihnen herüber und betrachtete die

Leiche. Er war bleich, wirkte aber völlig beherrscht. »Es scheint, als müssten wir mit einigem Ärger rechnen. Wie viele verlässliche Männer haben wir?«

»Wir sind hier zu sechst«, erwiderte Burke. »Und die sieben, die Sie ins Dorf geschickt haben, um dafür zu sorgen, dass die Leute in den Häusern bleiben, müssten auch bald zurück sein. Notfalls könnten wir das Haus einen Monat lang halten, aber in drei oder vier Stunden dürfte sowieso die Kavallerie hier sein.«

»Da haben Sie Recht«, nickte Sir George. »Außerdem gibt es ja auch noch die Dienstboten. Die meisten sind schon seit Jahren bei mir.«

»Und haben Sie die ganze Zeit über nur verachtet und gehasst«, sagte Clay. »Sie verfluchter Mörder. Schauen Sie sich mal um! Sehen Sie die Angst auf den Gesichtern der Männer? Ich frage mich, wie lange Sie in einem Notfall auf diese Leute zählen können.«

Sir George wandte sich mit einem glasigen Ausdruck in den Augen zu ihm um. Langsam wischte er sich mit dem Handrücken den Speichel von den Lippen und sagte mit kalter Stimme: »Bring den Colonel zurück in sein Zimmer, Burke. Falls er den geringsten Fluchtversuch macht, erschieß ihn.« Er verschwand in den Gang zum Wintergarten, und Burke trieb Clay die Treppe hinauf.

Während sie durch den oberen Flur gingen, öffnete sich eine Tür, aus der Joanna herausspähte. Hinter ihr stand eine Frau mittleren Alters in einem schwarzen Bombasinekleid, deren säuerliches Gesicht von einer weißen Haube gekrönt wurde.

Joanna wollte sich hastig zurückziehen, doch dann erkannte sie Clay und lief erleichtert zu ihm. »Ich habe die Schießerei gehört«, sagte sie mit ängstlichem Gesicht.

»Mr. Burke«, zeterte die Frau, »ich werde nicht mit ihr fertig! Sie hat mir mit Gewalt den Schlüssel abgenommen.«

»Schon gut, Mrs. Ferguson«, sagte Burke. »Sie können gehen. Den Schlüssel, bitte, Miss Hamilton.«

Joanna reichte ihm nach kurzem Zögern den Schlüssel und fragte besorgt: »Was ist denn passiert?«

Ehe Clay noch antworten konnte, packte Burke sie am Arm, schob sie zurück in ihr Zimmer und versperrte die Tür. Mit einem boshaften Lächeln steckte er den Schlüssel ein. »So, und nun weiter, Colonel.«

Sie stiegen die Treppe hinauf in den dritten Stock, wo er Clay erneut einsperrte. Clay setzte sich aufs Bett, und totale Mutlosigkeit überfiel ihn. Welche Hoffnung hatte er jetzt noch? Gab es überhaupt irgendeine Hoffnung?

Die nächsten Stunden über stand er hauptsächlich am Fenster, schaute in Richtung Dorf und fragte sich voller Unruhe immer wieder, was mit Dennis Rogan sein mochte. Der Junge war zweifellos schwer verletzt – und er war weit und breit der einzige Arzt, der ihn vielleicht retten konnte.

Irgendwann wurde die Tür seines Gefängnisses geöffnet, und zwei von Burkes Männern zerrten ihn hinaus in den Flur.

Während sie ihn den Gang entlang trieben, wechselten sie einige Worte miteinander. »Mir gefällt das nicht«, sagte der eine. »Mir gefällt das überhaupt nicht. Kein einziger von den verfluchten Dienstboten ist mehr im Haus.«

»Burke weiß schon, was er tut«, erwiderte der andere mit bemühter Zuversicht. »Wird schon alles gut werden.«

Beide wirkten so nervös und gereizt, dass Clay wieder Mut schöpfte. Sie erreichten die Treppe, aber statt ihn hinunter in die Eingangshalle zu führen, bogen sie in einen anderen Korridor ein und blieben schließlich vor einer Tür stehen. Einer der Männer öffnete sie, der andere stieß Clay hinein.

Auf einem großen Bett lag Sir George Hamilton; Burke stand mit einem Glas Wasser in der Hand neben ihm. Der Verwalter drehte sich um. Sein Gesicht war völlig ausdruckslos. »Jetzt haben Sie die Gelegenheit, mal Ihre ärztliche Kunst zu zeigen, Colonel. Sir George hatte irgendeinen Anfall.«

Clay zuckte die Schultern. »Ich habe nichts bei mir, weder Arzneien noch Instrumente. Ich schaue ihn mir aber mal an, wenn Sie darauf bestehen.«

»Allerdings!« erwiderte Burke und wandte sich an die beiden Wächter. »Henderson, du gehst nach unten zu den anderen. Clark, du bleibst draußen vor der Tür und hältst Wache.«

Clay hatte sich inzwischen über Sir George gebeugt, dessen Hemd mit übel riechendem Blut befleckt war. Als Clay ihn berührte, öffnete er die Augen und starrte ihn an. Zuerst schien er ihn nicht zu erkennen, doch dann flackerte sein Blick, und sein Gesicht verzerrte sich. »Nehmen Sie Ihre verfluchten Hände von mir.«

Clay richtete sich auf. »Es gibt nichts, was ich tun kann«, sagte er zu Burke. »Ihr Herr leidet an einer unheilbaren Krankheit. Er hat solche Anfälle schon früher gehabt. Lassen Sie ihn einige Stunden in Ruhe, dann wird er wieder gehen können.«

»Wie lange?« fragte Burke leise.

Clay zuckte die Schultern. »Das ist unmöglich zu sagen. Ich glaube, noch mal ein solcher Anfall, und es ist aus mit ihm.«

Burke ging wortlos zur Tür, öffnete sie und rief den Wächter herein. »Bring den Colonel zurück in sein Zimmer, Clark.«

Als sie an der Treppe vorbeikamen, die nach unten führte, sah Clay zwei Männer an der Haustür lungern. Einer von ihnen blickte auf und machte irgendeine alberne Bemerkung, worauf der andere spöttisch lachte.

Sie kamen durch den Korridor, in dem Joannas Zimmer lag, und Clay ging langsamer. »Weiter!« Clark drückte ihm den Lauf seiner Flinte in den Rücken.

Blitzschnell drehte Clay sich um, stieß mit seinem verwundeten Arm den Lauf beiseite und versetzte ihm mit der rechten Faust einen Schlag auf den Hals. Clark stolperte gegen die Wand und rutschte stöhnend zu Boden.

Mehrmals trat Clay mit aller Kraft gegen die Tür, bis das Schloss nachgab. Joanna war zur anderen Seite des Zimmers zurückgewichen, doch dann erkannte sie ihn und stürzte in seine Arme.

Er hielt sie einen Moment an sich gedrückt. »Geht es dir gut?« fragte er leise. »Sie haben dir doch nichts getan?«

Joanna schüttelte den Kopf. »Niemand von ihnen würde es wagen, mich anzurühren. Sie haben viel zu viel Angst vor meinem Onkel. Aber was ist mit dir? Was war das für eine Schießerei?«

»Ich habe jetzt keine Zeit, dir alles im einzelnen zu erklären, aber dein Onkel hat auf Dennis Rogan geschossen.«

»Ist er tot?« fragte sie entsetzt.

»Ich weiß nicht. Shaun Rogan hat ihn in seinem Einspänner weggebracht. Ich muss zu ihm, um zu sehen, ob ich etwas für den Jungen tun kann. Hier könnte binnen einer Stunde die Hölle los sein.«

»Dann machen wir uns besser so rasch wie möglich davon. Ich habe einen Schlüssel zu einer kleinen Tür, die zu den Ställen führt.«

Sie ging voraus, und Clay blieb nur kurz stehen, um Clarks Gewehr aufzuheben. Im ganzen Haus herrschte eine unnatürliche Stille wie vor dem Ausbruch eines Unwetters. Clay fragte sich, warum die Dienstboten sich davongemacht hatten. Wahrscheinlich war ihnen aus dem Dorf eine Botschaft übermittelt worden; möglicherweise hatte ihnen auch der Mord an Dennis Rogan und die folgende Schießerei den Rest gegeben. Eines war jedenfalls sicher – Sir George Hamilton erntete nun, was er über die langen Jahre gesät hatte. Jetzt war er von allen verlassen und hatte nur noch seine angeheuerten Strolche und Burke, die ihn beschützten. Doch wenn die Soldaten nicht bald kamen, sah es übel für ihn aus.

Sie stiegen die Dienstbotentreppe hinunter und eilten durch einen schmalen Gang, an dessen Ende eine Tür war, die Joanna mit bebenden Händen aufschloss.

Clay spähte vorsichtig hinaus in den Hof. Kein Mensch war zu sehen. Er nahm ihre Hand und lief auf die offen stehenden Stalltüren zu.

In diesem Moment kam Burke mit zwei seiner Männer aus einer Seitentür des Hauses. Anscheinend hatte er noch keine Ahnung davon, dass Clark bewusstlos im Korridor vor Joannas Zimmer lag, denn er blieb wie vom Donner gerührt stehen und starrte sie verblüfft an.

Geistesgegenwärtig nutzte Clay diese kostbaren Sekunden und stürmte mit Joanna in den Stall. Burkes Männer begannen auf ihn zu schießen, Clay erwiderte das Feuer mit dem erbeuteten Gewehr, und Burke wich mit seinen Männern zurück, um neu zu laden.

»Reite weg, solange du die Möglichkeit hast, Clay!« rief Joanna. »Dennis Rogan braucht dich, und mir passiert schon nichts. Sie werden es nicht wagen, mich anzurühren.«

Clay sah ein, dass sie Recht hatte. Pegeen stand in einer Box in der Nähe. Er streifte ihr das Zaumzeug über den Kopf, sprang auf den ungesattelten Rücken der Stute und lächelte Joanna zu.

»Ich komme zurück, ich schwöre es!« Er gab Pegeen einen Klaps auf den Rumpf und stieß einen markerschütternden Schrei aus, während er mit ihr zur Tür hinauspreschte.

Burkes Männer, die nie zuvor den Rebellenschrei gehört hatten, sprangen erschrocken wieder in Deckung, als erwarteten sie einen Angriff.

Burke hatte sich jedoch rasch wieder gefangen, legte sein Gewehr an und feuerte. Clay beugte sich tief über Pegeens Hals und hörte die Kugel über sich hinwegpfeifen. Durch den Obstgarten erreichte er die Lücke in der Mauer und war in Sicherheit.

Er gab der Stute die Zügel frei, umklammerte mit den Knien ihre Flanken und ließ sie über das Moor galoppieren. Fünfzehn Minuten später ritt er hinunter nach Claremont.

In der Küche, wo offenbar ein Kampf stattgefunden hatte, herrschte ein wildes Durcheinander. Zwei Stufen auf einmal nehmend lief er die Treppe hinauf und rief besorgt nach Joshua, bekam aber keine Antwort. Burkes Männer hatten auch sein Schlafzimmer durchsucht, doch in einer Ecke entdeckte er seine Satteltaschen, die sie achtlos dorthin geworfen hatten. Rasch schaute er nach, ob seine chirurgischen Instrumente und die Arzneien noch drin waren, während er wieder hinunterlief.

Er eilte hinüber zum Stall und sah mit Erleichterung, dass das zweite Pferd verschwunden war. Demnach konnte er mit großer Wahrscheinlichkeit davon ausgehen, dass Joshua sich von dem Schlag auf den Kopf erholt hatte und ins Dorf geritten war. Clay fand einen alten Sattel und legte ihn Pegeen auf. Einen Moment später galoppierte er die Auffahrt hinunter und bog auf die Hauptstraße ein.

In Drumore herrschte eine unheimliche Stille. Eine alte Frau überquerte eilig die Straße und warf Clay einen erschrockenen Blick über die Schulter zu, ehe sie die Tür hinter sich schloss und fest verriegelte.

Clay hielt vor Cohans Gasthaus, wo ihn eine vertraute Stimme anrief. Joshua kam aus dem Stall. Um den Kopf trug er einen notdürftigen Verband. »Bin ich froh, Sie zu sehen, Colonel.«

Clay grinste erleichtert. »Das war ein ziemlich hektischer Tag für uns beide. Wie geht's deinem Kopf?«

»Tut etwas weh, aber ich werd's überleben.«

»Du erzählst mir besser mal, was hier passiert ist. Wo stecken die Leute?«

»Sie sind alle nach Drumore House, Colonel. Kevin Rogan hat das ganze Dorf zusammengerufen und ihnen erzählt, wie Sir George Hamilton seinen Bruder kaltblütig in den Rücken geschossen hat.«

»Das stimmt allerdings. Ich hab's selbst gesehen. Wo ist der Junge jetzt?«

»Er ist gestorben, Colonel, kurz nachdem sein Vater ihn hergebracht hatte. Mr. Rogan ist mit ihm in der Kirche.«

»Aber wo ist Pater Costello?« fragte Clay. »Wo war er, als das alles passierte?«

»Es gab hier einen schlimmen Aufruhr«, erklärte Joshua. »Einige von Sir Georges Männern kamen und wollten den Leuten verbieten, ihre Häuser zu verlassen. Da ist man auf sie losgegangen und wollte sie von den Pferden zerren. Es sah ganz so aus, als habe man vor, sie zu lynchen. Pater Costello konnte es gerade noch verhindern. Er hat drei der Männer in sein Haus mitgenommen, die anderen machten sich aus dem Staub.«

Clay überlegte einen Moment. »Ich reite zur Kirche. Warte auf mich bei Pater Costello.«

Er trabte die schlammige Straße hinunter zu der kleinen Kirche. Zwischen den alten, moosbedeckten Grabsteinen hindurch ging er auf die großen Eichentüren zu, von denen eine ein wenig offen stand. Er nahm seinen Hut ab und trat ein.

Eine friedliche Stille umfing ihn, und plötzlich fühlte er sich unendlich müde und kraftlos. Es war dämmrig in der Kirche, nur am Altar flackerten einige Kerzen, und das Bild der Muttergottes schien, umhüllt von sanftem Licht, in der Dunkelheit zu schweben.

Der schwere Duft des Weihrauchs machte Clay benommen. Er streckte eine Hand aus und spürte in der Dunkelheit eine kalte Säule. Die Berührung brachte ihn in die Realität zurück. Mit leise klirrenden Sporen ging er langsam den steinernen Mittelgang entlang auf Shaun Rogan zu, der betend neben dem offenen Sarg kniete.

Man hatte den Jungen in den Kleidern, die er getragen

hatte, in den Sarg gelegt und ihm die Hände über der Brust gefaltet. Sein bleiches Gesicht wirkte fast noch kindlich, und es war ihm nicht anzusehen, auf welch gewaltsame Weise er ums Leben gekommen war.

Clay legte Shaun Rogan sanft eine Hand auf die Schulter, der zu ihm aufschaute. Seit ihrer letzten Begegnung schien er unendlich gealtert. Seine Gesichtszüge wirkten schlaff, und seine blauen Augen blickten gequält. Mühsam stand er auf. Mit gebeugten Schultern schlurfte er zur Tür.

Der Himmel war dunkler geworden, und in der Ferne grollte Donner. Shaun Rogan setzte sich den Hut auf und sagte mit tonloser Stimme: »Ich bin froh, dass Sie es geschafft haben, ihnen zu entwischen, Colonel. Sie werden Hilfe brauchen, das Land zu verlassen.«

»Wie ich höre, plant Kevin einen Angriff auf Drumore House«, sagte Clay. »Sie müssen alles tun, um das zu verhindern. Wenn wir uns beeilen, kommen wir noch rechtzeitig.«

Shaun Rogan starrte ihn ungläubig an. »Einer meiner Söhne liegt dort drinnen, kaltblütig ermordet, wie alle Welt sehen kann, und Sie wollen, dass ich seinen Mörder beschütze?«

»Sir George hat heute Morgen einen Boten nach Galway geschickt und darum gebeten, dass die Kavallerie ausrückt. Ich fürchte, es wird böse enden, wenn wir die Dörfler nicht überreden, wieder nach Hause zurückzukehren.«

Shaun Rogan hinkte müde zu seinem Einspänner und kletterte auf den Sitz. Er war nur noch der Schatten des Mannes, den Clay gekannt hatte. »Ich habe Ihnen schon einmal gesagt, dass es gefährlich ist, den Teufel anzurufen, Colonel«, erklärte er mit harter Stimme. »Heute wird George Hamilton erleben, dass die Bezahlung fällig ist. Ich hoffe, er schmort bis in alle Ewigkeit in der Hölle. Jetzt müssen Sie mich entschuldigen. Meine Frau wartet daheim auf Nachrichten von unserem Sohn.«

Bedrückt schaute Clay ihm hinterher, dann schwang er sich in den Sattel und galoppierte zu Pater Costellos Haus.

Der Priester erwartete ihn bereits an der Tür. »Ein trauriger Tag für Drumore, Colonel«, seufzte er. »Gewalt erzeugt stets Gewalt, genau wie Sie mir in der Schenke in Kileen gesagt haben.«

»Sie hatten mich also doch erkannt?«

Der alte Priester nickte. »Ich weiß vieles, Colonel. Ein Gemeindepfarrer sieht mehr, als die Leute denken. Haben Sie mit Shaun Rogan gesprochen?«

Clay zuckte die Schultern. »Leider Zeitverschwendung. Er weigert sich, seinen Einfluss zu nutzen, um die Leute zur Vernunft zu bringen. Er ist jetzt nach Hause gefahren, um seiner Frau von dem Tod ihres Sohnes zu berichten.«

»Die Leute sind wirklich außer sich«, sagte Pater Costello. »So zornig habe ich sie nie zuvor erlebt. Als Shaun Rogan mit der Leiche seines Sohns ins Dorf kam, geriet alles in Aufruhr. Ich konnte nichts tun, um sie aufzuhalten. Mit knapper Not ist es mir gelungen, die drei armen Teufel zu retten, die sie schon von ihren Pferden gezerrt hatten.«

»Wo sind sie jetzt?«

»Zwei von ihnen sind vor knapp zehn Minuten verschwunden. Der andere hat eine Wunde am Kopf. Ihr Diener kümmert sich drinnen um ihn.«

»Das heißt, Sie könnten mit mir nach Drumore House kommen. Sir George hat in Galway Hilfe angefordert. Wenn die Kavallerie kommt und sieht, dass die Leute das Haus angreifen, wird man sie sofort rücksichtslos niedermetzeln.«

Das Gesicht des Priesters straffte sich. »Dann würde ich vorschlagen, Sie reiten voraus und tun, was Sie können. Ich komme so schnell wie möglich nach, Colonel. Glauben Sie mir, Sie verfügen über großen Einfluss, seit die Leute wissen, dass Sie Captain Swing waren.«

Er kehrte zurück ins Haus, und Clay gab seinem Pferd die Sporen. Der Himmel hatte sich inzwischen immer mehr verfinstert, und Wind war aufgekommen, der die letzten welken Blätter von den Bäumen fegte.

Noch ehe er Drumore House erreichte, hörte er bereits das Stimmengewirr der Menge, die sich vor dem Haupttor versammelt hatte. Clay stürmte über die Brücke.

Die Fenster des Pförtnerhauses waren zerschmettert worden, und die Tür baumelte nur noch in den Angeln. Einige Männer kamen herausgerannt, gleich darauf loderten Flammen auf, erfassten die Gardinen und breiteten sich rasch aus. Rauch quoll aus der Tür und den Fenstern, jemand lachte laut, und ein wüstes Hurrageschrei erhob sich.

Am Rand der Menge sah man einige jüngere Frauen aus dem Dorf, doch die überwiegende Mehrzahl waren Männer, die überraschend gut bewaffnet zu sein schienen. Sie umklammerten entschlossen ihre Gewehre und schauten mit leuchtenden Augen in die Flammen. Ein alter Mann, der sich auf seinen Stock stützte, kicherte hämisch, und neben ihm stand ein Junge, der vor Aufregung zitterte. Alle schien ein gefährlicher Wahnsinn erfasst zu haben.

Es ist immer das gleiche, dachte Clay bitter. Wenn Menschen sich zusammenschließen, um für ihre Rechte einzutreten, entscheidet oft nur die Redlichkeit des Anführers darüber, wie die Sache abläuft. Er drängte sein Pferd zu Kevin, der auf einem schwarzen Hengst saß und hinüber zum Haus schaute.

Als die Leute ihn erkannten, brach Jubel aus, und unzählige Hände streckten sich ihm entgegen. Kevin wandte sich um und drückte Clay fest die Hand. »Wie schön, Sie zu sehen, Colonel. Sie haben es also geschafft, diesen Teufeln dort drinnen zu entkommen?«

Clay nickte kurz. »Sie müssen hier weg. Sehen Sie schleunigst zu, dass die Leute wieder nach Hause gehen. Hamilton hat heute Morgen einen Boten nach Galway mit der Bitte um Hilfe geschickt, und es ist anzunehmen, dass die Kavallerie ausrückt.«

Kevin lachte schroff. »Halten Sie uns etwa für alte Weiber, Colonel? Schauen Sie sich doch mal um. Wir sind gut bewaffnet. Zwanzig der neuesten Karabiner, direkt aus New York, dazu Schrotflinten und Gewehre. Das ist kein Bauernpack, das sich mit Sensen und Mistgabeln zusammenrottet. Das Pförtnerhaus ist bloß der Anfang. Wir haben vor, George Hamilton an einem seiner eigenen Bäume aufzuknüpfen. Wenn wir ihn nicht in die Finger kriegen, mag er drinnen im Haus rösten.«

Er wandte sich um und gab einem seiner Leute den knappen Befehl, mit dreißig Männern hinters Haus zu gehen. Sie eilten an der Grundstücksmauer entlang und verschwanden. »Aber Joanna ist noch im Haus«, sagte Clay verzweifelt. »Wir müssen sie rausholen, ehe die Schießerei anfängt.«

Kevin zuckte die Schultern. »Tut mir Leid, jetzt ist es zu spät.«

»Nicht, wenn ich es verhindern kann!« Rücksichtslos bahnte Clay sich einen Weg durch die Menge, die zur Seite wich, und galoppierte die Auffahrt hinauf.

Aus einem Fenster gab jemand einige Schüsse auf ihn ab, und er duckte sich tief in den Sattel, bis er die Eingangstür erreichte. Burke öffnete mit dem Dragoon Colt in der Hand.

»Sie haben also beschlossen, zu uns zurückzukommen, Colonel?« fragte er ruhig.

Clay stieg die Treppe hinauf. »Dennis Rogan ist tot, und da hinten stehen über hundert wütende Männer, die vorhaben, Sie auszuräuchern. Ich bin gekommen, um Miss Hamilton zu holen. Lassen Sie sie frei, ehe ihr etwas geschieht - das ist das mindeste, was Sie tun können.«

Ein seltsames Lächeln erschien auf Burkes Gesicht. »Sie überraschen mich immer wieder, Colonel Fitzgerald. Offen gesagt, ich frage mich allmählich, wie Sie eigentlich den Krieg überlebt haben.« Er spannte den Hahn des Colts und richtete den Lauf direkt auf Clays Herz. »Wären Sie so freundlich, mit hineinzukommen?«

Einer der Männer verschloss hinter ihnen die Tür und zwei andere verbarrikadierten sie mit einer schweren Kommode.

»Das wird sie nicht lange aufhalten«, meinte Clay.

»Braucht es auch nicht«, entgegnete Burke. »Wir erwarten bald Hilfe. Dann wird diesem Pöbel das Lachen schon vergehen.«

Er deutete zur Treppe. Clay ging voraus, gefolgt von Burke und einem der Männer. Vor dem kleinen Zimmer im dritten Stock, in dem Clay und Dennis Rogan gefangen gehalten worden waren, blieben sie stehen. Burke schloss die Tür auf und schob ihn hinein.

Joanna stand am Fenster und wandte sich zu ihnen um. Enttäuscht sah sie ihn an, doch Clay lächelte zuversichtlich und nahm ihre Hände. »Es gibt keinen Grund, sich Sorgen zu machen.«

»Ich fürchte, da irren Sie sich, Colonel«, sagte Burke. »Ich habe nicht die gerinste Absicht, Miss Hamilton gehen zu lassen, und Sie werden mir auch nicht noch mal durch die Finger schlüpfen.« Er deutete zum Fenster. »Von hier aus dürften Sie einen hervorragenden Blick haben, aber mehr würde ich mir an Ihrer Stelle nicht erhoffen. Ich lasse draußen einen Wächter stehen, deshalb sparen Sie sich irgendwelche Dummheiten.« Die Tür schloss sich hinter ihm.

Clay hielt Joanna dicht an sich gedrückt, während er überlegte. Nicht einen Moment lang hatte er geglaubt, dass Burke sie gehen lassen würde, aber wenigstens waren sie wieder zusammen. Jetzt musste er nur noch eine Möglichkeit finden, aus dieser Falle zu entkommen.

Sie gingen hinüber ans Fenster und schauten durch die Gitterstäbe hinaus. Die Dörfler drängten zum Haupttor herein, wobei sie ein halbes Dutzend Karren als Schutzschilde vor sich herschoben. Kevin Rogan und einige andere, die zu Pferd waren, ritten hinter ihnen her und drängten sie mit aufmunternden Rufen voran.

Clay hatte beinahe den Eindruck, irgendeinem Kinderspiel zuzuschauen, so weit weg und so unwirklich schien alles, was dort unten geschah. Aus dem Haus begann man zu schießen, die Dorfbewohner erwiderten das Feuer, und der eigentümlich beissende Geruch nach verbranntem Pulver, der mit dem Wind zu ihnen hinaufstieg, brachte für Clay unzählige Erinnerungen an vergangene Schlachten mit sich.

Ein Mann fiel schreiend zu Boden, dann wurde ein zweiter getroffen. Jetzt fängt es an, dachte Clay grimmig, jetzt erleben sie die harte Wirklichkeit mit Gewalt, Schmerz und Blut.

Joanna stöhnte leise und grub ihre Finger in seinen Arm. »O Clay, das ist so sinnlos, so schrecklich sinnlos. Sie werden doch gar nichts erreichen.«

»Da bin ich nicht so sicher«, erwiderte er mit ernster Stimme. »Was bleibt diesen Menschen sonst schon übrig? Jahr für Jahr haben sie es hingenommen, dass man sie brutal erniedrigte und misshandelte, aber irgendwann kommt einmal die Zeit, wo ein Mann aufstehen und kämpfen muss. Sein letzter und größter Protest gegen jeden Tyrannen ist es, in offener Herausforderung sein eigenes Leben einzusetzen, und das kann niemals vergeblich sein. Eines Tages wird es etwas bewirken; eines Tages werden all die Toten und die kleinen Revolten, die es im Verlauf von Jahren gegeben hat, einen Sinn haben. Vielleicht sind dann die Ziele, für die sie gestorben sind, in erreichbare Nähe gerückt.«

»Ich habe dich noch nie so reden hören«, sagte Joanna verwirrt.

»Vielleicht habe ich auch noch nie so empfunden. Mich bedrückt vor allem, dass bald das Militär kommen wird und dass letzten Endes, was immer passiert, diese Menschen die Leidtragenden sein werden – nicht Burke oder dein Onkel.«

Sie packte seinen Arm, als das Geschrei und das Jammern der Verwundeten immer lauter wurde. Clay beugte sich, soweit es die Gitterstäbe zuließen, nach draußen. »Sie haben das Haus in Brand gesteckt.«

»Bist du sicher?«

Wie zur Antwort trieb eine große dunkle Rauchwolke am Fenster vorbei. Clay rannte zur Tür und hämmerte dagegen. »Um Himmels willen, lasst uns raus! Das Haus steht in Brand.«

»Ich..ich habe keinen Schlüssel«, antwortete der Wächter unsicher. »Den hat Mr. Burke.«

»Dann laufen Sie los und holen Sie ihn!«

»Aber er hat mir befohlen, hierzubleiben«, erwiderte der Wächter mit schreckerfüllter Stimme. Plötzlich schrie er erstickt auf, und Clay hörte ihn den Korridor entlanglaufen.

12

Glas klirrte, und die Menge vor dem Haus johlte. Immer dichter wurde der Rauch, der durch die Gitterstäbe ins Zimmer trieb, und Clay erfasste allmählich Panik. Joanna schob sich eine Haarsträhne aus der Stirn und fragte ruhig: »Was passiert jetzt, Clay? Glaubst du, der Wächter kommt zurück?«

»Bestimmt nicht«, erwiderte er kopfschüttelnd. »So wie er klang, war er außer sich vor Angst.«

Er packte einen schweren Holzstuhl und schlug damit gegen die Tür, obwohl er die Zähne zusammenbeißen musste, da die Schmerzen in seinem verletzten Arm kaum auszuhalten waren. Wieder und wieder schlug er zu, bis der Stuhl in seinen Händen zersplitterte. Mit einem heftigen Fluch schleuderte er die Bruchstücke zu Boden.

Verzweifelt schaute er sich im Zimmer um, aber es gab nichts, gar nichts, womit er die Tür aufbrechen konnte. Joanna deutete auf das Bett. »Wie wäre es damit? Ich könnte dir helfen.«

Clay riss Decke und Matratze herunter und untersuchte das schmale Bett, dessen Rahmen aus massivem Eisen und ziemlich schwer war. Er kippte es auf die Seite und packte an einem Ende an, Joanna ergriff das andere, und gemeinsam schwangen sie es gegen die Tür.

Nach wenigen Schlägen begann das Holz zu splittern, dann zeigte sich in der Mitte ein Riss, und obwohl das Schloss standhielt, gaben die Bretter schließlich nach. Trotz der Schmerzen in seinem Arm zerrte Clay an den Brettern, bis die Lücke groß genug war, dass sie sich durchzwängen konnten.

Rauch trieb den Korridor entlang. Er nahm Joannas Hand und rannte zur Dienstbotentreppe, doch im zweiten

Stock schlug ihnen schon die Hitze entgegen, und Flammen züngelten an dem trockenen Holz.

Verzweifelt wandte Clay sich wieder um. Dem Geruch des Rauchs nach zu urteilen war das Feuer im Lagerraum des Lampenöls gelegt worden und breitete sich jetzt rasch durch das morsche Gerippe dieses uralten Hauses aus.

Hustend lehnte er sich gegen die Wand. Der Rauch machte ihnen allmählich das Atmen immer schwerer. Joanna klammerte sich zitternd an ihn. Angst und Entsetzen standen in ihren Augen. Clay erinnerte sich, dass sie als kleines Mädchen in Lucknow schon einmal eine solche Hölle durchlebt hatte und offenbar jetzt daran denken musste. Er drückte sie fest an sich. »Geht es noch?«

Joanna erwachte aus ihren Erinnerungen und holte tief Atem. »Ja«, nickte sie entschlossen, »mach dir keine Sorgen um mich. Aber was sollen wir nur anfangen? Das Holz dieses Hauses ist dreihundert Jahre alt. Es wird brennen wie Zunder.«

»Gibt es noch eine andere Treppe?«

Sie schüttelte den Kopf. »Nur die Haupttreppe hinunter in die Eingangshalle.«

Clay blieb keine Zeit zum Nachdenken. Ein Schwall heißer Luft fegte durch den Gang und trieb sie weiter. Er hatte keine Ahnung, was unten an der Eingangstür vor sich ging, aber sie hatten wohl keine andere Wahl, da es der einzige Weg aus dem Haus zu sein schien.

Der Boden unter ihren Füßen war warm, und Rauch drang durch den Teppich, der bereits zu schwelen begann. Wenige Meter vor ihnen hob sich ein Brett, und Flammen züngelten durch das Loch. Anscheinend hatte bereits das gesamte Erdgeschoss Feuer gefangen. Schützend hielt er einen Arm vor sein Gesicht, um die Hitze abzuschirmen, und taumelte mit Joanna weiter.

Durch das Knistern der Flammen hörte man Schüsse und wildes Stimmengewirr, und als sie über zwei Stufen in einen tieferliegenden Teil des Korridors kamen, stolperte aus dem Rauch eine Gestalt auf sie zu.

Es war Burke, der eine Wunde unter dem linken Auge hatte, aus der ein dünnes Rinnsal Blut über sein rußgeschwärztes Gesicht floss. »Hier kommen Sie nicht raus, Sie Hund!« rief Clay und schob Joanna zur Seite.

Burke hob den Dragoon Colt, doch Clay schlug ihm die Waffe aus der Hand und trat rasch dagegen, sodass sie durch den Korridor schlitterte. Auge in Auge standen sie sich gegenüber.

Clay vergaß den Schmerz in seinem Arm und alles andere um sich herum; ihn beherrschte nur noch das Verlangen, diesen Mann zu besiegen. Verbissen miteinander kämpfend wälzten sie sich über den Boden, ohne auf die Flammen zu achten, die stellenweise durch die Bretter züngelten.

Dann gelang es Burke, sich loszureißen und aufzuspringen. Ehe Clay sich hochrappeln konnte, versetzte der Verwalter ihm einen Tritt gegen die Brust, dass ihm der Atem wegblieb und er zurückfiel. In seinem Rücken spürte er einen harten Gegenstand und tastete hastig danach. Burke hob den Fuß, um ihn mit voller Wucht ins Gesicht zu treten, doch Clay hatte inzwischen den Colt gepackt, spannte den Hahn und feuerte.

Burke wurde gegen die Wand geworfen. Ein seltsamer Ausdruck erschien auf seinem Gesicht, eine Mischung aus Schmerz und Verbitterung darüber, dass das Schicksal ihn betrogen hatte. Blut quoll aus seinem Mund. Er presste die Hände über die Wunde, als wolle er das Leben festhalten, das ihm entwich. Langsam sackte er in die Knie und fiel auf den Rücken.

Clay versuchte sich aufzusetzen. Joanna kam zu ihm gerannt. Ihr Haar war zerzaust und ihr Gesicht rauchgeschwärzt. »Steh auf!« schrie sie. »Wir haben keinen Moment zu verlieren.«

Clay schob den Dragoon in seine Tasche und folgte ihr.

Als sie die Treppe erreichten, lichtete sich der Rauch, doch an den Stufen züngelten bereits die Flammen. Unten in der Halle sah er vier von Burkes Schlägern, die aus den Seitenfenstern auf die Menge draußen schossen.

Einer von ihnen begann die Möbelstücke wegzuziehen, mit der die Tür verbarrikadiert war. »Wir verbrennen bei lebendigem Leib, wenn wir noch länger hier bleiben!« schrie er.

Im gleichen Moment fing der Teppich auf der Treppe Feuer. Joanna schrie entsetzt auf und eilte hastig nach unten. Die Männer drehten sich zu ihnen um, und Clay hob den Colt. »Macht die Tür auf, ehe wir alle geröstet werden! Los, vorwärts, ich sorge schon dafür, dass euch niemand was tut.«

Einer nach dem anderen senkte die Waffe und packte mit an. Schließlich öffneten sie die Tür. »Stellt das Feuer ein!« rief Clay. »Wir kommen raus!«

Kevin Rogan hatte hinter einer Karre Deckung gesucht und gab ihnen ein Zeichen, dass er verstanden hatte. Clay und Joanna stolperten ins Freie und atmeten erleichtert die frische Luft ein. Mit erhobenen Händen folgten ihnen die vier Männer.

Kevin kam die Treppe herauf. »Ich habe diese Männer zum Aufgeben überredet und versprochen, dass ihnen nichts geschieht«, sagte Clay. »Ich will, dass Sie mir das zusichern.«

»Was interessieren mich diese Schweine«, erwiderte Kevin abfällig. »Ich bin hinter den dicken Fischen her.«

»Burke ist tot. Ich habe ihn selbst umgebracht.«

»Und Hamilton? Sagen Sie mir nicht, dass er ebenfalls tot ist.«

Erst jetzt fiel Clay ein, dass Sir George noch immer in seinem Schlafzimmer sein musste. Er wandte sich um und lief zurück in die Eingangshalle. Kevin folgte ihm. »Wo ist er?«

»Im ersten Stock. Er hatte einen Anfall, und Burke ließ ihn in sein Zimmer bringen.«

Obwohl die Treppe und der Treppenabsatz in Flammen standen, wollte Kevin darauf zulaufen. »Machen Sie keinen Blödsinn!« Clay packte seinen Arm. »Sie kommen dort doch nicht mehr durch.«

Kevin drehte sich um, in seinen Augen funkelte der blanke Wahnsinn. »Ich folge ihm notfalls sogar bis in die Hölle!« Er riss sich los und stürmte zur Treppe.

Clay taumelte zurück, da die Hitze kaum mehr erträglich war, und schaute hinauf zum Treppenabsatz. Als Kevin Rogan die oberste Stufe erreichte, erschien Sir George Hamilton im Korridor. Sein Gesicht war bleich, seine Augen glichen dunklen Höhlen, aber es lag keine Angst darin, nicht die geringste Angst.

Kevin stieß einen Schrei aus, den man trotz des Prasselns der Flammen hören konnte, und lief auf ihn zu. Als er noch knapp zwei Meter entfernt war, hob Sir George die linke Hand, in der er eine Pistole hielt, und schoss. Kevin torkelte zurück, griff nach dem brennenden Geländer, um sich zu fangen, und sprang mit einem Satz auf ihn zu.

Er entriss ihm die Pistole und drückte ihm mit einer Hand erbarmungslos die Kehle zu. Mit der anderen packte er seinen Gürtel, hob ihn hoch und warf ihn über die Balustrade. Plötzlich schien der Boden unter ihm nachzugeben. Haltsuchend umklammerte Kevin das Geländer, doch der Korridor brach in sich zusammen, und er verschwand in einem Flammenkessel.

Clay machte zögerlich einen Schritt vorwärts. ... In diesem Moment begann die ganze Decke einzustürzen. Er sprang zurück zur Tür und taumelte hinaus in die frische Luft. Die gesamte Halle war ein einziges Inferno.

Während er die Treppe hinunterlief, riss er seinen schwelenden Mantel herunter. Joshua drängte sich durch die Menge. »Alles in Ordnung, Colonel?«

Clay nickte. Jemand packte ihn am Arm, und er schaute in das bleiche Gesicht von Cathal Rogan. »Was ist mit Kevin?« fragte er mit bebender Stimme.

Clay versuchte zu sprechen, aber irgendwie konnte er kein Wort herausbringen. Es spielte eigentlich auch keine Rolle, denn das, was er sagen wollte, war ihm deutlich vom Gesicht abzulesen. Cathal Rogan wandte sich ab und ging mit schleppenden Schritten zu Marteen. Clay sah, wie sie einige Worte miteinander wechselten und wie der jüngere den Kopf senkte; dann bestiegen beide ihre Pferde und ritten durch den Obstgarten hinaus zum Moor.

Joanna saß bei Pater Costello in dessen Einspänner. Sie sah mitgenommen und erschöpft aus; ihr Kleid war teilweise zerfetzt, da sie den schwelenden Stoff einfach weggerissen hatte. »Ist mein Onkel tot?« fragte sie ruhig.

Clay nickte. »Kevin Rogan auch. Ein böser Tag.«

»Wahrhaftig, Colonel«, seufzte Pater Costello. »Und ich denke, es wird lange dauern, ehe alles wirklich vorbei ist.« Er griff nach den Zügeln. »Ich bringe Miss Hamilton erst mal zu mir nach Hause. Was haben Sie vor, Colonel? Am ratsamsten wäre es, eine Kabine auf dem ersten verfügbaren Schiff zu buchen.«

Clay nickte. »Ja, ich muss das Land wohl sobald wie möglich verlassen. Es ist sicher nur eine Frage der Zeit, bis die Behörden mir auf der Spur sind. Aber zunächst will ich versuchen, die Leute zu überreden, nach Hause zu gehen. Mein Diener soll mit Ihnen fahren und sich um Miss Hamilton kümmern.«

Joshua kletterte in den Einspänner. »Ich würde an Ihrer Stelle nicht mehr allzu lange bleiben, Colonel«, sagte er. »Hier wird's wahrscheinlich bald sehr ungesund.«

»Keine Sorge«, versicherte Clay. »Ich passe schon auf mich auf. Wir sehen uns in einer halben Stunde.« Pater Costello gab dem Pony einen Hieb mit den Zügeln, fuhr die Auffahrt hinunter und bog durch die Tore auf die Hauptstraße.

Die Menge war still geworden, als immer höhere Flammen aus den Fenstern loderten. Die Erregung und Anspannung schien verflogen, und Clay sah auf vielen Gesichtern

Zweifel und Unbehagen, als ob sie allmählich das Ausmaß ihrer Tat erkennen und die Konsequenzen ahnen würden.

Hier und da schlichen bereits einige davon, andere halfen verwundeten Freunden. Clay stieg auf einen der Karren und hob die Hand. Alle wandten sich ihm zu, und merkwürdiges Schweigen trat ein.

Er wischte sich den Schweiß von der Stirn und sagte mit ruhiger, gut hörbarer Stimme: »So oder so, es ist zu Ende. Sir George hat heute Morgen einen Boten nach Galway geschickt und die Behörden um Hilfe gebeten. Am besten geht ihr nach Hause, bevor das Militär anrückt.«

Fast sofort begannen die Leute davonzueilen. Clay hob seine schwelende Jacke auf, zog den Colt aus der Tasche und überprüfte ihn. In der Trommel waren noch drei Kugeln. Er steckte die Waffe in seinen Hosenbund und machte sich daran, einige der Leichen zu untersuchen, die auf dem Rasen vor dem Haus lagen. Während er noch damit beschäftigt war, stürmte eine Kavallerieschwadron durch das Haupttor.

Erschrocken verharrte die Menge, die sich gerade zerstreuen wollte, und nur das Prasseln des plötzlich einsetzenden Regens durchbrach die drückende Stille.

Dann rief ein Offizier ein Kommando, die Soldaten zückten mit einer Präzision wie auf dem Exerzierplatz ihre Säbel, und ein Horn erklang. Langsam rückte die Schwadron näher.

Die Menschen erwachten aus ihrer Erstarrung. Manche rannten hastig zurück zum Haus, andere in Richtung Grundstücksmauer, da sie wussten, dass eine Flucht in den Wald ihre einzige Chance war, den Soldaten zu entkommen.

Clay lief am Haus entlang zu den Ställen, und er hatte tatsächlich Glück. Pegeen fand er zwar nicht, aber an einen Zaun waren mehrere gesattelte Pferde gebunden. Offensichtlich hatte man die Tiere für den Fall weggebracht, dass die Ställe mit dem Rest des Hauses Feuer fingen.

Clay band einen schwarzen Hengst los und schwang sich in den Sattel. Hinter ihm erklang Hufgetrappel, und ein Offizier kam mit gezücktem Säbel um die Ecke des Hauses. Er riss den Arm hoch, um zu schließen, doch dann ließ er mit verblüffter Miene die Waffe sinken.

Es war Vale, der junge Captain, den Clay bei Sir George getroffen hatte. Clay drängte sein Pferd auf ihn zu und schlug ihm mit dem Lauf des Colts auf den Schwertarm, dass er vor Schmerz aufschrie. Clay entriss ihm den Säbel. »Tut mir leid, Vale, kann jetzt nichts erklären.«

Er steckte den Colt in den Gürtel und trieb den Hengst weiter zum Obstgarten. Einige Meter von ihm entfernt rannte ein Mann zwischen den Bäumen hindurch und krallte seine Finger in den Boden, als er auf dem nassen Gras ausrutschte. Ein Soldat preschte hinter ihm her. Clay riss den Hengst herum und ritt auf ihn zu. Er erhaschte einen Blick auf das erschrockene Gesicht unter dem Tschako, ehe er ihm den Griff des Säbels gegen die Stirn rammte und ihn aus dem Sattel warf.

Der Mann, den er verfolgt hatte, packte die Zügel des reiterlosen Pferdes und schwang sich auf dessen Rücken. Clay war inzwischen an den letzten Apfelbäumen vorbeigeritten und erreichte die Lücke in der Mauer, die den Obstgarten umgab. In diesem Moment galoppierte von links ein Soldat auf ihn zu.

Wie oft hab ich das in den langen bitteren Jahren schon gemacht, dachte Clay. Mit gezücktem Säbel schaute er dem noch blutjungen Lieutenant entgegen, dessen Oberlippe ein dünner Schnurrbart zierte und dem förmlich anzusehen war, dass er von einer solchen Gelegenheit zu einer Heldentat immer geträumt hatte.

Clay empfand Mitleid mit ihm, deshalb wich er dem Hieb aus, mit dem er, wie jeder unerfahre Anfänger, auf seinen Kopf gezielt hatte, und schlug ihm die Waffe aus der Hand, ehe er mit Schwung zu einem Gegenhieb von tödlicher Gewalt ausholte. Im letzten Moment drehte er sein Handgelenk aber, so dass er nur mit der flachen Klinge die Schulter des jungen Soldaten traf und ihn aus dem Sattel warf.

Clay schleuderte den Säbel weg und trieb den Hengst hinauf zum Moor. Der Regen wurde immer stärker, während er den Pfad nach Claremont entlanggaloppierte.

Was immer auch geschehen mochte, es war jedenfalls unmöglich für ihn, ins Dorf zurückzukehren. Es gab nur einen Platz, wo er Zuflucht finden konnte, und zwar bei den Rogans. Zuerst musste er sich jedoch mit Kleidung und Geld versorgen.

Wie er es erwartet hatte, war in Claremont noch alles ruhig, als er in den Hof ritt. Es würde einige Zeit dauern, bis Vale und seine Soldaten ihn hier suchen kamen.

In seinem zweiten Paar Reitstiefel hatte er hundert Sovereigns in Gold versteckt. Er hoffte inbrünstig, dass Burkes Männer sie nicht entdeckt hatten und eilte ins Schlafzimmer. Zum Glück lagen die Stiefel immer noch unten im Koffer, und als er sie umdrehte, fiel eine Lederbörse zu Boden.

Clay griff nach dem ersten Mantel, der ihm in die Finger kam, streifte ihn über, setzte einen Hut auf und lief rasch die Treppe hinunter. Er merkte, dass er sich wieder schwindlig fühlte, und sein verletzter Arm schmerzte teuflisch. Im Küchenschrank fand er eine Flasche Brandy und nahm einen großen Schluck. Der Alkohol brannte in seiner Kehle, aber dann durchströmte ihn eine angenehme Wärme, und er fühlte sich ein wenig besser.

Er bestieg wieder den Hengst, ritt aus dem Hof, hinauf zum Moor, wo er für einen Moment das Pferd zügelte.

In der Ferne sah er eine schwarze Rauchsäule, die über Drumore House hing, aber das berührte ihn nicht weiter. Doch dann schaute er hinab auf Claremont und empfand tatsächlich so etwas wie Wehmut, als ihm klar wurde, dass er es vermutlich zum letzten Mal sah. Abrupt wendete er den Hengst und galoppierte weiter zum Hidden Valley.

13

Diesmal stand kein Wachposten zwischen den Buchen am Eingang des Tals. Clay ritt den steilen Abhang hinunter zur Farm und galoppierte an der Koppel vorbei.

Der heftige Regen war wie ein grauer Vorhang, der ihm fast die Sicht nahm. Als er sein Pferd vor dem Haus zügelte, erschien Cathal mit einem Karabiner bewaffnet in der Tür.

Sichtlich erleichtert senkte er die Waffe. »Gott sei gelobt, Colonel, Sie sind's. Einen Moment lang war ich mir nicht sicher. Wir sind alle so nervös wie aufgescheuchte Karnickel.«

»Ihr habt auch guten Grund dazu«, erwiderte Clay grimmig und stieg ab. »Kurz nachdem Sie und Marteen weg waren, ist die Kavallerie gekommen. Ich bin gerade noch um Haaresbreite entwischt.«

Cathal nickte ernst. »Wir haben im Moor die Schüsse gehört und dachten uns schon, was passiert ist.« Er griff nach dem Zügel und brachte Clays Pferd zum Stall. »Lassen Sie ihn besser gesattelt, Colonel. Wer weiß, wie schnell wir hier weg müssen.«

Clay führte den Hengst in eine Box neben zwei andere gesattelte Pferde, versorgte ihn mit Heu und folgte Cathal hinüber zum Haus.

Im Flur vernahm er das herzzerreißende Weinen einer Frau, die die Totenklage hielt. Cathal blieb an der Küchentür stehen. »Das ist meine Mutter, Colonel. Vater hat es sich anders überlegt und Dennis nicht in der Kirche von Drumore gelassen, sondern mit heimgebracht.«

»Haben Sie ihnen von Kevin erzählt?«

Cathal nickte traurig. »Es war das beste, es ihnen gleich zu sagen, Colonel, wo sie sowieso schon das Leid getroffen hatte.« Er öffnete die Tür.

Zu beiden Seiten des Sargs, der auf dem Tisch stand, brannten Kerzen in Messinghaltern. Mrs. Rogan hatte einen Schal um den Kopf gewunden und ließ schluchzend die Perlen eines Rosenkranzes durch ihre Finger gleiten.

Shaun Rogan kauerte in seinem Sessel am Feuer und starrte dumpf in die Flammen. Der Jagdhund, der zu seinen Füßen lag, öffnete die Augen und knurrte Clay drohend an.

Shaun Rogan wandte den Kopf. Sein Gesicht wirkte unglaublich abgezehrt, und in seinen Augen schimmerten Tränen. Er deutete auf einen Stuhl. »Setzen Sie sich, Colonel«, sagte er mit müder Stimme. »Es ist gut, in dieser Zeit des Leids einen Freund zu sehen.«

Cathal brachte eine Flasche Whiskey und zwei Gläser, und der alte Mann trank Clay schweigend zu, wie es Sitte war. Clay leerte sein Glas. »Es hilft Ihnen sicher nichts, wenn ich das sage…, aber ich fühle mit Ihnen.«

»Ich weiß, Sie sind unser Freund«, nickte Shaun Rogan. »Sie waren von Anfang an einer von uns. Ist mein Sohn gut gestorben dort oben am Haus?«

»Er hat Sir George Hamilton mit sich genommen.«

»Und das Haus selbst?«

»Nur noch Schutt und Asche.«

Mrs. Rogan stöhnte leise, und Shaun starrte brütend ins Feuer. »Ein armseliger Tausch gegen zwei Söhne, Colonel«, seufzte er niedergedrückt. »Ein armseliger Tausch. Sie hatten von Anfang an Recht.«

Clay wusste nicht, was er darauf erwidern sollte, aber es war auch nicht nötig, etwas zu sagen. Der alte Mann mochte zwar äußerlich gebrochen wirken, doch seine innere Stärke hatte er nicht verloren. »Wir werden euren Bruder gleich begraben«, sagte er zu seinen beiden Söhnen, »und zwar hier, wo er gelebt hat. Später kann Pater Costello den Boden segnen.«

»Wir schaufeln das Grab an der unteren Mauer im

Obstgarten«, meinte Cathal. »Dort ist der Boden weich. Es wird nicht lange dauern.«

Behutsam half er seiner Mutter aufzustehen, während Marteen den Deckel des Sargs schloss, den sie anschließend hinaustrugen. Kurz drauf hörte man Hammerschläge, als sie ihn zunagelten.

Rogan schenkte sich mit ruhiger Hand noch einen Whiskey ein. »Und was ist mit Ihnen, Colonel? Haben Sie irgendwelche Pläne, was Sie jetzt anfangen wollen?«

»Nein, aber ich muss mir was einfallen lassen«, erwiderte Clay. »Gleich nachdem Ihre Jungs weg sind, um Ihnen die Nachricht von Kevins Tod zu überbringen, ist die Kavallerie gekommen. Ich hatte Glück, dass ich noch entwischt bin. Inzwischen hat es sich herumgesprochen, dass ich Captain Swing war, und mehrere von Hamiltons Männern haben den Brand des Hauses überlebt. Sie werden natürlich berichten, welche Rolle ich gespielt habe. Außerdem habe ich Burke getötet.«

Rogan nickte langsam. »Der Prozess gegen Sie wäre eine bloße Formalität, Colonel. Eine bloße Formalität. Es ist gut, dass Sie direkt zu uns gekommen sind.«

»Sie meinen, Sie können mir helfen?«

Rogan nickte. »Vor allem brauchen Sie ein Schiff, das Sie schleunigst hier wegbringt. Es gibt einen französischen Schoner, der Waren nach Galway liefert. Wir stehen mit den Leuten in Verbindung, da wir ihn regelmäßig brauchen. Leider Gottes ist es in Irland eine ganz alltägliche Sache, dass anständige Männer bei Nacht und Nebel verschwinden müssen.«

»Wie lange brauchen Sie, um die Sache zu arrangieren?«

»Sie können noch heute Nacht weg«, entgegnete Rogan. »Aber dafür müssen Sie auch mir einen Gefallen tun. Nehmen Sie Cathal und Marteen mit nach Amerika. Gott weiß, in diesem Land, das mit jedem Jahr mehr und mehr stirbt, gibt es kaum eine Chance für sie.«

»Ich habe eine bessere Idee«, sagte Clay. »Warum kommen Sie nicht alle mit?«

Der alte Mann lächelte traurig. »Dafür sitzen meine Wurzeln viel zu tief. Ich würde auf anderem Boden oder in einem anderen Klima nur langsam dahinwelken.«

»Aber was ist mit dem Aufstand der Fenier, der für nächstes Jahr geplant ist?« fragte Clay. »Ihre Söhne sind Mitglieder der Bruderschaft. Sie werden doch sicher dabei sein wollen?«

»Die Jungs tun, was ich ihnen sage«, erwiderte Shaun Rogan. »Mir wird sehr viel leichter ums Herz sein, wenn ich weiß, dass sie in Sicherheit und in einem Land sind, wo alle Menschen gleich sind und wo sie es durch harte Arbeit zu etwas bringen können.«

»Sie glauben, der Aufstand wird fehlschlagen?«

»Das wird er«, nickte Rogan müde. »England hat die weitaus besseren Waffen, das haben Sie mir ja selbst damals gesagt.«

Clay seufzte. »Wenn Sie es wollen, soll es so sein. Ich nehme sie mit nach Kalifornien und sorge dafür, dass sie ihre Chancen bekommen, das verspreche ich.«

»Sie werden Geld für die Überfahrt brauchen.«

Clay schüttelte den Kopf. »Ich habe genug, um sicher nach New York zu kommen.«

Shaun Rogan stand langsam auf. »Dann will ich es ihnen gleich sagen.« Er blieb bei seiner Frau stehen, um ihr sanft über den gesenkten Kopf zu streichen, ehe er zur Tür ging.

Clay hörte ihn leise mit den Jungen reden, und nach einer Weile kam Marteen ins Zimmer. Seine Stiefel waren schlammig. Er half seiner Mutter aufzustehen und sagte ruhig: »Wenn Sie uns behilflich sein könnten, Colonel, wäre ich Ihnen dankbar.«

Clay folgte ihnen in den Flur. Er reichte Mrs. Rogan seinen Arm, die sich schwer auf ihn stützte, während Cathal und Marteen den Sarg hochhoben und mit ihrem Vater durch die Hintertür hinausgingen.

Sie überquerten den Hof und kamen in einen alten ummauerten Obstgarten. Das hohe Gras war regennass, und von den kahlen Ästen der Bäume fielen dicke Tropfen herab.

Shaun Rogan begutachtete das Grab, das sie in einem Blumenbeet an der efeuberankten Mauer ausgehoben hatten. »Es ist bloß anderthalb Meter tief, Vater«, sagte Cathal leise. »Wir hatten keine Zeit, es besser zu machen.«

Sein Vater nickte. »Hier kann er in Frieden ruhen, und keiner wird ihn stören.«

Marteen hatte zwei Seile dabei, mit deren Hilfe sie den Sarg in die Erde senkten. Anschließend sprach Shaun Rogan ein Gebet.

Clay sollte sich noch lange an diesen Moment erinnern – an die kalten Regentropfen, die ihm in den Nacken rieselten; die Spinnweben über einem offenen Tor in der Mauer; die zerbrochene Sichel, die halb im Laub vergraben zu seinen Füßen lag. Schließlich nahm Shaun Rogan eine Hand voll Erde und warf sie auf den Sarg, dann wandte er sich um und führte seine Frau zurück zum Haus.

Clay wartete, bis die Jungen das Grab zugeschaufelt hatten, und kehrte mit ihnen zurück. Cathal und Marteen besprachen mit leiser Stimme ihre Pläne. Der französische Schoner würde um neun Uhr eine halbe Meile vom Ufer entfernt anlegen und zwei Stunden bleiben. Ein viermaliges Laternensignal vom Strand aus war das Zeichen, damit ein Boot losgeschickt wurde.

Die Jungen blieben an der Hintertür stehen, um ihre Stiefel zu säubern, während Clay hineinging. Shaun Rogan saß mit einem Glas in der Hand am Feuer. »Sie entschuldigen meine Frau, Colonel, sie hat sich hingelegt.«

Clay setzte sich auf den Rand des Tischs. »Eines macht mir noch Sorgen«, sagte er. »Mein Diener ist in Drumore bei Miss Hamilton. Pater Costello hat sie vorerst bei sich aufgenommen. Ich überlege, ob ich nicht ins Dorf könnte, um die beiden zu treffen.«

Der alte Mann schüttelte den Kopf. »In Drumore wird es von Soldaten nur so wimmeln. Sie legen sich bloß selbst die Schlinge um den Hals, wenn Sie das riskieren.«

»Dann eine Botschaft?«

»Wer soll sie überbringen?« fragte Shaun. »Nur ein Narr würde sich heute aus dem Haus wagen. Jeder Mann wird an seinem Kamin sitzen und so tun, als habe er keine Ahnung davon, was in Drumore House passiert ist. Machen Sie sich keine Sorge, Colonel. Ich lasse das Mädchen später wissen, was mit Ihnen geschehen ist. Wenn sie Sie wirklich liebt, wird Sie Ihnen bis ans Ende der Welt folgen.«

»Vielleicht haben Sie Recht«, meinte Clay widerstrebend. »Wenigstens hat sie ja Joshua bei sich. Er wird auf sie aufpassen.«

»Natürlich habe ich Recht. Tot sind Sie ihr ja schließlich nicht von Nutzen, oder?«

Marteen und Cathal kamen herein. Sie waren bereits reisefertig angezogen und hatten ihre Hüte in der Hand.

Shaun Rogan nickte ihnen zu. »Ihr stört besser eure Mutter nicht. Sie hat genug für einen Tag hinter sich.« Marteen war den Tränen nahe, und sein Vater schaute ihn drohend an. »Wenn du vor dem Colonel anfängst zu plärren, verzeihe ich dir das nie. Jetzt los mit euch«, lächelte er, »und seid brave Jungs. Macht unserem Namen keine Schande und schreibt uns ab und zu.«

Beide schüttelten ihrem Vater die Hand, wobei Marteen mit aller Macht sein Schluchzen unterdrückte; dann eilten sie rasch aus dem Zimmer. Shaun Rogan stand auf. In seinen Augen schimmerten Tränen. »Passen Sie an meiner Stelle auf sie auf, Colonel.«

Clay drückte ihm die Hand. »Wir waren gute Nachbarn, Shaun Rogan, und ich bin froh, dass ich Sie kennen gelernt habe.«

Der Anflug eines Lächelns erschien auf dem Gesicht des alten Mannes. »Ja, Sie waren ein guter Freund, Colonel, das ist wahr.«

Er sank wieder in seinen Sessel, und Clay verließ das Haus. Die beiden Jungen hatten bereits die Pferde aus den Ställen geholt. »Wohin reiten wir von hier aus?« fragte Clay.

»Wir kennen ein Versteck, wo wir sicher sind, bis es Zeit zum Aufbruch ist, Colonel«, sagte Cathal. »Hier werden bestimmt bald die Soldaten auftauchen.«

»Und euer Vater?«

Cathal zuckte die Schultern. »Sie können ihn ja nicht für das verantwortlich machen, was seine Söhne getan haben.«

Sie ritten aus dem Tal hinauf ins Moor. Allmählich ließ der Regen nach. In der Ferne sah man immer noch den Rauch, der aus den Ruinen von Drumore House aufstieg, und als sie eine Weggabelung erreichten, zügelte Cathal sein Pferd. »Wer hätte gedacht, dass das Haus derart brennen würde.«

»Was ist mit Ihrem Diener passiert, Colonel, und mit Miss Hamilton?« fragte Marteen.

»Ich weiß es nicht genau. Ich habe sie mit Pater Costello nach Drumore geschickt.«

»Vielleicht sind sie ja unterwegs nach Claremont«, meinte Marteen, »weil sie gehofft haben, Sie dort zu finden?«

Dieser Gedanke war auch Clay bereits gekommen. Er schaute über das Moor zu den Bäumen, die eine Viertelmeile entfernt das Tal umgrenzten, in dem Claremont lag, und fasste einen Entschluss. »Ich reite hin und sehe nach. Ihr könnt solange hier bleiben. Es dauert nur zwanzig Minuten.«

Cathal griff ihm in die Zügel. »Das ist Wahnsinn, Colonel. Die Soldaten sind gewiss längst dort.«

»Ich bin vorsichtig und reite erst hinunter, wenn ich weiß, woran ich bin.«

Ehe die beiden etwas einwenden konnten, gab er seinem Pferd die Sporen, aber dann merkte er, dass Cathal und Marteen ihm folgten.

»Das ist nicht nötig!« rief Clay.

Cathal zuckte die Schultern. »Sie sind unsere Fahrkarte nach Amerika, Colonel. Wir können es uns nicht leisten, Sie zu verlieren.«

Sie verlangsamten das Tempo, als sie in den Wald kamen. Clay ritt voraus und zügelte plötzlich sein Pferd, da ihn irgendein sechster Sinn vor einer Gefahr warnte. Gleich darauf sah er zwischen den Bäumen eine Bewegung und den purpurroten Schimmer einer Uniform.

»Halt, im Namen der Königin!« Ein Soldat stürmte auf sie zu. Clay duckte sich unter seinem Säbelhieb und schlug ihn mit der Faust aus dem Sattel, doch immer mehr Soldaten umringten ihn. Er zog seinen Colt, hieb damit um sich und bahnte sich rücksichtslos seinen Weg durch das wirre Durcheinander aus Pferden und Reitern.

Endlich hatte er es geschafft. Eine Stimme rief ihm etwas zu. Auf einer Anhöhe entdeckte er Cathal, und als er ihn erreichte, sah er mit Erleichterung, dass Marteen bereits ein gutes Stück voraus war und im Galopp zwischen den Hügeln verschwand.

Hinter ihnen erklang ein Signalhorn, und aus dem Wald stürmte ein Kavallerietrupp, der sie verfolgte, wobei sich die Soldaten fächerförmig verteilten, was Clay zuerst merkwürdig fand, aber als er sich umwandte, bemerkte er, dass die andere Hälfte des Trupps zu ihrer Linken über das Moor ritt, um sie in die Zange zu nehmen.

Er beugte sich tief über den Hals des Hengstes und gab ihm die Sporen. Das Tier reagierte hervorragend. Langsam kam er Cathal näher und holte ihn schließlich ein. Verzweifelt trieben sie ihre Pferde noch stärker an und schafften es, im Abstand von zwanzig Metern an den Soldaten vorbeizukommen, die versucht hatten, ihnen den Weg abzuschneiden.

Das Gelände wurde steiler, und die Pferde hatten Mühe, das Tempo beizubehalten. Nachdem sie ein schmales Tal durchquert hatten, stieg Marteen schließlich ab und kletterte einen steilen Abhang hinauf, wobei er sein Pferd am Zügel hinter sich her zog. Sein Bruder folgte ihm.

Clay hatte noch einige Meter vor sich, als mehrere Reiter im Tal erschienen. Clay jagte seinen Hengst mit einem Klaps das letzte Stück hinauf und zog den Dragoon Colt aus dem Gürtel.

Es hatte an diesem Tag schon genug Blutvergießen gegeben, viel zu viel, deshalb zielte er nur auf ein Pferd und schoss das Tier durch die Brust. Es bäumte sich auf, warf den Reiter in den Schlamm, und der Rest des Trupps machte hastig kehrt, um dieser scheinbar tödlichen Falle zu entkommen. Clay gab einen weiteren Warnschuss ab; die Kugel sirrte dicht über ihre Köpfe. Dann bestieg er den Hengst, den Cathal für ihn am Zügel hielt.

Danach waren sie in Sicherheit. Eine Stunde lang ritten sie von einem Tal ins nächste, durch Moor und Sumpf, immer höher hinauf in die Berge, und erblickten schließlich, kaum zwei Meilen entfernt, die offene See.

Clay stieg ab und atmete tief den süßen Duft des noch regennassen Heidekrauts ein, der in der Luft lag.

Die Abenddämmerung tauchte die Spitzen der Berge in ein orangefarbenes Licht, und dunkel schimmmerte das Wasser eines kleinen Meeresarms, der sich durch den rötlichgrauen Basalt weit ins Land hineingegraben hatte. Die Schönheit dieses Anblicks war beinah überwältigend.

Er folgte Cathal und Marteen einen Steilhang hinunter, bis sie einen Pfad erreichten und wieder aufsitzen konnten. Neben dem Weg schlängelte sich ein kleiner Bach durch dunkelgrüne Farnkräuter.

Wie Schattenrisse zeichneten sich die Berge am Abendhimmel ab, an dem bereits ein einsamer Stern leuchtete, und als sie um eine Biegung kamen, sah er auf einer grünen Grasfläche eine kleine torfgedeckte Jagdhütte aus behauenen Steinen.

Marteen stieg vom Pferd. »Hier sind wir ziemlich sicher, Colonel. Bis zu den Klippen ist es nur eine halbe Stunde. Es wird Ebbe sein, und wir können über den Strand dorthin reiten, wo der Franzose anlegt.«

Er und Cathal streckten sich auf einer groben Bank aus und redeten leise miteinander über Amerika. Ihre Jugend machte es ihnen leicht, die Vergangenheit hinter sich zu lassen und hoffnungsvoll in die Zukunft zu schauen. Clay ging ein Stück weiter und setzte sich auf einen Felsen am Bach.

Sein verwundeter Arm schmerzte, und sein Mund war knochentrocken. Er schöpfte mit der hohlen Hand etwas Wasser und trank. Es war herrlich kühl und kristallklar.

Ein Gefühl abgrundtiefer Einsamkeit schnürte ihm fast das Herz zusammen bei dem Gedanken an Joanna. Aber was immer ein Mensch auch wollte und plante – stets teilte das Schicksal die letzte Karte aus, so war nun einmal das Leben. Wenn man diese Tatsache akzeptierte, ersparte man sich sehr viel Leid.

Einen Moment lang erfüllt ihn dieses ungeheuerliche Bewusstsein, nur ein Staubkorn im Kosmos zu sein, wie es jeder Mensch von Zeit zu Zeit einmal verspürt. Er hatte dieses Gefühl schon früher gehabt, als er mitten auf einem Schlachtfeld gestanden und angesichts des Gemetzels ringsum erkannt hatte, dass es das nächste Mal ihn treffen könnte. Seit damals hatte er akzeptiert, dass es sinnlos war, sich gegen das Schicksal zu stemmen.

Die untergehende Sonne verschwand hinter den kahlen Bergen und tauchte eine einzelne Wolke am Himmel in ein rötliches Licht, dann senkte die Nacht ihren schweren Mantel über das Tal.

Er blieb weiter regungslos sitzen und blickte hinaus aufs Meer, bis Cathal ihm auf die Schulter tippte. Sie stiegen auf ihre Pferde und ritten weiter zu den Klippen.

Dort führten sie die Tiere vorsichtig im Mondlicht den tückischen Weg zwischen den bröckeligen Felsen hinunter zum Strand.

Übermütig gab Cathal seinem Pferd die Sporen, und sie galoppierten über den nassen Sand. Gelegentlich mussten sie um Felsen biegen, um in eine andere Bucht zu kommen, und gerieten dabei bis zu den Knien ins Wasser.

Das Schiff lag eine halbe Meile vom Ufer entfernt. Deutlich zeichneten sich seine Masten und die Takelage gegen den Nachthimmel ab. Clay schaute beunruhigt hinauf zum Mond und wünschte, eine Wolke würde sich wenigstens solange davorschieben, bis sie sicher an Bord waren.

Marteen ritt mit einem aufgeregten Lachen hinaus in die Wellen und bog um einen weiteren Felsen. Cathal und Clay folgten ihm. Ein Brecher zog ihn ein Stück weit hinaus, und Clays Hengst begann zu schwimmen. Das eiskalte Wasser verjagte seine trüben Gedanken, und er lachte genauso übermütig wie Marteen, als sie wieder auf den Strand zuritten.

Das Boot wartete etwa hundert Meter vom Ufer entfernt. Vier Matrosen saßen an den Rudern, ein fünfter stand im knietiefen Wasser.

»Wir haben Glück!« rief Cathal über seine Schulter. »Heute brauchen wir keine Laterne.«

Marteen war bereits abgestiegen und losgerannt. Ausgelassen schlug er dem Matrosen auf die Schulter. »Drei Passagiere, mein Bester.«

Der Mann erwiderte etwas, doch Marteen schüttelte nur lächelnd den Kopf. »Er spricht bloß Französisch, Colonel.«

»Wir möchten eine Passage auf Ihrem Schiff, mein Freund«, sagte Clay in tadellosem Französisch. »Man hat mir gesagt, das ließe sich arrangieren?«

Der Seemann strahlte. »Colonel Fitzgerald?« Clay nickte. »Wir haben schon auf Sie gewartet. Bitte steigen Sie rasch ins Boot.«

»Sie haben auf uns gewartet?« fragte Clay erstaunt, während sie über das Schandeck kletterten.

»Gewiss, Monsieur«, erwiderte der Matrose und griff nach der Pinne.

Clay schaute zurück zum Strand, während die Matrosen mit kräftigen Schlägen auf das Schiff zuruderten. Die drei Pferde standen am Uferrand und sahen ziemlich verloren aus. Traurig dachte er an Pegeen und fragte sich, wer wohl ihr neuer Besitzer sein würde. Dann hob der Hengst schnaubend den Kopf, die Pferde wandten sich um und galoppierten im Mondlicht über den Strand davon.

Als das Beiboot sich dem Schoner näherte, lichtete man bereits den Anker, und die Segel wurden gesetzt. Ein großer, stämmiger Mann, der einen Seemannsmantel und eine salzfleckige Mütze trug, streckte ihnen die Hand entgegen. »Colonel Fitzgerald?« fragte er auf Englisch. »Ich bin Captain Jourdain. Ich hoffe, wir können es Ihnen einigermaßen bequem machen, bis wir Bordeaux erreichen. Wenn Sie unter Deck gehen, finden Sie dort jemanden, der Ihnen Ihre Kabine zeigt. Mich entschuldigen Sie im Moment. Ich bin erst beruhigt, wenn wir ein gutes Stück weit weg sind.«

Der Kapitän ging hinüber zum Steuer und gab mit leiser Stimme seine Anweisungen. Cathal kratzte sich verwirrt am Kopf. »Also, sieht das nicht so aus, als hätten sie uns erwartet, Colonel?«

»Allerdings«, nickte Clay und zuckte die Schultern. »Euer Vater muss ihnen irgendwie eine Nachricht geschickt haben.«

»Was machst du dir darum Gedanken?« fragte Marteen seinen Bruder. »Gehen wir nach unten und schauen mal, nach was für eine Kabine man uns gegeben hat. Ich habe allerhand komische Sachen über diese französischen Schiffe gehört.«

Neugierig stiegen sie den Niedergang hinunter, während Clay zum Bug ging und zurück nach Irland schaute.

»Tut es dir leid, das Land zu verlassen?« fragte eine ruhige Stimme.

Einen Moment lang vermochte er sich nicht zu rühren, dann drehte er sich langsam um. Sie stand neben dem Mast, hatte einen dunklen Umhang um die Schultern und nickte Joshua dankend zu, der sie an Deck begleitet hatte. Während er in der Dunkelheit verschwand, kam Joanna auf ihn zu.

Clay zog sie in seine Arme und küsste sie, ehe er verwirrt den Kopf schüttelte. »Ich kann es kaum glauben – wie kommst du hierher?«

»Pater Costello«, erwiderte sie schlicht. »Er weiß so manches, was er eigentlich nicht wissen sollte, und so wusste er auch von diesem Schiff. Ihm war klar, dass du nur auf diesem Weg das Land verlassen konntest.«

»Aber wie bist du aus Drumore raus und hierher gekommen?«

Sie lächelte verschmitzt. »Pater Costello ist ein sehr findiger Mann. Wir lagen unter einer Decke auf dem Boden seines Einspänners. Captain Vale hatte ihm einen besonderen Pass ausgestellt, damit er seine Schäfchen in einigen umliegenden Farmen besuchen konnte.«

»Hast du mit Vale gesprochen?«

Sie nickte. »Ja, er hat natürlich sofort nach mir gesucht.«

»Und - sagte er irgendwas über mich?«

»Nur dass er dich nicht verstünde.«

Clay lachte. »Das überrascht mich kaum. Ich verstehe mich ja selbst nicht mal.« Er schwieg für einen Moment nachdenklich. »Ob sich die Situation in Irland jemals ändern wird?« meinte er leise und mit Bitterkeit in der Stimme. »Ob es je irgendwelche Hoffnung für die Menschen dort drüben geben wird?«

»Es gibt immer Hoffnung«, erwiderte sie fest. »Gott lässt keinen Menschen für alle Zeit leiden.«

»Das Schicksal spielt einem manchmal wirklich merkwürdige Streiche. Ich kam nach Irland auf der Suche nach Ruhe und Frieden, doch vor den Dingen, die ich dort vorfand, konnte ich nicht die Augen verschließen. Jetzt verlasse ich das Land als gejagter Flüchtling und kann von Glück sagen, dass ich dem Galgen entkommen bin.«

»Demnach betrachtest du deinen Besuch als völligen Fehlschlag?« fragte Joanna und blickte zu ihm auf. Golden schimmerte das Mondlicht in ihren dunklen Augen.

»Nicht ganz«, sagte er. »Nein.«

Clay umfasste ihr Gesicht mit beiden Händen und küsste sie zärtlich auf den Mund. Eine andere Antwort brauchte Joanna nicht. Sie schmiegte sich in seine Arme, und gemeinsam schauten sie hinüber zu um Land, das allmählich am nächtlichen Horizont verschwand.

Nachwort des Verlegers

»Tag der Rache« erschien in England 1962 bei Barrie & Rockcliffe Ltd unter dem Pseudonym Harry Patterson. Das Buch war rasch vergriffen und wurde nie wieder aufgelegt.

Gleichwohl ist der Autor den heutigen Lesern kein Unbekannter, denn Harry Patterson war einer der Namen, den kein anderer als Jack Higgins in seiner Anfangszeit als Schriftsteller benutzte.

1999 fanden der Autor und sein Verlag, dass es schade sei, eine solch gute Geschichte in den Regalen verkommen zu lassen. Daher hat Jack Higgins eine vollkommen neue Rahmenhandlung für das ursprüngliche Buch geschrieben, einige Szenen hinzugefügt und etliche Änderungen vorgenommen. So entstand diese Neuerscheinung von »Tag der Rache« – zu unserer Freude und hoffentlich auch zur Freude aller Leser, denen die ursprüngliche Ausgabe damals entgangen ist.